Harry Potter

해리포터

캐릭터 금고

The CHARACTER *Vault*

조디 리벤슨 지음

고정아 옮김

문학수첩

차례

제3장: 호그와트 교복과 퀴디치 운동복

들어가는 글

해리 포터 독자들에게 J.K. 롤링이 창조한 작품 속 캐릭터들은 식구처럼, 친구처럼, 이웃처럼 친근하다. 독자들은 해리 포터의 번개 모양 흉터, 헤르미온느의 크리스마스 무도회 드레스, 론 위즐리가 어머니에게 크리스마스 선물로 받은 이니셜이 새겨진 스웨터 등이 어떤 모습인지 안다. 조금은 별난 옷차림의 손님들이 자리한 리키 콜드런 앞을 지나간다면, 독자들은 머글 세상과 나란히 아주 오래전부터 존재해온, 하지만 비밀리에 존재해온 놀라운 마법 세계를 알아차릴 것이다. 그래서 책을 영화로 만들 때 그 기준이 아주 높을 수밖에 없었다. 제작자 데이비드 헤이먼, 프로덕션 디자이너 스튜어트 크레이그, 1편과 2편의 감독 크리스 콜럼버스가 롤링의 작품을 영화로 옮기는 과제를 맡았다. 콜럼버스는 말한다. "내가 가장 중요하다고 생각한 점은 글로 쓰인 마법사들의 세계를 현실 세계에서 가능한 한 충실하게 표현해내는 것이었어요." 이를 위해서 제작진은 마술 같은 솜씨를 지닌 의상 디자이너, 분장사, 콘셉트 아티스트, 특수 효과 디자이너, 다양한 분야의 장인들과 최고의 재능을 지닌 남녀 영국 배우들을 모아서 영화 〈해리 포터〉 캐릭터를 만들어냈다.

과거 영화에 등장한 마법사들은 익숙한 고정관념에 기초해 있었다. 여덟 편의 〈해리 포터〉 영화를 작업한 수석 분장사 어맨다 나이트는 말한다. "우리는 모든 마법사와 마녀는 매부리코에 사마귀가 있다는 식의 뻔한 생각에서 벗어나고 싶었어요. 그런 건 너무 가식적이니까요. 우리는 모든 마법사가 믿을 수 없을 정도로 '마녀 같은' 기이한 모습이 아니었으면 했어요. 그런 모습 대신 이들이 현대 머글 사회에서도 어색하지 않아야 한다는 점을 염두에 두었죠."

마법 세계는 머글 세계와 확실히 구별되지만, 그래도 알아볼 만한 특징을 담아야 했다. 그래서 〈해리 포터와 마법사의 돌〉의 의상 디자이너인 주디애나 매커브스키는 바늘과 핀과 재봉틀뿐 아니라 연구도 중요한 도구로 활용했다. 그녀는 말한다. "확실한 경계선이 없는 무언가를 디자인하는 건 굉장히 어려운 일이에요. 모든 것이 가능하지만, 그만큼 혼란스럽기도 하죠. 고대 그리스 신화부터 《보그》 잡지까지 그 어떤 것도 아이디어의 원천이 될 수 있어요. 그래서 디자인에서는 선택의 폭을 줄이는 일이 아주 중요하죠." 매커브스키는 크리스 콜럼버스와 함께 찰스 디킨스의 책에 실린 그림에 대해 토론한 것이 것이 하나의 출발점이 되었다고 말한다. "최초의 캐릭터 소묘를 보면, 빼딱한 옷, 살짝 찌그러진 모자 등 모든 것이 약간씩 어긋나 있어요. 품위 있으면서도 뭔가 조금씩 헝클어진 모습. 우리 모두가 그 모습을 좋아했던 것 같아요."

위: 〈해리 포터와 마법사의 돌〉을 위한 마법사 모자 중 하나, 래비 밴설 스케치.
아래: 〈해리 포터와 혼혈 왕자〉의 6학년 학생들이 마법약 수업의 과제를 듣고 있다. (왼쪽부터) 파드마 패틸(아프샨 아자드), 딘 토머스(앨프리드 이넉), 헤르미온느 그레인저(에마 왓슨), 네빌 롱바텀(매슈 루이스), 론 위즐리(루퍼트 그린트), 라벤더 브라운(제시 케이브), 룬느(이저벨라 래플랜드), 시무스 피니간(데번 머리).
옆쪽: 〈해리 포터와 불사조 기사단〉에서 헤르미온느가 해그리드의 거인 동생 그룹을 만나는 장면. 애덤 브록뱅크 비주얼 개발 작업 아트워크.

매커브스키는 또 영화의 주요 배경이 되는 1천 년 역사의 교육 기관 호그와트 마법학교의 학생들과 교사들의 옷도 만들어야 했다. "나는 이것을 '마법이 있는 학원 드라마'로 생각했습니다. 우리는 이미 특정 시대 옷들을 연구하고 있었고, 호그와트는 19세기 영국의 기숙학교와 비슷할 거라고 생각했죠." 매커브스키는 교복에 에드워드 시대[1901~1910], 엘리자베스 시대[1558~1603], 중세 시대뿐 아니라 르네상스 시대의 복장을 섞어 넣었다. 그녀는 J.K. 롤링과도 몇 차례 만났다. "옷 이야기는 하지 않고, 캐릭터와 색채, 분위기에 대해 이야기했어요. 내가 천이나 모양을 보여주면, 롤링이 그 자리에서 맞는지 아닌지를 말해주었죠."

린디 헤밍은 두 번째 영화 〈해리 포터와 비밀의 방〉에서 의상 디자이너로 일했다. 헤밍은 기존의 캐릭터뿐만 아니라 새로 등장하는 캐릭터들에 대해서 크리스 콜럼버스와 의논했다. 헤밍은 말한다. "전체적인 통일성이 있어야 했어요. 호그와트 안에서는 특히 더 그랬죠. 감독은 교복과 주요 캐릭터 대부분의 모습을 1편과 같게 표현하려고 했습니다. 하지만 그게 같은 옷을 입어야 한다는 뜻은 아니었어요. 새로운 장면에서는 새로운 옷을 입어야 하니까요. 그러면서도 1편에 나온 의상 분위기는 이어가야 했죠." 헤밍은 수많은 엑스트라들의 의상 역시 마련해야 했다. "우리는 군인들처럼, 아침에 모든 것을 점검하고 작업을 마칠 때 다시 한 번 모든 것을 점검했어요. 모두가 고도의 집중력이 필요한 일을 수행해야 했지요." 각각의 캐릭터를 설명하는 참고자료가 나왔다. 이 사람은 누구고, 옷을 어떻게 입으며—모자와 망토 조합 방법, 파이프 담배를 피우는지 여부, 빗자루를 들고 있는지 등—주요 캐릭터는 각 장면에서 어떤 모습을 해야 하는지—해리가 퀴디치 경기 도중 부상을 입었을 때 붕대를 맨 위치, 록허트 교수가 넥타이를 매는 법 등—를 설명하는 매우 세밀한 자료들이었다.

알폰소 쿠아론 감독은 〈해리 포터와 아즈카반의 죄수〉에 새로운 해석을 도입했고, 이후 〈해리 포터〉 시리즈의 의상 디자인을 맡은 자니 트밈은 그의 견해에 동의했다. "감독이 나와 같은 생각이라 정말 기뻤어요. 영화 내용이 어두워지고 아이들이 자라감에 따라, 우리는 더 강력

HARRY POTTER
And the Chamber of Secrets

CHARACTER: AUNT PETUNIA	ACTOR: FIONA SHAW

Sc 4
AUNT PETUNIA

SCENE: 4	DAY:
NOTES:	

Sc 4
AUNT PETUNIA

SCENE: 4	DAY:
NOTES:	

Sc 4
AUNT PETUNIA

SCENE: 4	DAY:
NOTES:	

Sc 4
AUNT PETUNIA

SCENE: 4	DAY:
NOTES:	

PREPARED BY WARDROBE DEPT

HARRY POTTER
The Chamber Of Secrets

COSTUME CONTINUITY REPORT

CHARACTER:
DUMBLEDORE

AC

COSTUME NUMBER:

SCENES:
135

LOCATION:
Int Dumbledore's Offic

DESCRIPTION:

Under-robe - Purple silk robe with length of front and gold/purple silk

Boots - Brown suede boots with gold

Hat - Red/Gold/Purple patchwork c shape with stencilled gold sl

Gown - heavy red/bronze silk sleeves in red/gold shot gauze w Gown worn open.

Belt - Brown leather belt with large gold buckle. Crossed ca

NOTES:

HARRY POTTER
Chamber of secrets

COSTUME CONTINUITY REPORT

CHARACTER:	ACTOR:
HARRY POTTER	DAN RADCLIFFE

COSTUME NUMBER	26	

SCENES:	STORY DAY:
133	

LOCATION:
CHAMBER OF SECRETS.

DESCRIPTION:

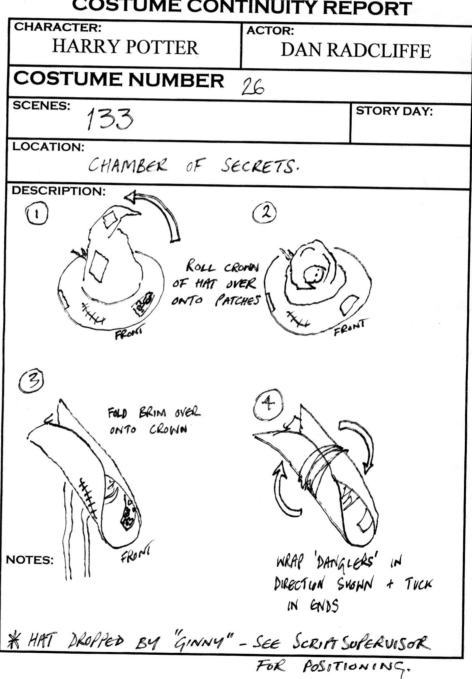

① FRONT

② ROLL CROWN OF HAT OVER ONTO PATCHES FRONT

③ FOLD BRIM OVER ONTO CROWN FRONT

④ WRAP 'DANGLERS' IN DIRECTION SHOWN + TUCK IN ENDS

NOTES:

※ HAT DROPPED BY "GINNY" - SEE SCRIPT SUPERVISOR FOR POSITIONING.

옆쪽 위: 나딘 맨(가운데)과 샤론 니컬러스(오른쪽)가 〈해리 포터와 죽음의 성물 2부〉에서 대니얼 래드클리프의 분장을 고치고 있다.

옆쪽 아래: 〈해리 포터와 비밀의 방〉을 위해 찍은 피오나 쇼(페투니아 더즐리 역)의 콘티 사진들. 의상 팀을 위한 참고 자료다.

이쪽: 의상 팀은 의상 콘티 보고서를 작성해 같은 장면에서 캐릭터의 옷이 바뀌지 않도록 한다. 왼쪽 보고서는 덤블도어가 특정 장면에서 입는 옷의 목록이고, 오른쪽 보고서는 〈해리 포터와 비밀의 방〉에서 픽스가 마법 모자를 가지고 나갈 때 모자를 마는 정확한 방법을 소개한 것이다.

한 쪽을 선택해야 했죠." 그렇다고 트밈이 디킨스 작품을 아이디어의 원천으로 삼은 건 아니었다. "나는 거리에서 아이디어를 얻었어요. 마법 세계는 비밀 사회고, 그들 자신만의 전통과 문화가 있죠. 하지만 현대 세계를 무시하지는 못해요. 그들은 현대 세계와 나란히 존재하며, 늘 그것과 접촉해요. 그러니 마법사 영화를 찍는다고 해서 과거 시대의 복장을 고집할 필요는 없었죠. 마법사라고 늘 벨벳 옷만 입어야 하는 건 아니었어요. 뾰족 모자를 쓰고, 긴 가운을 입고, 독특한 패션을 선보일 수는 있겠지만, 청바지 역시 입을 수 있는 거죠." 트밈과 쿠아론은 어린 주인공들이 청소년기에 접어들면서, 학교 복장에서든 점점 자주 보이는 머글 복장에서든 개성을 표현하고 싶어 할 거라는 데에 동의했다. 다만 한 가지 원칙이 있었다. 머글 옷에서 브랜드 이름이나 로고가 나타나서는 안 된다는 것이었다. (물론 스크린에 등장한 컨버스 운동화를 찾아낸 예리한 눈을 가진 관객이 있을 것이다.)

어맨다 나이트와 〈해리 포터와 마법사의 돌〉부터 〈해리 포터와 불의 잔〉까지 네 편의 영화를 작업한 헤어 스타일리스트 에트네 페넬, 그리고 그 뒤로 〈해리 포터와 죽음의 성물 2부〉까지 네 편의 영화 작업을 한 리사 톰블린도 이런 방침을 따랐다. 나이트는 말한다. "기본 방침은 최대한 시대를 초월하게 해서 어떤 것도 특정 시대와 관련되지 않도록 하는 것이었어요. 배우들도 지나친 화장을 피했죠. 잡티는 컨실러로 공들여 지웠지만, 모든 것을 최대한 자연스럽게 연출하려고 했어요." 나이트는 분장 팀이 '화장 경찰'이 되어서 주머니에 뭔가를 감추고 있는 어린 여배우들을 감시해야 했다고 말한다. "우리는 늘 화장실 앞에서 어린 소녀들을 잡아내곤 했어요. 소녀들은 대니얼이나 루퍼트와 마주칠 경우에 대비해 마스카라와 립글로스를 짙게 바르

고 나오곤 했거든요."

처음 시작부터 마지막 완성품이 나오기까지, 하나의 의상을 창조하는 데는 여러 달이 걸린다. 트밈은 의상을 만들 때 대본을 읽고 책을 검토할 뿐 아니라 그 역을 맡은 배우도 고려한다. 그렇게 스케치를 하고, 감독과 상의한 뒤, 견본을 만들어 가봉한다. 여기에 머리 모양과 분장이 결합한다. 트밈은 말한다. "우리는 배우와 함께 최선을 다해 캐릭터를 창조해냅니다. 그런 다음 의상을 만들고, 다시 가봉하고, 공개 설명을 하고, 고칠 부분을 고쳤죠. 마지막 수선이 끝나면, 옷을 마모 가공해요. 옷에 낡고 손상된 느낌을 주는 거죠. 이건 아주아주 오랜 시간을 필요로 하는 과정이에요." 배우가 입을 옷을 몇 개의 버전으로 만든 다음, 낡은 정도를 달리하는 경우도 많다. 대역이나 스턴트맨이 입을 복제품도 만든다. 〈해리 포터〉 영화 시리즈를 위해 만든 의상은 2만 5천 점이 넘는데, 그중에 교복만 600벌 이상을 만들었다. 학생들이 자라다 보니 해마다 교복을 새로 만들어야 했기 때문이다.

캐릭터들에게는 옷, 머리 모양, 분장 말고도 필요한 게 많았다. 소품 책임자 배리 윌킨스, 소품 모델링 작업자 피에르 보해나, 도안가 해티 스토리, 그리고 애덤 브록뱅크를 비롯한 콘셉트 아티스트들은 요술지팡이, 안경, 개구리 합창단 지휘봉 등을 만들었다. 죽음을 먹는 자들의 가면과 갑옷은 콘셉트 아티스트 롭 블리스가 고안하고, 가죽 공예인과 금속 공예인들이 만들었다. 특수 동물 효과 감독 닉 더드먼과 스태프들은 마법의 눈, 물갈퀴가 달린 손과 발, 거대한 풍선처럼 떠오른 머글을 만들었다. 의상 팀원들은 마법의 모자, 투명 망토를 디자인했고, 몰리 위즐리가 창조한 수많은 뜨개옷도 만들었다. 그리고 말할 것도 없이, 수많은 배우들의 역량이 더해져 각 캐릭터들이 완성되었다.

이 책은 J.K. 롤링이 창조한 인기 캐릭터들을 〈해리 포터〉 영화 속에 오롯이 살려내기 위한 의상 스케치, 비주얼 개발 작업, 촬영장 뒷이야기, 영화 스틸 사진 등 일련의 제작 과정들과 배우들의 이야기를 한데 모아 독자들을 영화 속 인물들의 세상으로 안내한다.

SC. 73
SORTING HAT
(TEACHERS P.O.V)

옆쪽 위: 〈해리 포터와 죽음의 성물 1부〉의 먼던구스 플레처 스케치, 자니 트밈 의상 디자인, 마우리시오 카네로 그림. 옆쪽 아래: 〈해리 포터와 불사조 기사단〉의 덤블도어 군대의 첫 번째 모임. 위: 훈터, 의상, 분장의 마무리 손질. (왼쪽부터 오른쪽으로) 〈죽음의 성물 1부〉 세트장의 브렌던 글리슨(매드아이 무디), 베릴 앤 코언이 〈해리 포터와 죽음의 성물 2부〉에 쓰일 볼드모트의 마지막 의상에 마무리 작업을 하고 있다. 마법부 세트장의 에마 왓슨. 아래: 마법의 모자 콘티 사진.

제1장

호그와트 학생들

해리 포터

적응은 〈해리 포터〉 세계 전반에 걸쳐 표현되는 한 가지 주제다. 그리고 그것을 가장 잘 드러내는 것은 영화 〈해리 포터와 마법사의 돌〉에 처음 등장하는 장면에서 해리 자신이 물려받은 옷을 입고 있다는 사실일 것이다. 해리는 이모네 집에서 억압받으며 살아가고, 덩치 큰 사촌 두들리에게 옷들을 물려 입는다. 하지만 이 옷들은 너무 커서 문자 그대로 해리의 몸에는 "맞지" 않는다. 그러다가 해리는 호그와트에서 온 편지를 받는다.

당연하게도, 이 상황은 의상 디자인에 반영되어야 했다. 〈해리 포터와 마법사의 돌〉의 의상 디자이너 주디애나 매커브스키는 해리가 프리벳가의 중산층 머글 세계를 나와 다이애건 앨리와 마법 세계에 들어가는 장면에서, 관객들이 〈오즈의 마법사〉의 도로시가 에메랄드 도시에 들어섰을 때와 같은 놀라움을 느꼈으면 했다. 매커브스키는 말한다. "해리는 자신이 속했던 것과 전혀 다른 세계로 떠나게 되죠. 그래서 첫 번째 영화는 해리가 상상도 못 해본 새로운 세계에 들어갈 때의 놀라움을 전달해야 한다고 생각했어요." 이를 위해서 매커브스키는 마법사들의 복장을 현대인들이 알아볼 수 있는 다른 시대의 느낌을 주면서도 현대 세계와 아주 어긋나 보이지 않도록 디자인했다. "하지만 해리는 일단 호그와트에 들어간 후에는 그 세계에 잘 적응하죠."

영화 속 첫 등장 :
〈해리 포터와 마법사의 돌〉

재등장 :
〈해리 포터와 비밀의 방〉
〈해리 포터와 아즈카반의 죄수〉
〈해리 포터와 불의 잔〉
〈해리 포터와 불사조 기사단〉
〈해리 포터와 혼혈 왕자〉
〈해리 포터와 죽음의 성물 1부〉
〈해리 포터와 죽음의 성물 2부〉

기숙사 :
그리핀도르

직업 :
호그와트 학생, 그리핀도르 수색꾼,
트리위저드 시합 챔피언, 선택받은 자

소속 :
덤블도어 군대의 대장

특별한 능력 :
파셀텅

페트로누스 :
수사슴

앞쪽: 〈해리 포터와 아즈카반의 죄수〉에서 해리와 헤르미온느가 벅빅을 구하기 위해 적당한 때를 기다리고 있다.
원 안: 〈해리 포터와 마법사의 돌〉에서 해리가 골든 스니치를 들고 있다. 위: 〈마법사의 돌〉의 해리는 아직 다이애건 앨리와 '어울리지' 않는다. 의상 디자이너 주디애나 매커브스키는 다이애건 앨리를 디킨스풍으로 만들었다.
오른쪽: 〈아즈카반의 죄수〉를 위해 자니 트밈이 새로 디자인한 호그와트 망토 스케치. 로랑 권치 의상 그림.
옆쪽: 〈해리 포터와 죽음의 성물 1부〉의 홍보용 사진.

제작진은 처음에 미국판《해리 포터와 마법사의 돌》책 표지에 실린 해리의 복장을 시험해보았다. 매커브스키는 말한다. "나라별로 표지 그림이 다 달랐어요. 그중에서 빨강-하양 럭비 셔츠와 청바지에 컨버스 운동화 차림의 해리를 모델로 삼아서 거기에 마법사 망토를 입혀보았는데 잘 되지 않았어요. 하지만 사람들은 좋아했죠. 이따금 해리에게 입혀보기도 했는데, 크리스 콜럼버스가 거절했어요." 매커브스키는 마법 학교 망토는 자유로운 것보다 통일성을 주는 편이 학교의 분위기를 전달하는 데 더 적절했다고 생각한다. "3편이라면 좀 더 자유로운 쪽이 어울렸겠죠."

〈해리 포터와 아즈카반의 죄수〉팀에 의상 디자이너 자니 트밈이 합류했을 때, 알폰소 쿠아론 감독은 자라나는 배우들이 호그와트 학교 망토 외에 현대적인 옷을 더 많이 입어야 한다고 결정한 상태였다. 이 결정 덕분에 트밈은 각 캐릭터별로 색깔 조합을 만들어 시각적 이미지를 완성할 수 있었다. 트밈은 해리 포터를 '아웃사이더'로 보았다. "그는 자신이 어디에 속했는지 모르는 소년이죠. 나는 참 외로운 아이라고 생각했어요." 트밈은 해리에게 청회색, 암청색, 단색 체크무늬 등 차분하고 어두운 색을 입혔다. "자신이 아무 데도 속하지 않았다고 느낄 때, 자신의 처지가 편하지 않을 때 밝은색 옷은 입고 싶지 않은 법이죠." 하지만 그리핀도르의 진홍색은 예외였다. 해리는 볼드모트나 그가 이끄는 어둠의 세력과 싸울 때면 종종 진홍색 옷을 입었다.

〈해리 포터〉의 캐릭터들을 책에서 영화로 옮길 때, 몇 가지 수정이 필요했다. 책에서는 해리의 눈동자가 녹색이다. 눈동자가 파란색인 대니얼 래드클리프는 처음에는 콘택트렌즈를 꼈지만, 렌즈가 맞지 않는 체질이라서 눈에 염증이 나고 부었다. (《해리 포터와 마법사의 돌》의 마지막 장면은 래드클리프의 눈이 붉게 충혈되기는 했지만 녹색으로 나오는 유일한 장면이다.) 제작진은 영화 속 해리의 눈을 파란색으로 촬영하기로 결정했다. 래드클리프는 니켈 합금으로 만들어진 그 상

위: 해리 포터가 〈해리 포터와 아즈카반의 죄수〉에서 모자 달린 스웨터를 입고 있다.
왼쪽: 해리가 쓴 수천 개의 안경 가운데 하나.
아래: 〈아즈카반의 죄수〉부터 호그와트의 교복은 다른 조합으로 바꿔서 입을 수 있게 되었다.

옆쪽 위부터 아래로: 〈해리 포터와 마법사의 돌〉의 콘티 사진들.

SC. 13 →
HARRY

SC. 12
HARRY

GAP FLAT FRONT SLIM FIT · 34 x 30
T SHIRT
SHIRT

투명 망토

의상 팀은 해리 포터의 투명 망토를 만들 때 두꺼운 벨벳 천을 염색한 다음, 별자리 기호와 켈트족 상징을 새겨서 여러 가지 버전으로 만들었다. 이 망토는 〈해리 포터와 마법사의 돌〉에서 알버스 덤블도어가 해리 포터에게 크리스마스에 준 것이다. 그중 하나는 대니얼 래드클리프(해리 포터)가 들거나 그린스크린 재료로 만든 옷 위에 입을 때 사용되었다. 그를 투명하게 만들 때는 안감을 그린스크린 재료로 만든 것을 사용했다. 래드클리프는 녹색 면이 겉으로 드러나도록 망토를 뒤집어서 몸 위에 둘렀다.

론과 해리가 투명 망토에 대해 배우고 있다. 후반 작업에서 그린스크린 재료로 만든 망토 안감 부분을 제거하면, 스크린에서는 해리의 몸이 보이지 않게 된다.

〈해리 포터와 불의 잔〉에서 리틀 행글턴 묘지에서 벌어진 해리 포터와 볼드모트 경의 결투.
애덤 브룩뱅크 콘셉트 아트.

쏘기 주문

〈해리 포터와 죽음의 성물 1부〉에서 해리, 론, 헤르미온느가 인간 사냥꾼들에게 잡혔을 때, 헤르미온느는 해리의 얼굴을 알아보지 못하게 만들려고 쏘기 주문을 쓴다. 특수 동물 효과 디자이너 닉 더드먼은 이 주문의 분장을 세 단계로 만들었다. 여러 장면이 지나는 동안 주문이 서서히 풀리면서 효력이 사라져야 하기 때문이다. 주문의 효과가 가장 강했을 때 대니얼 래드클리프는 부은 눈을 포함해 얼굴에 몇 가지 보형물을 착용했다. 관객은 해리를 알아도 볼드모트의 부하들은 해리를 알아보지 못하는 것이 이상하게 느껴지지 않도록 더드먼은 분장에 공을 들였다. 어맨다 나이트는 래드클리프의 일그러진 얼굴을 보는 것은 배우에게도 스태프에게도 힘든 일이었지만, 가장 힘든 사람은 래드클리프였다고 회상했다. 분장에만 네 시간이 걸렸고, 그 분장을 지울 때까지 래드클리프는 아무것도 먹지 못했으니까.

위: 헤르미온느의 쏘기 주문의 결과.
아래: 쏘기 주문 분장을 한 대니얼 래드클리프와 대역 라이언 뉴베리(왼쪽), 스턴트 대역 마크 메일리(오른쪽).

징적인 안경도 써야 했다. 그런데 촬영이 시작된 후 얼마 지나지 않아 대니얼의 얼굴에 뾰루지가 났다. 청소년기에는 흔한 일이었지만, 래드클리프의 아버지 앨런은 래드클리프의 안경테 자리를 따라 눈가에 동그랗게 뾰루지들이 났다는 사실에 주목했다. 래드클리프에게 니켈 알레르기가 있다는 사실이 밝혀졌고, 안경테는 좀 더 안전한 재료로 바뀌었다. 렌즈에 조명이나 카메라가 반사되면 안 되기 때문에, 안경에는 대부분 렌즈가 없었다. 모든 촬영이 끝났을 때, 래드클리프는 맨 처음에 썼던 안경과 가장 마지막에 썼던 안경을 기념품으로 골랐다.

해리의 흉터는 고정 형판을 이용해서 매일 이마에 새기고 보형물로 부풀렸다. 〈해리 포터〉 영화 여덟 편을 모두 담당한 수석 분장사 어맨다 나이트는 대니얼의 어린 시절을 이렇게 회상했다. "대니얼은 수업 시간에 자꾸만 흉터를 떼곤 했어요. 우리는 어린 배우들이 공부할 수 있도록 현장에 학교를 두었는데, 대니얼은 늘 흉터가 헐렁하게 떨어진 상태로 촬영장에 돌아오곤 했습니다." 나이트는 촬영장 상황에 따라 해리의 분장을 조금씩 바꾸었다. "볼드모트가 해리 근처에 있으면, 그를 조금 더 창백하게 만드는 동시에 흉터는 더 진하고 붉고 성난 모습으로 만들었지요. 흉터에 시선을 빼앗기지 않을 정도의 이런 분장 변화는, 배우들에게 장면 분위기를 형성하는 데 도움이 되었을 거예요." 해리 포터의 흉터는 어림잡아 5천 번 이상 새겨졌는데, 그중 2천 번은 대니얼 래드클리프에게, 3천 8백여 번은 스턴트 대역들에게 새겨졌다.

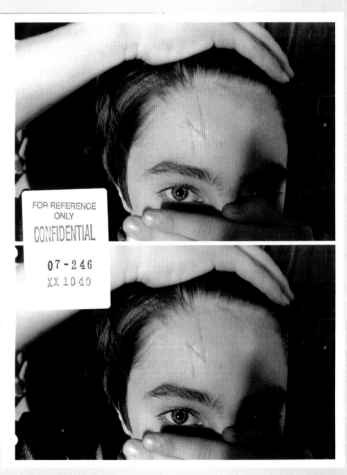

아래: 대니얼 래드클리프가 이마에 2천 번 이상 새긴 해리 포터의 흉터 콘티 사진.
옆쪽 위: 〈해리 포터와 불사조 기사단〉에서 해리가 디멘터와 마주치는 장면.

해리의 요술지팡이

도안가 해티 스토리는 말한다. "J.K. 롤링이 애초에 생각한 마법사의 지팡이는 '그냥 오래된 막대기'였어요." 그래서 첫 번째와 두 번째 영화의 요술지팡이들은 대개 단순한 직선형이고 장식도 없었다. 하지만 알폰소 쿠아론 감독은 〈해리 포터와 아즈카반의 죄수〉에서 지팡이를 각기 독특하게 만들어서 마법사 개개인에게 특별한 의미를 부여했다. 그래서 몇 가지 유형의 개성 있는 지팡이들이 만들어졌고, 배우들의 선택을 받았다. 대니얼 래드클리프는 아주 자연 친화적인 느낌의 지팡이를 골랐다. 해리의 지팡이는 아름다운 적갈색의 인도 자단으로 만들었다. '나무껍질' 부분은 진짜 나무를 조각해서 만들었다. 소품 모델링 작업자 피에르 보해나는 말한다. "손잡이 맨 끝은 나무옹이로 만들었어요. 나무옹이는 나무 아래쪽에 자연스럽게 생기는 혹 같은 건데, 이것이 작은 지팡이에 강한 개성을 주죠." 래드클리프는 〈해리 포터〉 영화 전 시리즈에 출연하면서 70개에 가까운 지팡이를 사용했다.

"난 그냥 해리야.
그냥 해리라고."

— 해리 포터, 〈해리 포터와 마법사의 돌〉

론 위즐리

영화 속 첫 등장 :
〈해리 포터와 마법사의 돌〉
재등장 :
〈해리 포터와 비밀의 방〉
〈해리 포터와 아즈카반의 죄수〉
〈해리 포터와 불의 잔〉
〈해리 포터와 불사조 기사단〉
〈해리 포터와 혼혈 왕자〉
〈해리 포터와 죽음의 성물 1부〉
〈해리 포터와 죽음의 성물 2부〉
기숙사 :
그리핀도르
직업 :
호그와트 학생, 그리핀도르 파수꾼(6학년)
소속 :
덤블도어의 군대
페트로누스 :
테리어 잭 러셀

배우 루퍼트 그린트는 〈해리 포터〉를 처음 소설로 읽었을 때부터 론 위즐리에게 친근감을 느꼈다. 그린트는 웃으며 말한다. "우리는 공통점이 많았어요. 무엇보다 난 붉은 머리죠. 또 우린 둘 다 대가족 출신이에요. 책을 읽으면서 우리 가족과 위즐리 가족이 굉장히 비슷하다고 느꼈어요." 그린트는 여러 번의 오디션을 거쳐서 마침내 론 배역을 맡게 되었다. 그런데 막상 그 소식을 들은 날 자신의 반응은 기억하지 못했다. "멍해지거나 그러지는 않았던 것 같아요. 이상하게도 내가 기억할 수 있는 건 그 소식에 엄청나게 행복했다는 것뿐이에요."

주디애나 매커브스키가 론의 캐릭터에 접근한 방식은 위즐리 가족 전체의 분위기를 정의할 때 도움이 되었다. "위즐리 가족은 다른 마법사 가족들만큼 부유하지 않아요. 그런 이유로 조금은 따돌림 비슷한 것도 당하고요. 그래서 론의 옷을 다른 사람과는 조금 다르게 만들었어요. 론의 어머니는 아이들 옷을 전부 직접 만들어서 입혀요. 옷을 짓는 걸 좋아하기도 하지만, 현실이 그렇기 때문이죠. 론은 그와는 잘 어울리지 않는 조금 촌스러운 뜨개 스웨터를 많이 입었어요." 몰리 위즐리가 매년 크리스마스 선물로 주는 '이니셜' 스웨터는 하나의 전통이 되었다.

원 안: 〈해리 포터와 마법사의 돌〉에서 론 위즐리가 몰리 위즐리의 특별한 크리스마스 선물인 이니셜 스웨터를 입고 있다.
옆쪽: 〈해리 포터와 죽음의 성물 1부〉의 루퍼트 그린트 홍보용 사진. **위:** 〈해리 포터와 아즈카반의 죄수〉에서 호그스미드로 가는 헤르미온느와 론. 론의 스웨터는 몰리 위즐리의 매우 고전적인 취향이다. **오른쪽:** 〈해리 포터와 불의 잔〉에서 론이 크리스마스 무도회에 입고 가는 독특한 옷 스케치. 자니 트밈 의상 디자인, 마우리시오 카네이로 그림.

LEAKY + GREEN 그녀?
CAULDRON

D12

SC. 82
RON

"그런데 나는 론이야,
론 위즐리."

—론 위즐리, 〈해리 포터와 마법사의 돌〉

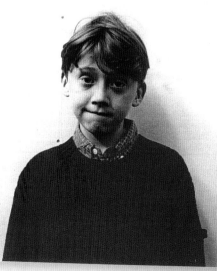

자니 트밈은 론의 의상 작업을 할 때 가장 즐거웠다고 말한다. "우리는 매년 론의 의상을 준비했고, 그때마다 많이 웃었어요. 정말이지 형편없었으니까요. 엄마가 주는 옷이니 입어야 했지만, 론 엄마의 패션 센스는 최악이었고, 그 점에서 론은 너무 불운했죠. 하지만 론은 그런 옷들도 잘 소화해냈어요. 루퍼트는 모든 옷을 캐릭터에 백 퍼센트 어울리게 입었고, 그래서 너무 빛났어요. 론이 워낙 호감형이었기 때문에, 옷에 대한 취향 문제는 걱정하지 않았어요. 다행스럽게도, 론이 좀 더 자라면서 어머니는 자녀들에게 옷 만들어 입히기를 그만두었죠. 하지만 론은 예전에 입던 스타일을 완전히 탈피하지는 못했어요."

위즐리 가족이 붉은 머리기 때문에, 트밈은 론과 이 가족의 색깔 톤을 확고하게 정했다. "위즐리 가족의 색으로는 항상 주황색, 갈색, 녹색 계통을 썼어요." 그리고 트밈은 격자무늬, 체크무늬와 줄무늬를 사용해 위즐리 가족 옷의 질감을 표현하곤 했다. 때로는 이 모든 특징이 옷 한 벌에 모두 나타나기도 했다.

옆쪽 위: 〈해리 포터와 아즈카반의 죄수〉에서 론이 입은 옷에는 위즐리 가족의 색깔 톤이 잘 반영되었다.
옆쪽 아래: 〈해리 포터와 마법사의 돌〉의 콘티 사진들.
왼쪽: 〈해리 포터와 혼혈 왕자〉 세트장의 루퍼트 그린트.
아래: 〈해리 포터와 죽음의 성물 1부〉에서 론과 아버지 아서(마크 윌리엄스)를 보면 트밈이 즐겨 사용했던 체크무늬로 옷의 질감을 표현한 방식을 알 수 있다.

론의 요술지팡이

론 위즐리의 첫 번째 지팡이는 단순한 막대기 모양이었다. 그런데 〈해리 포터와 비밀의 방〉에서 되받아치는 버드나무가 부러뜨리고 만다. 두 번째 지팡이는 위즐리네의 소박한 취향이 반영된 것이다. 피에르 보해나는 이렇게 말한다. "해리의 지팡이와 조금 비슷하지만 그렇게 세련된 건 아니에요. 론의 지팡이는 급히 깎은 나무뿌리에 더 가깝죠." 배우들이 사용한 요술지팡이들은 나무로 모형을 떴지만, 송진으로 제작되었다. 이에 대해 보해나는 다음과 같이 설명했다. "나무 지팡이는 사용하는 데 여러 가지 위험이 따랐어요. 떨어지면 깨지면서 산산조각 났거든요. 나무는 본성상 습기와 열, 추위의 영향을 받았고, 휘어지거나 부러질 수도 있어서 날마다 사용하기에 적합한 실용적인 재료가 아니었어요."

위: 〈해리 포터와 비밀의 방〉에서 론 위즐리가 어머니가 보낸 호울러에 놀라는 모습. 애덤 브록뱅크 그림. **오른쪽:** 〈해리 포터와 마법사의 돌〉에서 아직 호그와트 망토를 입지 않은 론과 해리가 호그와트 급행열차에 타고 있는 모습.
옆쪽 왼쪽: 새로운 그리핀도르 파수꾼이 된 루퍼트 그린트의 모습. 〈해리 포터와 혼혈 왕자〉의 홍보용 사진.

가장 큰 상처는?

〈해리 포터〉 영화 촬영 초기에, 대니얼 래드클리프와 루퍼트 그린트는 누가 상처 분장을 더 크게 하는지 겨루곤 했다. 어맨다 나이트는 이때를 회상했다. "그때는 둘 다 상처가 클수록 좋다고 생각했던 것 같아요. 하지만 몇 주에서 몇 달 동안 촬영이 계속되자, 분장 시간이 짧은 쪽을 더 좋아하더라고요!"

위: 〈해리 포터와 아즈카반의 죄수〉에서 퀴디치 경기를 마친 해리 포터. 긁히고 멍든 모습이다. 아래: 〈해리 포터와 죽음의 성물 1부〉에서 어깨가 분리된 분장을 하는 루퍼트 그린트.

헤르미온느 그레인저

"**처**음 몇 편을 찍을 때는 인터뷰 때마다 '나는 헤르미온느와 전혀 달라요'라고 말했어요. 모두에게 정말 그렇다고 강조했죠." 헤르미온느 그레인저를 연기한 배우 에마 왓슨의 말이다. "하지만 평소에 학교에서 나는 정말 열심히 공부하고 몹시 소심하면서도 조금은 말괄량이였어요. 그러니까 정말 헤르미온느와 비슷했던 거죠! 나의 그런 점들이 이 역할을 이해하는 데 도움이 된 것 같아요. 난 헤르미온느보다는 운동을 잘하지만, 결국엔 우리가 닮았다는 사실을 인정하게 됐어요."

주디애나 매커브스키는 호그와트 옷을 입지 않을 때의 헤르미온느 그레인저의 의상들을 만들 때 고전적인 영국 복장을 참고했다. "30년대와 40년대의 영국 기숙학교를 연상시키는 주름치마, 무릎 양말, 세련되고 따뜻한 손뜨개 스웨터를 찾아보았어요. 우리는 이런 복장이 헤르미온느에게 가장 잘 어울린다고 생각했죠. 헤르미온느는 적응 문제로 고민이 많아 보였고, 그래서 더 잘 어울린다고 생각했어요."

책에서 헤르미온느는 뻐드렁니가 있는 것으로 묘사되었다. 그 때문에 분장 팀은 〈해리 포터와 마법사의 돌〉에서 에마가 착용할 의치를 만들었다. 크리스 콜럼버스 감독은 이때를 이렇게 회상한다. "그걸 끼면 좀 바보 같아 보였고 발음에도 영향을 주었지만, 일단은 촬영 첫날 사

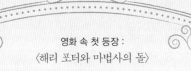

영화 속 첫 등장 :
〈해리 포터와 마법사의 돌〉

재등장 :
〈해리 포터와 비밀의 방〉
〈해리 포터와 아즈카반의 죄수〉
〈해리 포터와 불의 잔〉
〈해리 포터와 불사조 기사단〉
〈해리 포터와 혼혈 왕자〉
〈해리 포터와 죽음의 성물 1부〉
〈해리 포터와 죽음의 성물 2부〉

기숙사 :
그리핀도르

직업 :
호그와트 학생

소속 :
덤블도어의 군대

페트로누스 :
수달

원 안: 헤르미온느 그레인저 역의 에마 왓슨. **가운데:** 〈해리 포터와 비밀의 방〉의 헤르미온느 의상. **오른쪽:** 스네이프 교수의 표현에 따르면 "비위에 거슬리게 아는 체하는" 완벽한 학생의 모습. 〈해리 포터와 마법사의 돌〉의 헤르미온느 홍보용 사진. **옆쪽:** 〈해리 포터와 혼혈 왕자〉의 홍보용 사진.

"나는 그만 가서 자야겠어. 너희가 우리를
죽음으로 몰고 갈 또 다른 아이디어를 떠올리기
전에 말이야. 더 운이 나쁘면 퇴학당하게 될걸."

— 헤르미온느 그레인저, 〈해리 포터와 마법사의 돌〉

용해보기로 했어요." 그날의 러시들(편집하지 않은 촬영 영상 — 옮긴이)을 본 뒤, 감독은 생각을 바꾸기로 했다. 예리한 관객이라면, 〈해리 포터와 마법사의 돌〉의 마지막 장면에서 세 학생이 호그와트 급행열차에 탈 때 헤르미온느가 의치를 낀 유일한 모습을 볼 수 있을 것이다.

알폰소 쿠아론 감독은 아이들이 성장함에 따라 점점 더 현대적인 복장으로 자신을 표현하는 것이 좋겠다는 의견을 냈고, 에마 왓슨은 적극 동의했다. "늘 교복만 입지 않아도 된다는 게 정말 좋았어요. 덕분에 가려운 스웨터들을 벗을 수 있었죠! 나는 청바지를 입었고, 머리도 약간 짧고 차분하게 다듬었어요. 그편이 훨씬 현대적인 느낌을 주고, 우리가 청소년이 되어가는 모습을 보여준다고 생각했거든요." 하지만 자니 트밈에게 헤르미온느는 여전히 옷보다는 공부에 훨씬 더 관심이 많은 소녀였다. "헤르미온느에게는 두뇌를 최고의 자산으로 여기며 옷에는 별로 신경 쓰지 않는 여학생에게 어울리는 복장을 입혔어요. 헤르미온느는 공부하느라 바빠서 늘 실용적인 옷들을 입었죠. 그렇게 단순하게 입는데도 헤르미온느는 항상 사랑스러웠어요. 에마 왓슨이 아름다운 소녀였기 때문이죠." 트밈은 헤르미온느의 단순하고 실용적인 의상을 위해 분홍색과 회색 계통의 색상을 골랐다. 〈해리 포터〉 시리즈가 계속되는 동안, 트밈은 왓슨이 패션 감각도 뛰어나지만 자신의 캐릭터에 어울리는 것들을 잘 알고 있다는 사실을 깨달았다. 왓슨은 자신의 개인적인 취향보다 배역의 이미지를 먼저 생각했다. "왓슨은 이렇게 말하곤 했어요. '확실히 제 취향은 아니지만, 헤르미온느라면 그렇게 입을 거예요.'"

위: 〈해리 포터와 마법사의 돌〉에서 헤르미온느 그레인저 역을 맡은 에마 왓슨의 초기 비공개 사진.
왼쪽: 여학생 교복, 마우리시오 카네이로 스케치.
옆쪽: 〈해리 포터와 비밀의 방〉에서 폴리주스 마법약을 마시고 변신한 헤르미온느, 애덤 브록뱅크 아트워크.

위 왼쪽과 오른쪽: 〈해리 포터와 혼혈 왕자〉에서 호그와트 교복을 입을 때나 머글 옷을 입을 때나 에마 왓슨은 자신의 캐릭터가 무엇을 어떻게 입어야 하는지에 대해 탁월한 감각을 보여주었다. 아래: 〈해리 포터와 아즈카반의 죄수〉에서 헤르미온느가 해리의 목에 시간을 거꾸로 돌리는 시계를 걸어주고 있다. 옆쪽 왼쪽: 〈해리 포터와 불의 잔〉에서 크리스마스 무도회 의상을 입은 헤르미온느. 옆쪽 오른쪽: 〈죽음의 성물 1부〉에서 위즐리 가족 결혼식에 참석한 헤르미온느.

〈해리 포터와 불의 잔〉 이전까지, 헤어와 분장을 담당하는 어맨다 나이트와 에트네 페넬은 헤르미온느가 립스틱 등 눈에 띄는 색조 화장을 하지 않도록 엄격하게 금했다. 헤르미온느가 무도회에 확 달라진 모습으로 나타나야 했기 때문이다. 페넬의 표현에 따르면 그전까지 헤르미온느의 헤어 스타일은 "꺼벙"했다. 트밈은 웃으며 말한다. "헤르미온느는 론에게 관심이 있을 때만 옷에 관심을 보였죠. 〈해리 포터와 혼혈 왕자〉에서 헤르미온느는 다른 여학생들이 론에게 관심이 많다는 것을 알게 되고 그래서 좀 더 여성스러운 모습을 보이려고 노력해요. 지나친 치장을 하는 건 아니지만, 어쨌건 노력을 하죠." 왓슨의 말은 이렇다. "나는 헤르미온느가 화장법이나 머리 손질법 같은 것을 잘 몰랐다고 생각해요. 헤르미온느에게 그건 언제나 미개척지였죠."

헤르미온느의 요술지팡이

헤르미온느 그레인저의 지팡이는 라임우드와 비슷한 플라타너스 나무를 손으로 깎아서 만든 것이다. 이 나무는 단단해서 모양을 세밀하게 새겨 넣을 수 있다. 이 지팡이에는 물을 들여서 몸통 전체를 휘감은 담쟁이덩굴 같은 띠 장식을 강조했다. 에마 왓슨은 지팡이 전투를 아주 좋아해서, 〈해리 포터와 불사조 기사단〉의 마법부 전투 장면에 대해 이렇게 말했다. "그 액션은 그 어떤 것과도 달랐어요. 칼싸움, 가라테, 댄스, 심지어 〈매트릭스〉까지 모든 것을 다 혼합한 것 같았죠. 그 모든 것이 합쳐져서 더없이 독특하고 완벽한 예술적인 형태로 만들어졌어요. 아주 우아하면서도 차분했죠." 왓슨은 그 장면을 찍으면서 처음으로 "마법사들의 능력을 깨닫고 감탄하게 되었다"고 한다.

네빌 롱바텀

네빌 롱바텀 역할을 한 배우 매슈 루이스는 말한다. "의상과 분장은 아주 중요해요. 그 역할에 몰입해서 연기할 수 있도록 도와주거든요. 거울을 보았을 때 자신이 보이지 않고 캐릭터만 보이면 집중하는 데 큰 도움이 돼요. 내가 제대로 연기할 수 있도록 도와준 그 모든 작업에 감사하고 있어요."

네빌 롱바텀은 어설프고 자신감 없을 뿐 아니라 뚱뚱하고, 뻐드렁니에 덤보처럼 커다란 귀를 가진 소년이다. "촬영할 때는 대부분 플라스틱 장치를 착용했어요. 귀를 튀어나오게 만들려고요. 가짜 덧니도 끼고, 뚱보 옷도 입었죠. 인터뷰할 때마다 이 모든 사실을 말하고 싶었어요." 어떤 배우는 루이스가 이렇게 많은 분장을 한다는 사실을 전혀 알아차리지 못했다. 라벤더 브라운 역할을 한 제시 케이브는 〈해리 포터와 죽음의 성물 2부〉를 촬영하려고 돌아왔을 때 한 의상 팀원에게 매슈 루이스가 살이 너무 빠졌다고 말했다. 물론 스태프는 루이스가 촬영을 위해 뚱보 옷을 입었던 거라고 일러주었다. 루이스는 웃으며 말한다. "제시는 지금도 나를 볼 때마다 미안하다고 해요. 내가 살을 찌웠다가 뺐다가 그러는 줄 알았다는 거예요!"

루이스는 〈해리 포터와 불사조 기사단〉에서 의치와 튀어나온 귀를 뺐고, 〈해리 포터와 죽음의 성물 1부〉와 〈해리 포터와 죽음의 성물 2부〉에서는 뚱보 옷도 벗었다. "다행히 마지막에는 그 모두를 벗을 수 있었어요. 〈죽음의 성물 2부〉에서는 네빌이 홀쭉해져요. 우리는 그가 호그와트 지하에서 저항군의 리더로 살아왔다는 느낌을 담으려고 노력했죠. 네빌은 식사할 시간도 없는, 극심한 스트레스 속에서 살아야 했어요." 루이스는 호그와트의 전투 장

원 안: 네빌 롱바텀 역의 매슈 루이스. 위: 〈해리 포터와 마법사의 돌〉에서 네빌이 할머니(레일라 호프먼)의 전송을 받으며 호그와트 급행열차에 오르고 있다.
오른쪽: 〈마법사의 돌〉에서 뻐드렁니와 뚱보 옷을 착용한 네빌. 옆쪽: 〈해리 포터와 죽음의 성물 2부〉의 홍보용 사진.

면에서 부상을 입으면서 헤드피스를 포함한 또 다른 보형물들을 착용해야 했다. "첫 주에는 정말 재미있었어요. '재밌다! 멋지다!' 하면서 감탄했죠. 하지만 곧 지겨워졌어요. 신기한 느낌은 금세 사라지더라고요."

신체적인 변화 외에도, 루이스는 자신의 캐릭터뿐 아니라 그 자신이 크게 변화했다고 느꼈다. "촬영을 처음 시작할 때, 나는 네빌과 크게 다르지 않았어요. 수줍은 성격에 성적도 별로고 많은 사람 앞에서 말하는 것을 좋아하지 않았죠. 하지만 네빌이 자신감을 키우면서 나 역시 그렇게 되었어요. 배우는 자신의 경험을 연기에 반영하게 되지만, 내 경우는 매슈 루이스가 네빌에게 영향을 미친 것만큼이나 네빌이 매슈 루이스에게 영향을 미쳤다고 생각해요. 그래서 기쁘고요."

네빌의 요술지팡이

네빌 롱바텀의 지팡이는 검은 나무 손잡이에 3회전 나선이 둘린 것이 주요 특징이다. 매슈 루이스(네빌)는 〈해리 포터와 마법사의 돌〉을 읽고 나서 '해리 포터' 놀이를 했다고 한다. "친구하고 호그와트 망토 대신 목욕 가운을 입고서, 나뭇가지를 요술지팡이 삼아 하루 종일 서로에게 주문을 쏘았죠." 도안가 해티 스토리 역시 천연 재료 지팡이를 좋아했다. "나는 항상 나무뿌리를 툭툭 쳐내서 만든 듯한 지팡이가 가장 좋았습니다. 그런 지팡이들은 굉장히 마술적이면서도 신비롭게 보였거든요."

위: 〈해리 포터와 마법사의 돌〉에서 잠옷 차림의 네빌이 페트리피쿠스 토탈루스 주문으로 굳어버린 모습. 아래: 〈해리 포터와 불사조 기사단〉에서 무장 해제 마법을 연습하는 모습. 오른쪽: 〈해리 포터와 불의 잔〉에서 두 번째 시험을 수행하는 해리에게 아가미풀을 구해다주는 모습. 옆쪽 위: 〈불의 잔〉에서 네빌이 호그와트 지붕 위에서 왈츠를 연습하는 분위기 있는 모습. 앤드루 윌리엄슨 비주얼 개발 작업. 옆쪽 아래: 〈해리 포터와 죽음의 성물 2부〉에서 네빌이 헤르미온느, 론, 해리를 데리고 필요의 방에 들어가는 모습.

"왜 항상 나야?"

— 네빌 롱바텀, 〈해리 포터와 비밀의 방〉

프레드와 조지 위즐리

위즐리네 쌍둥이 형제 프레드와 조지를 연기한 제임스 펠프스와 올리버 펠프스 형제는 처음부터 〈해리 포터〉 책의 팬이었지만, 어머니가 〈해리 포터와 마법사의 돌〉 영화 공개 오디션 이야기를 했을 때는 학교를 하루 빼먹을 수 있다는 사실에 더 관심이 많았다. "우리는 '아, 좋아요, 해야 한다면요'라고 말했죠." 제임스가 말한다. 두 사람은 오디션에 갔다가 똑같은 옷을 입지 않은 쌍둥이가 자신들뿐인 것을 보고 가장 가까운 가게로 달려가 똑같은 셔츠를 사 입었다. 학교 친구들은 두 사람이 머리를 적갈색으로 염색하고 등교할 때까지 이들이 위즐리네 쌍둥이 형제로 캐스팅되었다는 사실을 믿지 않았다. 마지막 시련은 첫 번째 대본 리딩 때 왔다. 올리버는 이렇게 회상한다. "우리는 조감독님 중 한 분께 물었어요. 누가 누구 역이에요?" 이어 제임스가 말한다. "우리는 대본을 두 부 받았어요. 그런데 누가 프레드고 누가 조지인지 아무도 말해주지 않는 거예요! 결국 캐스팅 담당자가 배역을 말해주었는데, 그게 원래 계획된 건지 아니면 그 자리에서 결정한 건지는 알 수 없었어요."

〈해리 포터와 마법사의 돌〉과 〈해리 포터와 비밀의 방〉에서 프레드와 조지는 호그와트 교복을 입지 않을 때면 늘 똑같은 옷을 입었는데, 늘 위즐리 홈메이드 스타일이었다. 자니 트밈은 쌍둥이가 〈해리 포터와 불사조 기사단〉에서 자신들만의 정체성을 확립하고 사업에 뛰어들 때까지 이런 전통을 고수했다. 하지만 이후부터는 이들의 개성이 드러나도록 교복도 다르게 입히고, 비슷한 셔츠와 스웨터를 입혀도 보색을 활용했다.

〈해리 포터와 혼혈 왕자〉에서 쌍둥이들이 드디어 위즐리 형제의 신기한 장난감 가게를 차렸을 때, 트밈은 이들의 '브랜드'가 확

영화 속 첫 등장 :
〈해리 포터와 마법사의 돌〉

재등장 :
〈해리 포터와 비밀의 방〉
〈해리 포터와 아즈카반의 죄수〉
〈해리 포터와 불의 잔〉
〈해리 포터와 불사조 기사단〉
〈해리 포터와 혼혈 왕자〉
〈해리 포터와 죽음의 성물 1부〉
〈해리 포터와 죽음의 성물 2부〉

기숙사 :
그리핀도르

직업 :
호그와트 학생, 그리핀도르 몰이꾼,
위즐리 형제의 신기한 장난감 가게 주인

소속 :
덤블도어의 군대

원 안: 위즐리네 쌍둥이 형제 조지(올리버 펠프스, 위)와 프레드(제임스 펠프스, 가운데). 아래: 프레드와 조지가 〈해리 포터와 마법사의 돌〉에서 형 퍼시(크리스토퍼 랭킨)를 따라 9와 4분의 3번 승강장으로 들어서고 있다. 오른쪽: 자니 트밈은 〈해리 포터와 혼혈 왕자〉에서 쌍둥이들의 스타일에 '브랜드화'된 느낌을 주었다. 마우리시오 카네이로 그림. 옆쪽: 〈혼혈 왕자〉의 홍보용 사진.

"우아, 우리는 일란성이야!"

— 프레드 위즐리와 조지 위즐리,
〈해리 포터와 죽음의 성물 1부〉

립되었다고 보았다. 둘은 여전히 똑같은 스리피스 정장을 입었지만, 셔츠와 구두 그리고 불이 켜지는 넥타이가 서로 달랐다. 이들의 양복은 런던의 양복점에서 맞추었는데, 그때 특별한 주머니를 달아달라고 부탁했다. 올리버는 이렇게 설명했다. "조끼 안쪽에 비밀 주머니가 있어요. 거기에 배터리를 넣어서 넥타이에 불이 들어오게 하는 거였죠." 무엇보다도 트밈은 두 사람을 전체적으로 세련되게 표현하고자 했다. "자신들의 가게를 운영하는 만큼, 이들에게는 멋지게 차려입을 만한 돈이 있어요. 물론 자신들만의 독특한 방식이 있지만, 세련될 수는 있죠."

〈해리 포터와 죽음의 성물 1부〉에서 조지 위즐리는 해리를 버로우로 이동시키다가 한쪽 귀를 잃는다. 이 때문에 올리버 펠프스는 머리 전체의 주형을 떠야 했다. 제임스는 말한다. "밀실 공포증을 느낀 건 그때가 처음이었어요. 처음에는 올리버의 귀 주변에 파란 점 여섯 개만 찍으면 나머지는 컴퓨터가 알아서 할 거라고 생각했어요. 그런데 그렇지 않더라고요." 그 장면을 위해 올리버는 붕대와 가발 밑에 세 개의 보형 장치를 착용했다. 한번은 올리버와 데이비드 예이츠 감독이 아이디어를 냈다. "아마도 조지가 익살스러운 귀를 달게 될 것 같으니, 우리끼리 아이디어를 내보자고 경쟁한 적이 있어요. 루퍼트의 아이디어가 낙점됐죠. 결국 실행에 옮기지는 않았는데, 아마 조지 역시 장난으로라도 착용하고 싶지 않았을 거예요. 결국 조지는 귀에 칫솔을 꽂았죠." 제임스는 이야기를 농담으로 마무리했다. "그런데 뇌가 작아서 칫솔이 단단히 박히지는 않더라고요."

옆쪽 위: 〈해리 포터와 혼혈 왕자〉에 나오는 위즐리네 쌍둥이 형제의 양복, 자미 트밈 디자인, 마우리시오 카네이로 그림. 옆쪽 아래: 〈해리 포터와 불사조 기사단〉 촬영 중 휴식 시간에 루퍼트 그린트가 영화 속 형들인 올리버와 제임스 펠프스와 킹스 크로스 역 앞에서 웃으며 대화하고 있다. 위: 422회 퀴디치 월드컵 때 위즐리 가족이 자신들의 텐트로 들어가고 있다. 아래: 〈해리 포터와 불의 잔〉에서 프레드가 트리위저드 시합 첫 번째 시험을 앞두고 내기를 걸고 있다. 프레드는 어머니가 떠준 모자와 스웨터를 입었다. 오른쪽: 〈해리 포터와 불사조 기사단〉에서 덤블도어의 군대가 연습을 하고 있다.

프레드와 조지의 요술지팡이

위즐리네 쌍둥이 형제 프레드와 조지의 요술지팡이는 크게 다르지 않다. 조지의 지팡이는 빗자루와 비슷하다. 올리버 펠프스(조지)는 말한다. "최신 스타일의 빗자루예요. 끝부분에 직조 장식이 있고, 안장 비슷한 것도 있거든요." 제임스 펠프스(프레드)는 말한다. "내 건 끝부분이 솔방울과 비슷해요." 두 지팡이는 다른 용도에 쓰일 여러 가지 버전으로 만들어졌다. 제임스는 말한다. "내가 알기로, 나를 위한 지팡이는 세 개였어요. 하나는 단단한 고무 같았고, 다른 두 개는 나무였어요. 그게 나무라는 걸 아는 이유는 내가 그 두 개를 다 부러뜨렸기 때문이죠." 제임스가 말하자 올리버가 덧붙였다. "영화 촬영 중에 부러진 게 아니에요. 사진 촬영 때 그랬다고요!"

지니 위즐리

배우 보니 라이트에게 자신이 연기한 지니 위즐리와 같은 옷을 입겠느냐고 묻자, 그녀는 미소 지었다. "지니는 상당히 특이하고 색다른 옷들을 갖고 있죠. 하지만 딱히 지니가 입는 옷들을 입고 싶지는 않아요. 물론 그 옷들은 나에게 도움이 됐어요. 평소에 입는 옷들과 달랐기 때문에 지니라는 역할에 몰입할 수 있었죠."

자니 트밈은 말한다. "물론 지니의 옷 중에도 뜨개옷이 많아요. 오랫동안 어머니가 딸의 옷을 만들어 주었으니까요. 하지만 〈해리 포터와 불의 잔〉에 이르렀을 때, 더 이상은 안 된다고 생각했어요. 지니는 이제 자기 옷을 직접 사 입을 나이였고, 우리 역시 지니가 변화하기를 원했죠." 보니 라이트는 변화하자는 데 동의했다. "확실히 지니는 자라면서 점점 더 활발해지고 자신감이 생겨났어요. 그러면서 아마 위즐리 가족 스타일을 떨쳐내고 싶었을 거예요. 그래서 주황색도 털실 옷도 입는 횟수가 줄어들죠." 지니가 성장하면서, 트밈은 지니에게 오빠들과는 다른 색상의 옷을 입혔다. 주황색 대신 분홍색을 쓰고, 녹색과 갈색도 더 어둡거나 채도를 낮췄다. 소녀스러운 장신구나 머리 장식은 사라졌다. 트밈이 말한다. "지니의 옷은 성장기 소녀의 섬세한 균형을 반영해야 했어요."

보니 라이트는 지니와 해리의 관계가 발전함에 따라, 그녀 자신의 모습도 발전해야 한다는 의상 팀의 견해에 동의했다. "지니는 오빠들 틈에서 자라서 진짜 '소녀다운' 소녀 시절을 갖지 못했어요. 하지만 〈해리 포터와 혼혈 왕자〉의 크리스마스 파티를 보면 지니가 숙녀로 자라고 있다는 걸 알 수 있죠. 그래서 해리는 지니를 새삼 달리 보며 흥미를 느껴요. 그래서 나는 해리가 자신의 새로운 감정을 깨닫도록, 지니가 뭔가를 해야 한다고 생각했어요."

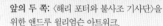

앞의 두 쪽: 〈해리 포터와 불사조 기사단〉을
위한 앤드루 윌리엄슨 아트워크.
옆쪽 원 안: 지니 위즐리 역의 보니 라이트.
옆쪽 왼쪽: 〈해리 포터와 혼혈 왕자〉 홍보용
사진. 라이트는 차분한 색상의 옷을 입고
있다.
옆쪽 아래: 〈해리 포터와 마법사의 돌〉에서
해리 포터가 위즐리 가족에게 9와 4분의 3번
승강장으로 가는 길을 묻고 있다.
위: 〈혼혈 왕자〉의 필요의 방에서 지니가
해리와의 첫 키스를 앞두고 있다.
아래: 보니 라이트가 호그와트 망토를 입고
있다. 〈해리 포터와 비밀의 방〉 홍보용 사진.

영화 속 첫 등장 :
〈해리 포터와 마법사의 돌〉

재등장 :
〈해리 포터와 비밀의 방〉
〈해리 포터와 아즈카반의 죄수〉
〈해리 포터와 불의 잔〉
〈해리 포터와 불사조 기사단〉
〈해리 포터와 혼혈 왕자〉
〈해리 포터와 죽음의 성물 1부〉
〈해리 포터와 죽음의 성물 2부〉

기숙사 :
그리핀도르

직업 :
호그와트 학생, 그리핀도르 추격꾼

소속 :
덤블도어의 군대

페트로누스 :
말

> "또 피투성이가 됐어.
> 왜 늘 피투성이가
> 되는 거지?"
>
> — 지니 위즐리, 〈해리 포터와 혼혈 왕자〉

지니의 요술지팡이

지니 위즐리의 검은색 요술지팡이는 손잡이에 나선형 무늬가 있고, 손잡이와 몸체 중간의 짧은 구간에는 오돌토돌한 무늬가 박혀 있다. 〈불사조 기사단〉 촬영 기간에 마법부 전투 장면을 찍으면서, 보니 라이트는 배우들마다 지팡이를 휘두르는 스타일이 다르다는 것을 알았다. "펜을 쥐는 방식이 사람마다 다르듯, 지팡이를 잡는 방법도 그런 것 같았어요. 그래서 〈아즈카반의 죄수〉를 찍기 전에 지팡이를 고를 때, 캐릭터의 겉모습뿐 아니라 손에 잘 맞는지, 그 느낌에 따랐죠."

마법 세계 바깥의 옷

〈해리 포터와 아즈카반의 죄수〉 이후 학생들은 점점 더 현대식 옷을 많이 입었다. 하지만 브랜드 로고 노출은 여전히 허락되지 않았고, 자니 트밈은 캐릭터들과 현대적 트렌드의 거리를 고려해야 했다. "해리와 헤르미온느는 머글 세계의 패션을 잘 알았지만 지니와 론은 아니었죠. 이들의 옷을 선택할 때는 마법 세계의 문화뿐 아니라 이런 점들도 반영했습니다." 트밈의 과제는 "등장인물들의 특징을 살리면서도 현대적이면서 멋지고, 그러면서도 마법적 느낌이 나는" 옷을 입히는 것이었다. 지니를 비롯한 어린 배우들의 '머글' 옷은 대개 런던 상점에서 구입한 다음 수선했다. "어떤 옷을 사든 새 옷이니까, 이미 여러 번 입은 것 같은 느낌을 만들려면 별도의 작업이 필요했죠." 적어도 의상의 30퍼센트는 기성품을 (언제나 여러 벌씩) 구매한 다음, 장식을 더하고, 소매나 깃, 단추나 여밈 장치를 수선해서 만들었다.

옆쪽 원 안: 〈해리 포터와 불사조 기사단〉에서 지니 위즐리가 주문을 연습하고 있다. **옆쪽 위:** 보니 라이트가 위즐리 가족의 색인 분홍색 옷을 입고 있다. 〈해리 포터와 불의 잔〉 홍보용 사진. **옆쪽 아래:** 〈해리 포터와 혼혈 왕자〉에서 해리 포터와 지니가 예선을 위해 새 퀴디치 연습복을 입었다. **위와 아래:** 〈혼혈 왕자〉에서 착용한 사랑이 담긴 엄마표 손뜨개 머리끈과 기운 바지.

위와 아래: 자니 트밈은 '머글' 상점에서 산 옷들을 '위즐리 가족'이라는 상표가 붙어 있기라도 한 것처럼 구성했다. 〈해리 포터와 불사조 기사단〉의 지니(위)와 〈해리 포터와 불의 잔〉의 론과 지니(아래).

드레이코 말포이

영화 〈해리 포터와 마법사의 돌〉의 오디션을 볼 때 톰 펠턴은 자신이 〈해리 포터〉 책을 잘 모른다는 사실을 숨겨야 했다. "오디션에서 제작진이 가장 먼저 물어본 것 중 하나는 '《마법사의 돌》에서 가장 좋아하는 장면이 뭐죠?'였어요. 그때 나는 배우 일곱 명과 함께 앉아 있었는데, 내 옆의 아이가 '아, 그린고트요. 저는 트롤이 좋아요'라고 대답하더라고요. 그래서 같은 질문을 받았을 때, 나도 똑같이 대답했죠. '저는 트롤이 좋아요. 그들은 아주 멋지거든요'라고요. 아마 크리스 콜럼버스 감독은 내 거짓말을 바로 알아차렸을 거예요." 펠턴은 처음에는 해리와 론("그리고 헤르미온느도요!" 톰이 재치 있게 덧붙였다)의 배역으로 오디션을 보았지만 결국 주인공의 적인 은발 소년 역할을 맡게 되었다.

부유한 순수 혈통 마법사 집안의 아들인 드레이코 말포이를 표현할 때, 주디애나 매커브스키는 단순하게 표현하는 것이 더 효과적이라고 느꼈다. 드레이코의 사악함이 의복에 가려지지 않도록 하려는 의도에서였다. 말포이의 겉모습에서 두드러지는 것은 백금발이다. 펠턴은 그때를 회상했다. "초창기에는 머리를 완벽하게 뒤로 빗어 넘겼어요. 헤어젤을 많이 사용했죠." 시리즈가 계속되면서 머리 모양은 조금 더 자연스러워졌지만, 〈해리 포터와 불의 잔〉에서는 가발을 썼다. "일주일에 한 번씩 금발로 염색하느라 힘들었는데 제작진이 가발을 써도 좋다고 했어요. 하지만 막상 가발을 써보니까 진짜 금발인 편이 보기 좋더라고요. 결과물이 그렇게 가치 있다면, 염색을 하는 건 큰 문제가 아니라고 생각했죠."

영화에서 말포이는 몇 차례에 걸쳐 집안의 부를 자랑한다. 〈해리 포터와 아즈카반의 죄수〉에서 호그스미드로 갈 때는 론과 헤르미온느의 집에서 만든 소박한 옷과 대조되는 모피 모

영화 속 첫 등장 :
〈해리 포터와 마법사의 돌〉

재등장 :
〈해리 포터와 비밀의 방〉
〈해리 포터와 아즈카반의 죄수〉
〈해리 포터와 불의 잔〉
〈해리 포터와 불사조 기사단〉
〈해리 포터와 혼혈 왕자〉
〈해리 포터와 죽음의 성물 1부〉
〈해리 포터와 죽음의 성물 2부〉

기숙사 :
슬리데린

직업 :
호그와트 학생, 슬리데린 수색꾼

소속 :
감사 위원회, 죽음을 먹는 자

원 안: 드레이코 말포이 역의 톰 펠턴. **오른쪽과 옆쪽**: 〈해리 포터와 마법사의 돌〉과 〈해리 포터와 혼혈 왕자〉의 톰 펠턴 홍보용 사진. **아래**: 벌을 받아 금지된 숲에 간 말포이와 친구들.

"우리 아버지가 이 일을 아시게 될 거야!"

— 드레이코 말포이, 〈해리 포터와 불의 잔〉

자에 명품 코트를 입는다. 그가 〈해리 포터와 불의 잔〉에서 입은 턱시도 역시 최고급품이었다. 하지만 드레이코가 진정한 패션 리더가 된 것은 〈해리 포터와 혼혈 왕자〉에서였다. 자니 트밈은 말한다. "드레이코는 아버지를 따라서 죽음을 먹는 자가 되기로 결심해요. 그래서 호그와트 망토보다 검은색 맞춤 정장을 더 많이 입죠. 마음이 이미 학교 밖에 있고, 스스로 학생이 아니라고 생각한다는 것을 표현하려는 의도였어요." 시리즈가 계속되는 동안, 톰 펠턴은 다른 색깔 옷을 입어달라고 부탁하는 팬들의 편지를 많이 받았다. 하지만 자신의 캐릭터를 누구보다 잘 아는 그는 "드레이코와 관련되어 있는 한, 검은색이 어울리지 않는 경우는 없었어요"라고 말한다.

드레이코의 요술지팡이

드 레이코 말포이의 지팡이는 끝이 뭉툭하게 만들어진 단순한 디자인으로, 뭉툭한 몸체는 갈색 멕시코 자단으로, 손잡이는 검은색 흑단으로 만들었다. 드레이코는 〈혼혈 왕자〉 이후 잠시 덤블도어의 지팡이를 소유하지만, 〈해리 포터와 죽음의 성물 1부〉에서는 자신의 지팡이를 잃어버린다. 톰 펠턴도 다른 여러 배우들처럼 〈해리 포터〉 영화 출연 기념품으로 지팡이를 선택했다. 펠턴은 이렇게 회상한다. "언젠가 워릭 데이비스(플리트윅 교수)와 이에 관해 이야기한 적이 있어요. 소품 한두 개를 가져갈 수 있다면 뭘 가져갈까? 우리 둘 다 가장 먼저 지팡이를 떠올렸죠."

옆쪽 위: 〈해리 포터와 아즈카반의 죄수〉에서 드레이코 말포이가 손에는 교과서를 들고, 어깨에는 이름을 새긴 가죽 책가방을 멘 채 신비한 동물 돌보기 수업을 기다리고 있다. **옆쪽 아래:** 〈아즈카반의 죄수〉에서 모피 모자와 가죽 장갑을 끼고 호그스미드를 방문한 드레이코와 크레이브(제이미 웨일럿). **위:** 〈해리 포터와 혼혈 왕자〉에서 드레이코가 사라지는 캐비닛에 주문을 걸고 있다. **아래:** 〈해리 포터와 죽음의 성물 2부〉에서 슬리데린의 그레고리 고일(조시 허드먼)과 블레이즈 자비니(루이 코디스)가 격렬한 대결을 벌이는 드레이코의 양옆을 지키고 있다.

루나 러브굿

루나 러브굿을 호그와트의 친구들과 '다르다'고 생각할지도 모르지만, 자니 트밈은 루나가 괴짜처럼 보이지 않게 하려고 노력했다. "루나의 옷차림은 다른 여학생들보다 더 '마법사' 같을지도 몰라요. 하지만 그건 루나의 개성이죠. 루나에게는 자신만의 취향과 취미가 있어요. 독특한 장신구를 만드는 것도 여기에 포함되죠." 캐릭터에 대한 이반나 린치의 깊은 이해는 디자이너에게 귀중한 자원이 되었다. 트밈이 빨간색 순무 모양 귀고리를 만들어주자, 린치는 주황색이어야 한다고 주장했다 (실제로 이것은 날아다니는 자두를 표현한 거였다). 트밈은 이렇게 회상한다. "이반나는 캐릭터와 관련된 몇몇 일에 있어서 굉장히 명확했어요. 그래서 버터맥주 병뚜껑 목걸이가 있고, 딸기 장식 구두가 있었죠. 사실 우리는 루나의 옷 곳곳에 딸기를 넣었어요. 루나가 딸기를 좋아했기 때문이죠." 린치는 〈해리 포터와 혼혈 왕자〉에서 슬러그혼 교수의 크리스마스 파티에 끼고 간 토끼 반지도 직접 만들고, 그리핀도르 퀴디치 팀을 응원할 때 쓴 사자 모자도 디자인했다.

짝이 맞지 않는 듯한 루나의 패션에는 자주색과 파란색이 많았고, 옷감에는 예술적인 느낌을 주는 동물이나 자연물이 자주 등장했다. 자니 트밈은 루나가 항상 '스스로 만든 세계'에 산다는 사실을 고려했다고 말한다. "루나는 곤충이나 동물을 모으는 아이 같았어요. 루나가 세계를 바라보는 방식은 누구와도 달랐죠. 나는 항상 루나의 옷에서 그 점이 드러나기를 바랐어요. 아주 중요한 점이라고 생각했죠."

원 안: 루나 러브굿 역의 이반나 린치. 오른쪽: 〈해리 포터와 불사조 기사단〉의 린치의 의상 참고 사진. 아래와 옆쪽 왼쪽: 루나의 독특한 의상을 보여주는 의상 스케치들, 자니 트밈 디자인, 마우리시오 카네이로 스케치. 옆쪽 오른쪽: 〈해리 포터와 혼혈 왕자〉에 쓰인 루나의 그리핀도르를 응원하는 모자, 애덤 브록뱅크 그림.

영화 속 첫 등장 :
〈해리 포터와 불사조 기사단〉

재등장 :
〈해리 포터와 혼혈 왕자〉
〈해리 포터와 죽음의 성물 1부〉
〈해리 포터와 죽음의 성물 2부〉

기숙사 :
래번클로

직업 :
호그와트 학생

소속 :
덤블도어의 군대

페트로누스 :
산토끼

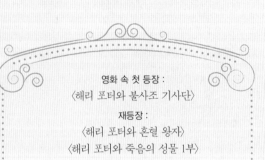

"너도 나만큼은
정상이니까."

—루나 러브굿,
〈해리 포터와 불사조 기사단〉

해리 포터 제작자 데이비드
헤이먼과 데이비드 예이츠 감독은
"이반나가 바로 루나였어요"라고 입
을 모은다. 린치 역시 〈해리 포터와 불사
조 기사단〉을 읽었을 때 자신과 캐릭터가 정
말 비슷하다고 느꼈다. 하지만 린치는 한 가지
중요한 차이가 있다고 말한다. 린치 자신은 루나보
다 더 끈기가 있다고. 영국 곳곳에서 열린 공개 오디션
에서 루나 역에 1만 5천 명의 지원자가 몰렸을 때도, 린치
는 4시간 동안 줄을 서서 기다렸다.

루나의 요술지팡이

론 위즐리와 마찬가지로 루나 러브굿도 지팡이가 두 개였다. 첫 번째 지팡
이는 지휘봉 스타일로, 덩굴과 도토리가 나선형으로 그려져 있었다. 〈해리 포
터와 불사조 기사단〉에서 루나가 처음으로 페트로누스 주문을 배우는 장면을 찍
을 때 이반나 린치는 "약간 실망"했다고 말한다. "'엑스펙토 파트로눔'을 외쳤는데, 지
팡이 끝에서 아무것도 나가지 않더라고요." 이 지팡이는 〈해리 포터와 죽음의 성물 1부〉
에서 죽음을 먹는 자들에게 빼앗긴다. 그런 다음 감금되었을 때, 올리밴더가 루나에게 새 지
팡이를 만들어준다. 두 번째 지팡이는 어두운 색 나무로 만든 것으로, 손잡이에 길쭉한 튤립 모
양 꽃이 있다.

제2장

호그와트 교직원

덤블도어 교수

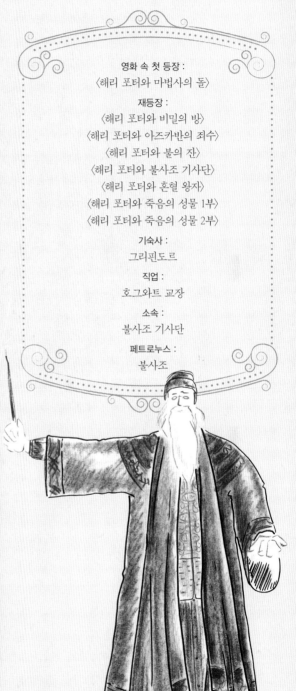

배우 리처드 해리스가 〈해리 포터와 마법사의 돌〉 촬영을 앞두고 알버스 퍼시벌 울프릭 브라이언 덤블도어 교수의 의상을 의논하기 위해 주디애나 매커브스키를 찾아갔을 때, 매커브스키는 몇 장의 예비 스케치를 보여주었다. "그는 한동안 스케치들을 바라보더니 '고맙습니다. 고맙습니다. 이제 내 캐릭터를 알겠습니다'라고 했어요. 그걸로 끝이었죠. 리처드 해리스는 아주 단순명료했어요." 매커브스키는 그 전에 J.K. 롤링을 만났고, 작가는 디자이너에게 덤블도어가 옷을 좋아하고 약간의 사치를 즐기는 사람이라고 말해주었다. "롤링은 나에게 덤블도어를 유행에 지나치게 관심이 많은 사람으로 묘사해야 한다고 주장했어요." 그래서 매커브스키는 엘리자베스 여왕을 위해 자수를 놓는 사람 두 명을 고용해 덤블도어의 망토를 장식하도록 했고, 그중 한 명은 8주의 시간을 들여 이 옷에 켈트족 상징을 새겨 넣었다. 매커브스키는 말한다. "리처드는 영화 속 누구보다 옷을 많이 갈아입었지만 함께 일하기 좋은 사람이었어요." 이런 수작업뿐 아니라, 천에 실크스크린과 아플리케 작업도 해서 옷이 '공장 제품'이라는 느낌이 들지 않게 했다. 촬영 기간 중 해리스는 긴 백발과 길고 흰 턱수염을 붙이느라 분장 의자에 몇 시간씩 앉아 있었다. 수석 분장사 어맨다 나이트는 식사 시간에는 끈으로 수염을 묶어서 불편을 덜어주었다.

〈해리 포터와 비밀의 방〉에서 해리는 교장실에서 퍽스를 처음 만난다. 이 장면에서 덤블도어가 입은 옷은 의상 디자이너 린디 헤밍이 오래된 직물과 오래된 태피스트리 조각들을 잘라서 만든 것이다. 덤블도어가 50년 전 장면에서 입을 옷도 필요했다. 차석 의상 디자이너 마이클 오코너는 덤블도어의 옷을 더 단순하게만 만들면 된다고 보았다. "색깔과 질감은 그대로 유지했

영화 속 첫 등장 :
〈해리 포터와 마법사의 돌〉

재등장 :
〈해리 포터와 비밀의 방〉
〈해리 포터와 아즈카반의 죄수〉
〈해리 포터와 불의 잔〉
〈해리 포터와 불사조 기사단〉
〈해리 포터와 혼혈 왕자〉
〈해리 포터와 죽음의 성물 1부〉
〈해리 포터와 죽음의 성물 2부〉

기숙사 :
그리핀도르

직업 :
호그와트 교장

소속 :
불사조 기사단

페트로누스 :
불사조

앞쪽: 〈해리 포터와 불의 잔〉에서 크리스마스 무도회에 참석한 맥고나걸 교수(매기 스미스)와 덤블도어 교수(마이클 갬번).
옆쪽: 〈해리 포터와 비밀의 방〉에서 덤블도어가 낡은 태피스트리 조각들이 포함된 망토를 입고 있다.
원 안: 알버스 덤블도어 역의 리처드 해리스. **아래:** 〈비밀의 방〉에서 교장실에 간 해리.
오른쪽: 덤블도어의 망토, 주디애나 매커브스키 의상 디자인, 로랑 귄치 스케치.

습니다. 그가 호그와트 교장일 때만큼 장식이 많지 않을 뿐이죠. 자주색, 갈색, 금색 계통은 유지하고, 실루엣을 약간 작게, 덜 과장되게 만들었어요." 그런데 안타깝게도 리처드 해리스는 2편이 끝난 뒤에 세상을 떠났다.

배우 마이클 갬번이 리처드 해리스의 뒤를 이어 덤블도어 역을 맡게 되었다. 자니 트밈은 옷을 좋아하는 덤블도어 본래의 특징에 새로운 배우의 특징을 결합시켰다. "나는 덤블도어가 늘 움직이며, 활기차고, 자기 확신이 강한 사람이라고 생각했습니다." 알폰소 쿠아론 감독도 같은 생각이었다. "갬번이 묘사한 덤블도어는 여전히 세련되고 품격이 있는 '나이 든 히피'였죠. 그는 덤블도어가 몸가짐에 어색함이 전혀 없는 그런 사람이라고 했어요." 트밈은 갬번에게 홀치기 염색(원단 일부를 묶거나 감아서 염색해 무늬를 내는 염색법—옮긴이)을 한 부드러운 실크 옷을 겹겹이 입히고, 마법사의 뾰족 모자 대신 술 달린 '동양풍' 납작 모자를 씌웠다. 여기에 더해 켈트식 반지를 끼우고, 턱수염을 가느다란 사슬로 묶었다. 트밈은 〈해리 포터와 혼혈 왕자〉에서 고아 소년 톰 리들을 찾아가는 몇십 년 전 덤블도어의 의상도 만들어야 했는데, 덤블도어는 그때도 그 시절의 화려한 옷을 입었을 것이 분명했다.

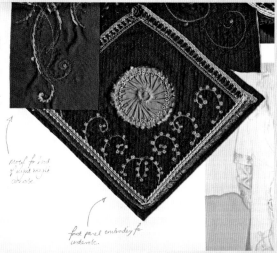

> "덤블도어가 곁에 있는 한, 해리 너는 안전해.
> 덤블도어가 곁에 있는 한,
> 아무도 너에게 손대지 못할 거야."
>
> — 헤르미온느 그레인저, 〈해리 포터와 마법사의 돌〉

〈해리 포터와 혼혈 왕자〉에서 사건들이 생기기 전, 덤블도어는 호크룩스를 쫓다가 상처를 입고, 볼드모트의 어둠의 세력은 점점 강해진다. 이에 따라 존경 받던 교장은 전보다 약하게 보여야 했다. 여전히 자주색과 연보라색 계통의 옷을 입었지만, 트밈은 그의 망토에서 최대한 채도를 낮추고, 전에는 보이지 않던 손상과 오염 효과를 더했다. 어맨다 나이트도 전과는 다른 방식으로 작업했다. 나이트는 이렇게 설명한다. "우리는 이전 영화들보다 수염과 머리카락을 더 길고 하얗게 만들었어요. 그리고 모자를 벗겨서, 노출된 모습을 더 많이 보이려고 했죠."

옆쪽 왼쪽: 〈해리 포터와 혼혈 왕자〉를 위한 자니 트밈의 망토 디자인, 마우리시오 카네이로 스케치. **옆쪽 오른쪽 가운데와 위:** 〈혼혈 왕자〉의 회상 장면에 나오는 복장은 그 시절의 특징을 보여준다. 자니 트밈 정장 디자인, 마우리시오 카네이로 스케치. **옆쪽 오른쪽 아래:** 망토 하나의 자수 장식 클로즈업.
위: 동양풍 모자. **아래:** 덤블도어의 능력이 시험대에 오르면서 의상에 회색이 많아진다. **오른쪽:** 〈혼혈 왕자〉의 의상 참고 사진.

DUMBLEDORE

Quality	The Berwick st cloth shop	
Width		
Metres		
Shade		

overdse
Quality	Whalleys	
Width	Silk Twill	
Metres		
Shade		

underdse
Quality	Zimmer Rohde	
Width		
Metres		
Shade		

bib
Quality	Nya Nordiska	
Width		
Metres		
Shade		

Quality		
Width		
Metres		
Shade		

덤블도어의 요술지팡이

알버스 덤블도어 교장의 요술지팡이를 처음 만들 때, 디자이너들은 이 지팡이가 앞으로 얼마나 중요한 역할을 할지 미처 생각하지 못했다. 가장 오래된 지팡이는 참나무로 만들고, 룬 문자로 장식한 손잡이에 뼈를 상감해 넣었다. 피에르 보해나는 말한다. "지팡이치고는 너무 가늘지만, 몇 센티미터 간격으로 혹 같은 마디들이 불거져 있어서 멀리서도 쉽게 알아볼 수 있었죠." 보해나는 이 지팡이의 디자인이 그렇게 두드러진다는 데 만족했다. "말하자면, 그건 세트장에서 가장 큰 총이었어요. 요술지팡이에 관한 한 그보다 더 강력한 것은 없었죠."

옆쪽: 자니 트밈이 디자인한 망토 모음. 마우리시오 카네이로 스케치, 〈해리 포터와 불의 잔〉
(위 왼쪽과 오른쪽); 로랑 귄치 스케치, 〈해리 포터와 아즈카반의 죄수〉(위 가운데); 마우리시오
카네이로 스케치, 〈해리 포터와 불사조 기사단〉(오른쪽 아래). **옆쪽 왼쪽 아래:** 〈불사조 기사단〉의
의상 디자인에 사용한 천 견본표.
위: 대니얼 래드클리프와 마이클 갬번이 〈해리 포터와 혼혈 왕자〉의 동굴 세트장에서 촬영 중이다.
왼쪽: 〈혼혈 왕자〉에서 버드레이 바베르톤에 간 덤블도어.

루베우스 해그리드

J.K. 롤링이 배우 로비 콜트레인을 염두에 두고 해그리드를 창조했다는 소문은 사실과 다르다. 저자와 대화하면서, 콜트레인은 해그리드의 모델이 롤링이 알던 어떤 폭주족이라는 이야기를 들었다. 콜트레인은 이렇게 이야기한다. "아주 덩치가 크고 무시무시한 사람이었어요. 하지만 자신의 정원과 페투니아 꽃을 이야기하는 진짜 신사였다고 했어요." 그러나 〈해리 포터와 마법사의 돌〉을 영화화하기로 결정했을 때, 롤링은 스코틀랜드 배우 콜트레인을 적극 추천했다.

해그리드 역의 배우가 정해지자, 제작진은 이 거인 혼혈을 덩치가 훨씬 작은 어린 배우들과 함께 화면에 담을 방법을 결정해야 했다. 비슷한 상황의 다른 영화에서는 등장인물들을 디지털로 배치하는데, 그렇게 하면 촬영과 시각 효과가 극도로 복잡해진다. 특수 동물 효과 디자이너 닉 더드먼은 롱숏에서는 아주 덩치가 큰 해그리드의 대역을 쓰자고 제안했다. 화면을 꽉 채울 정도로 덩치 큰 사람을 구할 수 있을지 우려하는 목소리가 있었지만, 더드먼은 걱정하지 않았다. "우리가 찾을 수 있는 가장 키가 큰 사람을 쓰면 된다고 생각했어요. 옷 같은 걸로 부풀리면 230센티미터까지는 키울 수 있을 테니까요." 208센티미터 신장의 전직 영국 럭비 선수 마틴 베이필드가 대역으로 결정되었다. 더드먼은 말한다. "우리는 두 사람의 실물 본을 떴습니다. 마틴이 입을 로비의 옷을 만들고 머리에 쓸 덥수룩한 가발도 만들었죠." 사실 더드먼과 스튜디오는 제작자 데이비드 헤이먼과 크리스 콜럼버스 감독이 시험해볼 때까지 이 방법이 통할지 확신할 수 없었다. 작업은 먼저 콜트레인이 의상을 입고 촬영하고 나면, 베이필드가 문 뒤에 대기하고 있다가 콜트레인의 걸음을 흉내 내면서 나오는 식으로 진행됐다. 베이필드는 콜트레인이 최근에 찍은 은행 광고의 대사까지 흉내 냈다. 콜럼버스와 헤이먼—그리고 특히 더드먼—은 더할 수 없이 매력적인 결과에 만족했고, 베이필드는 〈해리 포터와 비밀의 방〉에서 애니매트로닉 머리 없이 학생 시절 해그리드의 역할로 등장하는 기회까지 얻게 되었다. 닉 더드먼은 대역 활용의 가능성을 계속 탐구해서 얼굴이 움직이는 애니매트로닉 장치가 포함

영화 속 첫 등장 :
〈해리 포터와 마법사의 돌〉

재등장 :
〈해리 포터와 비밀의 방〉
〈해리 포터와 아즈카반의 죄수〉
〈해리 포터와 불의 잔〉
〈해리 포터와 불사조 기사단〉
〈해리 포터와 혼혈 왕자〉
〈해리 포터와 죽음의 성물 1부〉
〈해리 포터와 죽음의 성물 2부〉

기숙사 :
그리핀도르

직업 :
호그와트 사냥터지기,
신비한 동물 돌보기 교수(3학년부터)

원 안 : 루베우스 해그리드 역의 로비 콜트레인.
옆쪽 : 〈해리 포터와 마법사의 돌〉 홍보용 사진 속 콜트레인.
왼쪽 : 〈마법사의 돌〉에서 해그리드가 방열 장갑을 끼고 있다.
오른쪽 : 자니 트밈은 〈해리 포터와 아즈카반의 죄수〉부터 해그리드의 옷에 더 많은 기능을 추가했다. 로랑 귄치 의상 스케치.

된 두 번째 머리를 만들었고, 음성에 따라 입을 움직이는 세 번째 머리를 만들었다. 시리즈가 이어지면서, 콜트레인의 연기를 활용하기 위해 디지털로 제작하는 부분이 많아졌지만, 거인 혼혈이 촬영장에 다른 배우들과 함께 있었던 건, 특수 동물 효과 팀이 디지털 효과뿐 아니라 다른 실사 효과들 역시 탐색해보도록 영감을 불어넣는 역할을 했다.

<해리 포터와 마법사의 돌>의 디자이너 주디애나 매커브스키는 해그리드 의상을 항상 두 벌씩 만들어야 했다. 또 의상의 무늬나 장신구가 배우와 대역 사이에서 같은 크기로 보이도록 신경을 써야 했다. 그런데 이 과제를 해결하자마자 곧바로 다른 과제가 닥쳤다. 책에서 해그리드는 두더지 가죽 옷을 입는다고 묘사되어 있었다. 매커브스키는 롤링에게 면직물을 두더지 가죽이라고 부를 수 있을지 물었다. "아니면 어린 두더지라는 의미였죠." 매커브스키는 웃으며 이때를 회상했다. "그리고 그건 정말 어린 두더지들이라는 뜻이었어요. 어쨌든 난 진짜 동물 가죽을 쓸 수는 없다고 생각했죠!" 매커브스키는 인조 모피를 사서 크고 작은 크기의 두더지 모양으로 자른 다음, 작은 발과 머리를 달고 꿰매서 코트를 만들었다.

자니 트밈은 <해리 포터와 아즈카반의 죄수>에서 처음 의상 작업을 할 때, 해그리드를 다시 해석했다. 자니는 해그리드가 숲을 돌보고 신비한 동물들에 대해 가르치는 농부에 가까운 인물이라고 보았다. 그래서 그에게 조끼와 두꺼운 바지를 입히고 장화를 신겼다. 해그리드의 옷을 크게 만들기 위해서, 트밈은 세 배로 쉽게 확대할 수 있는 독자적인 무늬를 만들었다. 트밈에게 가장 어려웠던 일은 해그리드가 벅빅의 재판에 입고 가는 모헤어 양복을 만드는 것이었다. 본래의 옷과 같은 효과를 내기 위해서는 대역이 입은 큰 옷에도 많은 양의 털실을 붙여야 했다. 해그리드는 그 털북숭이 옷을 <해리 포터와 불의 잔>의 크리스마스 무도회에서도 입었다. "해그리드가 여자를 만날 때는 그의 머리를 좀 정돈해 주었어요"라고 에트네 페널이 말하자 어맨다 나이트가 덧붙였다. "물론 정돈이 되는 한에서요."

위 왼쪽에서 오른쪽으로: 자니 트밈은 해그리드가 <해리 포터와 아즈카반의 죄수>에서 처음 입은, 털로 뒤덮인 정장을 디자인했다. 로랑 권치 스케치, 의상 참고 사진, 부분 확대 사진. **오른쪽 가운데:** 해그리드의 애니매트로닉 머리가 특수 제작소 안의 맨드레이크 화분 옆에 놓여 있다. **오른쪽 아래:** <아즈카반의 죄수>에서 신비한 동물 돌보기 수업의 교수가 된 해그리드에게는 좀 더 실용적인 코트가 필요했다. **옆쪽 위 오른쪽:** <해리 포터와 마법사의 돌>에서 해그리드가 부는 피리의 비주얼 개발 스케치들. **옆쪽 아래 오른쪽:** 우산 요술지팡이를 들고 있는 해그리드의 초기 콘셉트 아트, 폴 캐틀링 작품. **옆쪽 왼쪽:** 해그리드의 두더지 가죽 코트.

> ### "해그리드 당신이 없으면
> ### 호그와트도 없어요."
>
> — 해리 포터, 〈해리 포터와 비밀의 방〉

note=
The flutes are printed
full sized

Flatten pattern for Hagrid's flute=>

The body and the carved part
are stained darker than the pattern.

The 'Owl' has to be carved
above a wood knot
as if it was standing on a
branch tree.

Flatten pattern for Harry's flute=>

HAGRID 'S FLUTE.

HARRY'S FLUTE

해그리드의 요술지팡이

루베우스 해그리드의 요술지팡이는 분홍 우산 속에 감추어져 있고, 그 사실은 그가 〈해리 포터와 마법사의 돌〉에서 불을 일으킬 때 드러난다. 해그리드의 의상을 다른 크기로 두 벌씩 만든 것처럼, 런던의 우산 제작자는 그의 우산과 지팡이도 똑같이 두 벌로 만들었다. 해그리드는 지팡이를 사용할 권리가 없기 때문에, 〈해리 포터와 혼혈 왕자〉에 나오는 덤블도어의 추도식에서도 지팡이를 들지 않는다.

아구스 필치

처음에 자녀들이 〈해리 포터〉 책을 읽었을 때, 배우 데이비드 브래들리는 아이들에게 자신이 그 영화에 출연한다면 무슨 역을 맡는 게 좋겠느냐고 물었다. "아이들은 내가 필치 역으로 딱이라고 하더군요." 브래들리는 웃으며 말한다. "그래서 생각했죠. 아이들이 나를 그렇게 보고 있나? 못되고 지저분하고 냄새나고 사악한 이런 남자로? 아, 이런." 아이들의 바람대로 브래들리는 이 배역의 오디션 제의를 받았다. "소속사에서 전화로 알려왔어요. 내가 그 배역을 맡게 됐다고요. 아이들이 뛸 듯이 기뻐하더군요."

촬영 시작 전에 브래들리는 의상 팀과 분장 팀과 만났다. 그는 당시를 이렇게 묘사했다. "중세 소매치기와 미국 서부 영화 속 인물을 섞어놓은 것 같더군요. 늘어진 코트의 가죽은 기름에 절어 있고, 이곳저곳은 인조 가죽 조각들로 기워져 있었죠." 필치의 겉모습은 지저분한 붙임머리, 수염 그루터기, 보기 싫은 틀니로 완성되었다. 자니 트밈은 필치의 옷을 약간 수정해서, 기름기를 빼고, 조끼와 코트의 누더기 같은 느낌을 줄이고, 갈색과 회색을 주조로 하는 관리인 제복의 느낌을 더 넣었다. 시리즈가 이어지면서 필치는 점점 깨끗해져서, 〈해리 포터와 불의 잔〉의 크리스마스 무도회에서는 말끔한 검은 정장도 입고, 〈해리 포터와 죽음의 성물 2부〉의 전투 장면에서는 갑옷 같은 긴 누비 패딩 코트도 입는다.

시리즈 내내, 브래들리는 캐릭터와 하나가 되는 일이 어렵지 않다고 느꼈다. "일단 그 크고 더러운 부츠와 낡은 코트를 입고 틀니를 끼우면, 온전히 그 사람이 되어서 즐겁게 연기할 수 있었어요. 하지만 그를 좋아한다고 말할 수는 없겠네요. 캐릭터로는 좋아하지만 같이 커피를 마시고 싶지는 않으니까요."

영화 속 첫 등장 :
〈해리 포터와 마법사의 돌〉

재등장 :
〈해리 포터와 비밀의 방〉
〈해리 포터와 아즈카반의 죄수〉
〈해리 포터와 불의 잔〉
〈해리 포터와 불사조 기사단〉
〈해리 포터와 혼혈 왕자〉
〈해리 포터와 죽음의 성물 2부〉

직업 :
호그와트 관리인

원 안: 아구스 필치 역의 데이비드 브래들리. 옆쪽: 〈해리 포터와 불의 잔〉의 홍보용 사진, 필치가 정장을 입고 있다. 아래 왼쪽과 오른쪽: 〈해리 포터와 아즈카반의 죄수〉에 사용된 의상 세트로, 의상 마모 작업이 잘 드러나 있다. 오른쪽 가운데: 〈해리 포터와 죽음의 성물 2부〉의 필치의 복장, 로랑 귄치 스케치, 자니 트밈 디자인. 오른쪽: 〈해리 포터와 불사조 기사단〉의 룬 문자를 새긴 호루라기.

"예전의 처벌 방법들이 없어져서 정말 안타깝군."

— 아구스 필치, 〈해리 포터와 마법사의 돌〉

폼프리 부인

배우 제마 존스는 〈해리 포터와 비밀의 방〉에 처음 등장한 폼프리 부인을 "아주 쉽게 공감할 수 있는 캐릭터"라고 표현한다. "젊은 친구들로부터 책에서 읽은 바로 그 모습이라는 팬메일을 많이 받았어요." 호그와트 같은 교육 기관에 '보건 교사'가 있는 것은 당연한 일이다. 의상 디자이너 주디애나 매커브스키는 폼프리 부인에게 눈에 띄는 의상을 마련해주었다. 마법 세계의 옷에 전체적으로 디킨스 시대풍을 더하자, 폼프리는 1860년대에 영국에 세워진 나이팅게일 간호학교의 교육생들과 비슷한 옷을 입게 되었다. 당시 풀 먹인 높은 옷깃, 뾰족한 모자, 긴 치마와 앞치마는 환자를 다룰 때 가장 효과적인 복장으로 여겨졌다. 폼프리 부인의 의상에는 간호사들의 표준 장비인 시계도 포함되어 있어서, 그녀는 모래시계 모양의 핀을 꽂는다.

〈해리 포터와 혼혈 왕자〉에서는 폼프리 부인의 의상이 수정되었다. 자니 트밈은 그동안 쓰인 색채—흰색과 1차 세계대전 당시 미국 간호사들이 유럽에 들여온 적십자 색깔인 붉은색—는 비슷하게 유지했지만, 좀 더 마법사 같은 느낌을 더해서 소매를 부풀리고 깃을 아래로 내려서 길쭉한 삼각형 모양으로 만들었다. 트밈은 야외 장면을 찍을 때는 여기에 붉은색 망토를 두르게 했다.

폼프리 부인의 요술지팡이

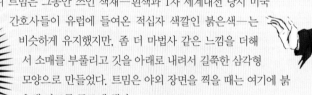

폼프리 부인의 지휘봉 같은 요술지팡이는 짙은 색 나무를 잘라 만든 것으로, 손잡이는 뭉툭한 혹 모양이다. 배우 제마 존스(폼프리)는 〈해리 포터와 죽음의 성물 2부〉의 전투 장면이 재밌었다고 말한다. "촬영할 때는 아무리 스턴트맨들이 땅에서 뒹굴고 공중을 날고 해도 대체로 얌전하거든요. 하지만 지팡이에서 불꽃이 일고 튀어 나가는 등의 특수 효과를 결합하고 나니까 모두 엄청난 전사가 돼 있더라고요!"

원 안: 포피 폼프리 부인 역의 제마 존스. 위 왼쪽: 〈해리 포터와 비밀의 방〉에서 해리 포터가 보건 교사에게 간호를 받고 있다. 오른쪽과 옆쪽: 자니 트밈이 다시 디자인한 폼프리의 의상, 마우리시오 카네이로 스케치. 〈해리 포터와 죽음의 성물 2부〉의 한 장면.

후치 부인

배우 조이 워너메이커가 연기한 롤랜다 후치 부인은 〈해리 포터와 마법사의 돌〉 단 한 편에 출연했지만 다양한 패션을 선보였다. 학생들에게 비행하는 법을 가르칠 때 후치 부인은 풀 먹인 흰 셔츠를 입고 호그와트 문양을 새긴 넥타이를 매고 그 위에 무거운 모직 드레스와 망토를 입는다. 여기에 두꺼운 가죽 장갑과 놋쇠 호루라기를 착용해 의상을 마무리한다. 주디애나 매커브스키는 말한다. "나는 후치 부인이 일종의 스포츠 지도자라고 생각했어요. 우리와 대화할 때 롤링도 여기에 동의했고요." 조이는 책에 나온 대로 삐죽삐죽한 헤어스타일에, 콘택트렌즈를 착용해 매처럼 노란 눈을 만들었다.

퀴디치 경기를 할 때 후치 부인은 심판이 되어 선수들과 비슷한 망토, 바지, 보호대를 착용하고 하늘을 난다. 흰 셔츠, 넥타이, 호루라기는 여전하지만, 이때는 셔츠 위에 단추가 달린 조끼를 입는다. 꼬리 부분이 갈라지고 검은 바탕에 흰색 줄무늬가 있는 망토는 안감이 흰색이고 가슴에는 호그와트 문양이 새겨져 있으며 소매는 뒤로 묶는다. 후치는 노란 렌즈가 달린 스포츠 안경도 쓴다.

하지만 후치 부인이 가장 화려한 모습을 뽐내는 것은 연회장의 교수 식탁에 번쩍이는 보라색 망토를 입고 앉아 있을 때였다. 이때는 셔츠 깃을 세우고, 실크 넥타이를 매고, 망토에는 진보라색 벨벳 장식을 달았다. 가운 속 조끼와 드레스 소매 끝에는 불꽃 문양을 둘러서 가만히 서 있을 때도 움직이는 것 같은 느낌을 준다. 이 모든 것을 완성하는 것은 주름진 모자 꼭대기에 달린, 빗자루 솔 부분을 본뜬 자주색과 흰색의 장식이다.

원 안: 후치 부인 역의 조이 워너메이커. 아래: 〈해리 포터와 마법사의 돌〉에서 비행 수업 선생이 훈련복을 입고 1학년 학생들을 가르치고 있다. 오른쪽: 불꽃 무늬로 장식한 망토를 입은 조이 워너메이커의 홍보용 사진. 옆쪽 위: 후치 부인의 심판복 참고 사진. 옆쪽 왼쪽: 후치 부인이 퀴디치 경기 중 심판복을 입은 모습. 옆쪽 원 안: 넥타이의 호그와트 문양을 확대한 사진.

영화 속 등장 :
〈해리 포터와 마법사의 돌〉
직업 :
비행 수업 선생, 퀴디치 심판

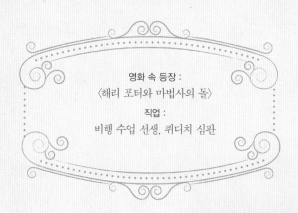

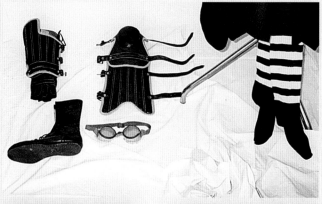

"첫 비행 수업에 온 것을
환영한다. 자, 모두 뭘
기다리는 거지?"

—후치 부인, 〈해리 포터와 마법사의 돌〉

맥고나걸 교수

미네르바 맥고나걸 교수 역을 맡은 매기 스미스는 말한다. "솔직히, 우리에게 멋진 마법사 옷을 입고 돌아다닐 기회가 얼마나 있겠어요?" 주디애나 매커브스키는 매기 스미스가 캐릭터에 대해 많은 아이디어와 의견을 주었다며 감사해했다. "맥고나걸은 성부터 스코틀랜드식이에요. 스스로를 스코틀랜드 인으로 생각하고요. 당연히 옷도 스코틀랜드의 색인 녹색으로 입죠."

맥고나걸은 《해리 포터와 마법사의 돌》에서 녹색 옷을 입은 것으로 묘사되지만, 매커브스키는 어떤 색조가 좋을지 쉽게 정하지 못했다. 결국 맥고나걸 교수의 옷은 원래 계획했던 것보다 훨씬 화려하게 만들어졌다. 매커브스키의 첫 번째 디자인은 어두운 녹색이었지만, 매기는 좀 더 밝은 색이 좋겠다고 했다. "매기는 스코틀랜드 스타일의 사냥 모자에 바탕한 마법사 모자를 제안했어요. 그걸 쓰고 야외에서 퀴디치 경기를 관람했죠. 맥고나걸 교수가 실내에서 쓴 마법사 모자도 스코틀랜드식 방울 베레모에 바탕한 거였어요. 우리는 맥고나걸 교수의 모든 복장에 스코틀랜드식 화려함을 담고자 했죠." 〈해리 포터와 마법사의 돌〉에서 매커브스키는 맥고나걸 교수에게 깃이 높은 검은 드레스 위에 켈트 문양으로 장식한 진녹색 벨벳 가운을 입혔고, 실내복과 수면 모자에도 스코틀랜드식 체크무늬를 넣었다.

"왜 문제가 생길 때마다
항상 네가 있는 거지?"
— 맥고나걸 교수, 〈해리 포터와 혼혈 왕자〉

영화 속 첫 등장 :
〈해리 포터와 마법사의 돌〉

재등장 :
〈해리 포터와 비밀의 방〉
〈해리 포터와 아즈카반의 죄수〉
〈해리 포터와 불의 잔〉
〈해리 포터와 불사조 기사단〉
〈해리 포터와 혼혈 왕자〉
〈해리 포터와 죽음의 성물 2부〉

기숙사 :
그리핀도르

직업 :
변신술 교수, 그리핀도르 기숙사 사감

특별한 기술 :
애니마구스

맥고나걸 교수의 옷에는 표면을 가공한 천과 크고 작은 주름 장식이 많다. 그리고 단추, 후크, 심지어 장신구까지 전통적인 켈트족 이미지로 장식했다. 자니 트밈은 맥고나걸의 망토 여러 벌의 소매를 팔꿈치까지는 꼭 끼지만 그 아래로는 길게 늘어지도록 만들었다. 트밈은 이렇게 말한다. "배우가 내가 주는 것들을 정말 잘 활용했어요. 가운도 소매도 잘 이용해서 옷에 극적인 느낌을 살려냈죠." 트밈은 색깔을 더 짙고 광택 있는 녹색으로 바꾸고, 망토의 어깨와 옷깃을 뾰족하게 세워서 '마법사다운' 요소들을 강조했다.

옆쪽 원 안: 미네르바 맥고나걸 교수 역의 매기 스미스. **옆쪽 오른쪽:** 〈해리 포터와 마법사의 돌〉을 위한 예비 의상, 주디애나 매커브스키 디자인, 로랑 귄치 스케치. **옆쪽 왼쪽:** 〈마법사의 돌〉에서 스미스가 교수다운 자세를 취하고 있다. **위 왼쪽:** 〈마법사의 돌〉에서 맥고나걸은 목욕 가운과 수면 모자에조차 스코틀랜드 스타일을 담았다. **위 가운데:** 자니 트밈은 〈해리 포터와 혼혈 왕자〉를 위해 어두운 색상에 실루엣이 뾰족한 옷을 디자인했다. 마우리시오 카네이로 스케치. **위 오른쪽:** 초기에 주디애나 매커브스키는 다른 색상 계열을 제안했다. 로랑 귄치 스케치. **아래:** 변신술 교수의 부츠 확대 사진.

맥고나걸의 요술지팡이

소품 모델링 작업자 피에르 보해나는 미네르바 맥고나걸의 지팡이가 "단순명료"하다고 말한다. 매끈한 검은색에 끝이 구부러진 지팡이 몸체에는 빅토리아시대 가구 다리를 변형해놓은 듯한 손잡이가 달렸고, 손잡이 끝에는 작은 마노석이 붙어 있다. 매기 스미스는 〈해리 포터와 죽음의 성물 2부〉에서 앨런 릭먼(세베루스 스네이프)과의 지팡이 전투를 좀 더 실감나게 하려고 지팡이를 펜싱 검처럼 휘두르는 연습을 했지만, 곧 다음과 같은 사실을 깨달았다. "지팡이는 마법도구라서, 지팡이가 있으면 먼 곳에서도 공격할 수 있죠."

위: 〈해리 포터와 마법사의 돌〉에서 맥고나걸 교수가 헤르미온느 그레인저의 머리에 마법의 모자를 씌운다. 오른쪽: 〈해리 포터와 비밀의 방〉에서 켈트족의 장신구들은 맥고나걸의 목선을 빛내곤 했다.

마법의 모자

〈해리 포터와 마법사의 돌〉에서 맥고나걸 교수는 호그와트 배정식을 진행하고, 해리 포터는 그리핀도르 기숙사에 배정된다. 배정식 동안, 1학년 학생 각자의 머리에 마법의 모자가 한 번씩 자리하고 나면, 학생들은 4개의 기숙사 중 하나에 배정된다. 모자는 사람도 동물도 아니지만, 개성과 위엄을 보인다.

〈해리 포터와 마법사의 돌〉에서 제작진이 가장 먼저 시도한 방법은 마법의 모자로 꼭두각시 인형을 쓰는 것이었다. 하지만 주디애나 매커브스키는 당시를 이렇게 묘사했다. "그건 모자 같지 않았어요. 그냥 꼭두각시 인형 같았죠." 크리스 콜럼버스 감독이 매커브스키에게 천으로 모자를 만들어 달라고 했을 때, 매커브스키는 이렇게 대답했다. "나는 모자를 만들 수는 있지만, 말하게 만들 수는 없어요." 모자가 세트장으로 들어왔을 때 제작진은 만족했지만, 제2 제작진(스턴트나 액션 장면, 특수 효과가 필요한 장면을 따로 촬영하는 팀—옮긴이) 감독인 로버트 레가토는 혼란스러웠다. 누가, 어떻게 말을 하도록 만들어야 할까? "그때 크리스가 로버트를 보며 말했죠. '매커브스키가 모자를 만들었으니, 이 모자가 말하도록 만드는 건 이제 로버트 당신 몫이에요.'" 모자의 목소리는 배우 레슬리 필립스가 맡았다. 어린 시

절 런던 동부 사투리를 버리려고 웅변 수업을 받았던 것이 그가 독특한 목소리를 내는 데 도움이 되었다.

매커브스키가 만든 모자는 배정식 때 실제로 쓰이지는 않았다. 대신 배우들은 모션 캡처 기술과 비슷하게 작동하는 장치를 머리에 썼고, 말하는 모자는 디지털로 작업했다. 전체를 스웨이드 가죽으로 만들고 말총 직물 안감을 넣은 실물 크기의 마법의 모자는 〈해리 포터와 비밀의 방〉에서 덤블도어의 방 장면과 〈해리 포터와 죽음의 성물 2부〉에서 호그와트의 마지막 전투 장면에 쓰였다. 시리즈가 계속되는 동안 원뿔형 모자는 7개가 만들어졌다. 의상 제작자 스티브 킬은 직물을 뜨거운 물에 10분 동안 담가서 부드럽게 만든 다음 "납작하게 뭉갰다." 이런 상태로 히터 위에 밤새 두고, 다음 날 모자 안에 철선을 넣어서 형태를 만들었다. 그런 다음 염색하고, "마모시키고", 연하게 켈트 문양을 찍었다. 그래서 각각의 모자는 주름이 모두 달랐지만, 킬의 말처럼 "모자들을 나란히 놓고 비교할 일은 없었다."

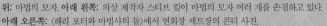

위: 마법의 모자. 아래 왼쪽: 의상 제작자 스티브 킬이 마법의 모자 여러 개를 손질하고 있다.
아래 오른쪽: 〈해리 포터와 마법사의 돌〉에서 연회장 세트장의 콘티 사진.

스프라우트 교수

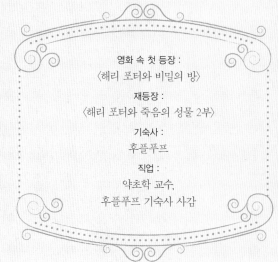

약초학 교수 퍼모나 스프라우트는 〈해리 포터와 비밀의 방〉에 등장하며 과목만큼이나 자연 친화적인 옷을 입는다. 옷 색깔은 흙색 계통이고, 나뭇잎들로 망토에 포인트를 주었다. 덕분에 어깨를 덮은 옷깃과 소맷부리에서 풀이 자라날 것만 같다. 스프라우트 교수가 온실에서 쓰는 모자는 삼베 같은 천으로 만들었고, 꼭대기에 이파리가 달렸다. 직업상 맨드레이크나 베네무스 텐타큘라 같은 식물을 다루기 때문에, 스프라우트 교수는 삼끈을 댄 두꺼운 장갑을 끼고 큼직한 귀마개를 한다.

스프라우트는 〈해리 포터와 죽음의 성물 2부〉에서 복장이 더욱 실용적으로 변해서, 18세기 말 스목 코트 같은 망토 안에 두꺼운 파란색 상하복과 체크 셔츠를 입는다. 주름이 잡힌 스목 코트는 보온 효과와 신축성이 좋아서 주로 농부들 작업복으로 쓰였다.

영화 속 첫 등장 :
〈해리 포터와 비밀의 방〉
재등장 :
〈해리 포터와 죽음의 성물 2부〉
기숙사 :
후플푸프
직업 :
약초학 교수,
후플푸프 기숙사 사감

스프라우트의 요술지팡이

퍼모나 스프라우트의 지팡이는 우둘투둘한 나뭇가지처럼 표면이 거칠다. 소품 모형 제작자들은 나무의 단단함 정도를 따지기보다는 재미있는 모양이나 질감의 나무를 찾기 위해 노력했고, 지팡이를 마법사들의 패션으로 활용했다.

원 안: 퍼모나 스프라우트 교수 역의 미리엄 마고일스.
옆쪽 위: 〈해리 포터와 비밀의 방〉의 약초학 온실 수업 장면. 앤드루 윌리엄슨 콘셉트 아트.
옆쪽 아래: 〈비밀의 방〉에서 자연 친화적인 옷을 입은 스프라우트 교수가 맨드레이크 틈에 서 있다.
오른쪽: 자니 트밈이 새로 디자인한 스프라우트의 망토. 마우리시오 카네로 의상 스케치.
아래: 〈해리 포터와 죽음의 성물 2부〉에 등장한 교수는 좀 더 차려입은 듯이 보인다.

플리트윅 교수

위릭 데이비스는 〈해리 포터와 마법사의 돌〉과 〈해리 포터와 비밀의 방〉에서 작은 키에, 흰 수염이 나고, 대머리에, 화려한 가운을 입은 마법 교수 필리어스 플리트윅을 연기했다. 그다음에 데이비스는 〈해리 포터와 아즈카반의 죄수〉에 등장한 플리트윅 선생을 콧수염이 나고 검은 머리에 턱시도 양복을 입고, 전보다 젊은 모습으로 묘사했다. 데이비스는 말한다. "〈비밀의 방〉과 〈아즈카반의 죄수〉 사이의 변화를 두고 팬들에게 가장 많은 질문을 받았어요." 이 문제는 플리트윅 교수가 〈해리 포터와 아즈카반의 죄수〉의 대본에서 사라진 작은 실수에서 비롯되었다. 제작자 데이비드 헤이먼은 데이비스를 불러서 사과하고, 다른 역할—개구리 합창단 지휘자—을 제안했다. 데이비스와 알폰소 쿠아론 감독, 특수 동물 효과 디자이너 닉 더드먼은 데이비스에게 정장을 입히고 오페라 지휘자처럼 보이게 했다. 마이크 뉴얼 감독은 데이비스가 〈해리 포터와 불의 잔〉에서 다시 플리트윅 교수로 돌아간 다음에도 그에게 이전 모습이 남아 있기를 원했다. 그래서 플리트윅 교수는 마법 과목뿐 아니라 데이비스가 "마법 음악 교수"라고 부르는 역할도 맡게 되었다.

본래 플리트윅 교수의 분장에는 네 시간이 걸렸지만 새로운 버전은 두 시간 반이 걸렸다. 데이비스는 웃으며 말한다. "촬영장에 있는 많은 사람들이 내 진짜 모습을 몰랐을 거예요. 난 다른 사람들보다 몇 시간 먼저 오고, 분장을 다 지운 다음 늦게야 퇴근했으니까요." 젊어진 플리트윅 분장에는 보형물 이마와 뒤통수, 머리카락도 있었다. 데이비스는 가짜 귀, 가짜 코, 틀니도 착용했다. 그가 농담한다. "나는 그 틀니가 좋았어요. 아예 하나 갖고 싶었죠. 그걸로 치약 광고를 할 수 있도록요."

배역이 젊어지자 데이비스는 〈해리 포터와 불의 잔〉에 적용할 한 가지 아이디어를 냈다. "크리스마스 무도회 마지막에, 플리트윅 교수가 록밴드를 소개하잖아요. 그래서 어느 금요일 밤에, 감독에게 아무 생각 없이 '플리트윅이 록밴드를 소개한 뒤 무대에서 뛰어내려 관객들 위로 떠가게 하면 재미있지 않을까요?' 하고 말했어요. 우리는 함께 웃었고, 나는 집으로 갔죠." 그런데 월요일에 스턴트 팀의 그레그 파월이 데이비스를 찾아왔다. 뉴얼과 파월이 주말에 클럽에 갔는데, 데이비스가 말했던 것을 보았고, 그래서 실제로 영화에 넣기로 했다는 것이었다. "나는 '뭐라고요?'라고 되물었죠. 하지만 차마 그게 농담이었다고는 말하지 못했어요." 그래서 결국 플리트윅이 학생들 머리 위로 지나가는 장면이 촬영되었다. "잘 보면 어느 순간 내 틀니가 입 밖으로 튀어 나갔다가 도로 들어가는 모습을 볼 수 있을 거예요!"

영화 속 첫 등장 :
〈해리 포터와 마법사의 돌〉

재등장 :
〈해리 포터와 비밀의 방〉
〈해리 포터와 아즈카반의 죄수〉
〈해리 포터와 불의 잔〉
〈해리 포터와 불사조 기사단〉
〈해리 포터와 혼혈 왕자〉
〈해리 포터와 죽음의 성물 2부〉

기숙사 :
래번클로

직업 :
마법 교수, 래번클로 기숙사 사감,
개구리 합창단 지휘자

SC 106 PROF FLITWICK.

플리트윅의 요술지팡이

끝이 가늘어지는 플리트윅 교수의 지팡이는 손잡이에서 몸통 끝까지 매끈하게 이어져 있다. 그 모양은 살깃에 붙인 '깃털' 네 개가 검은 촉 앞에서 합해진 멋진 유선형 화살과 비슷하다. 〈해리 포터와 아즈카반의 죄수〉에서 개구리 합창단의 지휘자로 등장한 플리트윅은 지휘봉을 요술지팡이처럼 휘두른다. 〈해리 포터와 불의 잔〉에서는 방의 고드름 장식과 어울리도록 지휘봉을 투명한 송진으로 만들었다.

"다들 깃털
가지고 있지?"

— 플리트윅 교수, 〈해리 포터와 마법사의 돌〉

옆쪽 원 안: 처음으로 필리어스 플리트윅 교수의 모습을 한 워릭 데이비스.
옆쪽 아래와 오른쪽: 원래 플리트윅의 망토는 이국적인 직물들로 만들었다. 〈해리 포터와 비밀의 방〉의 세트장 콘티 사진과 의상 참고 사진.
이쪽: 워릭 데이비스가 〈해리 포터와 불의 잔〉에서 플리트윅으로 꾸민 모습과 〈해리 포터와 아즈카반의 죄수〉에서 합창단 지휘자복을 입은 모습. 자니 트밈 디자인, 마우리시오 카네이로 스케치.

트릴로니 교수

점술 교수 시빌 트릴로니를 한 문장으로 요약해 달라고 하자, 이 캐릭터를 연기한 에마 톰슨은 간단하게 말했다. "제정신이 아니죠." 자니 트밈도 같은 생각이었다. "하지만 트릴로니 교수가 제정신이 아닌 데는 이유가 있어요. 트릴로니는 인생과 직업을 잘 헤쳐 나가지 못하는 사람이에요. 우리는 여러 가지 황당한 시도를 많이 했는데, 배우가 그런 것들을 소화해줄 감각이 있었기 때문에 가능한 일이었죠." 톰슨은 트릴로니가 오랫동안 거울을 보지 않았고, 나아가서 "그 무엇도 볼 수 없는 사람"이라고 느꼈다. "그렇게 자신을 보지 않고 또 볼 수 없다면 허술한 모습이 되어야 한다고 생각했어요. 단추도 떨어지고 옷도 해지는 식으로요." 톰슨은 트릴로니의 겉모습에 대한 생각을 그림으로 그려서 알폰소 쿠아론 감독에게 보냈고, 감독은 그것을 트밈에게 보냈다. 트밈은 톰슨의 그림이 "탁월하다"고 생각했다. 트릴로니는 곳곳에 스며들어 있는 시각적인 것들—자신을 보는 것이건 미래를 보는 것이건—에 크게 영향을 받는 인물이므로, 트밈은 트릴로니의 옷을 '시샤'라고 하는 인도 자수로 장식했다. 시샤 자수는 거울이나 또 다른 반짝이는 물질에 사용한다. 이것들이 원형 또는 타원형을 띠기 때문에 트릴로니의 옷은 마치 눈에 가득 둘러싸인 것처럼 보인다.

원 안: 시빌 트릴로니 교수 역의 에마 톰슨. **아래:** 자니 트밈의 처음 디자인은 터번을 두르고 옷을 층층이 겹쳐 입는 방식이었다.

영화 속 첫 등장 :
〈해리 포터와 아즈카반의 죄수〉

재등장 :
〈해리 포터와 불사조 기사단〉
〈해리 포터와 죽음의 성물 2부〉

기숙사 :
래번클로

직업 :
점술 교수

특별한 기술 :
예언

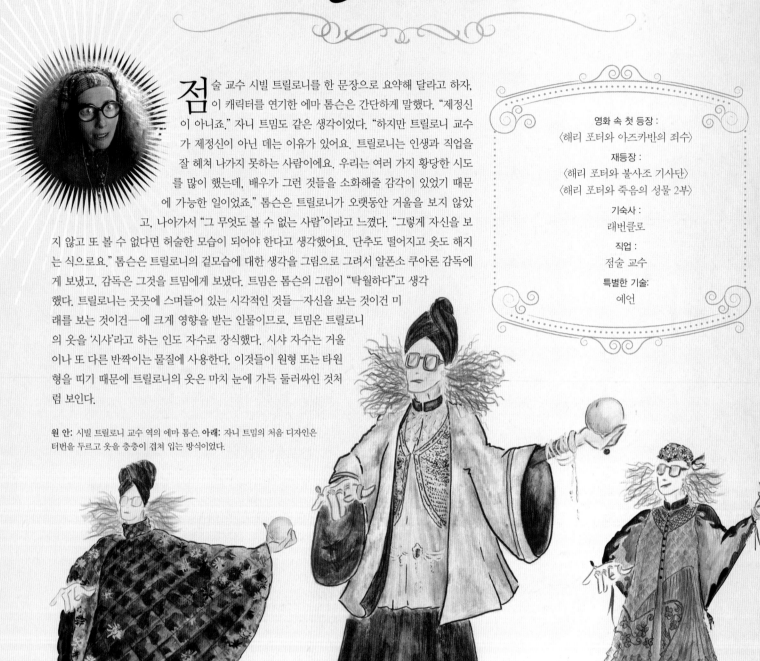

톰슨은 헤어 및 분장 팀과 협력해서 트릴로니의 어수선한 머리 모양을 만들었다. "내가 생각한 트릴로니의 머리는 폭탄을 맞은 것처럼 부스스하고 오랫동안 빗질을 하지 않은 모습이었어요. 어쩌면 다람쥐도 한때 그 안에 둥지를 틀었을지 몰라요. 안에 들어가 보지 않으면 거기 뭐가 있는지 알 수 없죠." 톰슨이 농담했다. 크고 둥글고 두꺼운 안경이 마지막 효과를 더했다. 톰슨은 말한다. "그냥 딱 봐도 트릴로니는 눈이 커야 했어요. 안경은 눈을 커 보이게도 하지만, 시야를 가리기도 하죠. 그래서 트릴로니는 교실에 들어가면서 '보는 일'을 이야기하다가 교탁에 부딪히는 거예요. 그 장면은 책에서 가장 오래되고 썰렁한 개그 중 하나죠. 나는 그걸 제대로 표현해야 했어요."

트릴로니의 요술지팡이

다른 재료 없이 나무 한 토막으로 만든 시빌 트릴로니의 지팡이는 납작한 손잡이에, 몸통을 따라 나선형 무늬가 둘러져 있다. 손잡이의 여러 천문 기호는 세레스, 헤베, 멜포메네 같은 소행성들을 가리킨다.

위: 시샤 자수를 확대한 모습. 거울 같은 조각들이 트릴로니의 망토와 숄에 색다른 질감을 더한다. 아래: 〈해리 포터와 죽음의 성물 2부〉와 〈해리 포터와 불사조 기사단〉의 의상 개발 작업. 마우리시오 카네이로 스케치.
오른쪽: 〈해리 포터와 불사조 기사단〉의 홍보용 사진.

"나를 위해 뭔가
예언해줄 수 있나요?"

—돌로레스 엄브릿지,
〈해리 포터와 불사조 기사단〉

스네이프 교수

세베루스 스네이프 교수 역할을 맡은 배우 앨런 릭먼과 주디 애나 매커브스키가 의상에 대해 논의할 때, 릭먼은 두 가지—소매는 좁을 것, 단추는 많을 것—를 확고하게 요구했다. 릭먼은 이렇게 말한다. "나는 이 캐릭터의 심리적인 면과 실제적인 면을 꼼꼼하게 반영하고 싶었습니다. 머리 모양, 가운 길이, 분장 모든 면에서요." 릭먼은 그런 의상은 스네이프 교수의 외골수적 인생의 중요한 부분이라고 말한다. "그는 외로운 인생을 살았지만, 구체적으로 어떻게 살았는지는 알 수 없죠. 분명한 건, 그가 사교 생활을 즐기지 않고, 옷도 한 벌뿐이라는 점이에요." 릭먼은 웃으며 말을 이었다. "그 옷은 완벽하게 혼자 사는 사람을 이해하는 데 도움이 됐어요. 시리즈 내내 다른 캐릭터들의 옷에는 여러 가지 변화가 생기지만, 내 옷은 여덟 편 내내 똑같습니다. 입을 옷이 한 벌뿐이라는 생각이 연기에 도움이 됐어요."

주디애나 매커브스키는 덤블도어에게는 중세의 분위기를, 스네이프에게는 디킨스 시대풍을 부여하기로 결정했다. 그의 무거운 가운은 전통적으로 교복이나 대학 가운에 쓰는 직물로 만들어서, 광택이 날 때까지 다렸다. 이 천은 실제로는 감청색이지만 영화에서는 검게 보인다. 높은 셔츠 깃, 긴 소매, 심지어 부츠를 덮은 바지에도 단추가 총총 달려 있다. 스네이프의 망토에는 한 가지 독특한 요소가 있다. 매커브스키가 말한다. "우리는 그의 망토 자락을 길게 만들어서 가운데를 갈라지게 했어요. 그래서 그가 걸어갈 때 망토가 갈라진 뱀의 혀처럼 보이죠. 어떻게 보면 그는 문자 그대로 '뱀처럼' 움직이는 거였어요."

자니 트밈은 스네이프의 복장이 "최고"라고 말한다. "그는 절대로 흥분하지 않는 사람이에요. 그래서 극도로 엄격하고 정밀한 옷을 입어야 했죠." 릭먼도 동의한다. "그는 감정적으로도 현

영화 속 첫 등장 :
〈해리 포터와 마법사의 돌〉

재등장 :
〈해리 포터와 비밀의 방〉
〈해리 포터와 아즈카반의 죄수〉
〈해리 포터와 불의 잔〉
〈해리 포터와 불사조 기사단〉
〈해리 포터와 혼혈 왕자〉
〈해리 포터와 죽음의 성물 1부〉
〈해리 포터와 죽음의 성물 2부〉

기숙사 :
슬리데린

직업 :
마법약 교수, 어둠의 마법 방어술 교수(6학년),
슬리데린 기숙사 사감, 호그와트 교장(7학년)

소속 :
죽음을 먹는 자, 불사조 기사단

페트로누스 :
암사슴

"언제까지나요."

—세베루스 스네이프,
〈해리 포터와 죽음의 성물 2부〉

원 안: 세베루스 스네이프 교수 역의 앨런 릭먼. 옆쪽: 〈해리 포터와 마법사의 돌〉의 홍보용 사진.
아래 왼쪽: 〈해리 포터와 마법사의 돌〉에 나오는 스네이프의 첫 번째 마법약 수업.
아래 오른쪽: 〈해리 포터와 불의 잔〉에서 론 위즐리와 해리 포터가 스네이프에게 혼나고 있다.

실적으로도 아주 제한된 영역에서 살죠." 하지만 그는 스네이프의 옷에 실용적인 측면도 있었다고 말한다. "리브스덴 스튜디오가 세계 최고의 난방 시스템을 갖춘 곳은 아니거든요. 그래서 남들보다 따뜻한 옷을 입고 있는 게 나한테는 행운이었죠."

〈해리 포터〉 시리즈 내내, J.K. 롤링이 앨런 릭먼에게 스네이프의 가장 큰 비밀—해리의 어머니 릴리를 사랑했다는 사실—을 미리 일러주었다는 소문이 있었다. 릭먼은 10년 동안 자신의 캐릭터와 똑같은 충성심을 발휘해서 누구에게도 롤링이 뭐라고 말했는지 밝히지 않다가 마지막 편이 끝나고 나서야 그 소문이 사실이었다고 털어놓았다. 릭먼이 뭔가 중요한 내용을 알고 있다는 것을 알았던 제작자 데이비드 헤이먼은 말한다. "릭먼은 몇 번인가 감독의 요청을 완강히 거부했어요. 돌이켜보면 그의 동작, 표정, 감정 하나하나가 더 많은 것을 예고하고 있었던 거죠……. 그는 영화에 거대한 그림자를 드리우고, 헤아릴 수 없이 깊은 감정을 전달했습니다."

스네이프의 요술지팡이

세베루스 스네이프의 가느다란 지팡이는 칠흑 같은 검은색이고, 손잡이 양면에 독특하고 복잡한 문양이 똑같이 새겨졌다. 촬영에 사용한 지팡이는 대부분 송진이나 우레탄 고무로 만든 것이었고, 나무 지팡이는 클로즈업할 때만 사용했다. 앨런 릭먼은 클로즈업 촬영에 사용한 본래의 나무 지팡이를 기념품으로 가져가는 흔치 않은 행운을 누렸다.

옆쪽 왼쪽 위: 〈해리 포터와 혼혈 왕자〉에서 스네이프 교수와 맥고나걸 교수가 저주받은 목걸이를 살펴보고 있다.
옆쪽 왼쪽 아래: 스네이프의 단추 달린 바짓단.
옆쪽 오른쪽: 에드워드 7세 시대(1901~1910)의 분위기를 담은 스네이프의 옷은 영화 전 시리즈 내내 변하지 않았다.
위 왼쪽과 오른쪽: 〈해리 포터와 아즈카반의 죄수〉에서 네빌 롱바텀 할머니의 옷을 입은 보가트 버전의 스네이프 의상 스케치(자니 트밈 디자인, 로랑 귄치 스케치)와 실제로 영화에 나온 모습.
아래: 주디애나 매커브스키가 〈해리 포터와 마법사의 돌〉을 위해 디자인한 스네이프 망토의 '갈라진 꼬리'.

퀴렐 교수

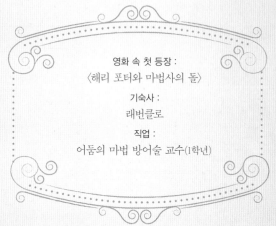

영화 속 첫 등장 :
〈해리 포터와 마법사의 돌〉
기숙사 :
래번클로
직업 :
어둠의 마법 방어술 교수(1학년)

의상 디자이너 주디애나 매커브스키는 〈해리 포터와 마법사의 돌〉의 정장과 넥타이와 학교 망토를 기본으로 삼은 호그와트 교수진의 의상이 전통적인 영국 학교 복장을 연상시켰으면 했다. 어둠의 마법 방어술 교수 퀴렐의 복장에는 여기에 터번을 더했다. 이안 하트가 연기한 퀴렐은 볼드모트 경의 영혼에 신체 일부를 빌려준 사실을 감추기 위해 터번을 두르기 때문이다. 매커브스키는 말한다. "책에는 터번이 아주 구체적으로 묘사되어 있어요. 하지만 나는 터번이 너무 튀어 보이지는 않을까 걱정했죠." 매커브스키는 뒤통수에 딱 달라붙고 위쪽이 비교적 뾰족한 중동식 또는 인도식 터번 스타일에서 벗어나, 르네상스 시대풍 디자인을 선택했다. 그것은 큼직하고 헐렁해서, 퀴렐이 그 안에 뭔가를 감추고 있다는 사실이 역력하게 드러나지는 않았다. 퀴렐은 눈에 띄는 것을 피하는 캐릭터였기 때문에, 매커브스키는 그의 옷을 디자인할 때 검은색과 갈색을 사용함으로써 숫기 없는 성격과 가난한 처지를 암시해주었다.

이안 하트는 〈해리 포터와 마법사의 돌〉의 제작자와 캐스팅 감독을 만나기 전에 캐릭터를 연구하려고 하다가 충격받은 일을 털어놓았다. "그 전까지는 이 책을 보지 못했어요. 그래서 동네 서점에 갔죠. 그런데 주인이 〈해리 포터〉의 두 번째 책인 《해리 포터와 비밀의 방》을 준 거예요." 물론, 퀴렐 교수는 1권에서 이미 죽고 없다. "나는 책을 읽으면서 생각했죠. '내가 맡은 배역은 어디 있는 거지? 큰 배역이 아닐 순 있지만, 이건 아예 보이지를 않잖아!'"

원 안: 퀴러너스 퀴렐 교수 역의 이안 하트. **아래 왼쪽:** 〈해리 포터와 마법사의 돌〉에 나오는 퀴렐의 무늬 없는 코트 확대 사진. **아래 오른쪽:** 의상 참고용 천 견본들. **오른쪽:** 퀴렐이 쓰고 있는 르네상스 시대풍 터번은 어두운 비밀을 감추고 있다.
옆쪽 위 왼쪽: 의상 작업소의 터번. **옆쪽 위 오른쪽:** 퀴렐의 뒤통수에 있는 볼드모트의 얼굴 디지털 작업. **옆쪽 아래:** 뱀 같은 얼굴의 볼드모트 경. 비주얼 아티스트 폴 캐틀링 초기 작업.

> **"누-누-누가 가-가난하고 마-마-말을 더듬는 퀴-퀴렐 교수를 의-의심하겠어?"**
> —퀴렐 교수, 〈해리 포터와 마법사의 돌〉

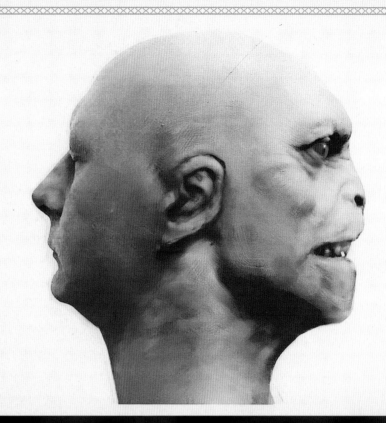

록허트 교수

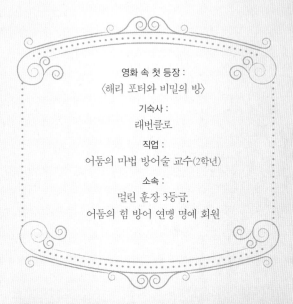

배우 케네스 브래나는 〈해리 포터와 비밀의 방〉에서 연기한 캐릭터 질데로이 록허트 교수를 유쾌하게 분석한다. "그는 비겁하기 이를 데 없고, 거짓되기 짝이 없으며, 언제나 최고가 되고자 하고, 어이없을 만큼 야심이 많으면서, 처절할 만큼 사랑받고자 하는 남자죠. 항상 모든 분야에서 다른 사람을 앞서야 하고요. 그는 최고가 되기 위해 삽니다. 그에게 2등의 자리란 있을 수 없죠. 그는 뛰어난 배우이기도 합니다. 교실은 그에게 또 하나의 무대죠. 그는 한 눈으로는 관객을 보고, 다른 한 눈으로는 거울을 보는 사람이에요. 놀라울 만큼 허황된 캐릭터죠. 이 모든 요소를 연기하는 건 꽹장히 즐거운 일이었어요."

록허트가 외모에 바치는 관심은 당연히 그의 옷에 반영되었다. 〈해리 포터와 비밀의 방〉의 차석 의상 디자이너 마이클 오코너는 말한다. "그를 위해 20년대부터 50년대까지 옛날 영화배우들과 스타들을 살펴봤어요." 〈비밀의 방〉의 의상 디자이너 린디 헤밍이 덧붙여 말한다. "책을 읽은 사람들은 질데로이가 허영에 가득 차 있다는 걸 알아요. 그는 자신을 눈부신 이미지로 포장하죠. 사람들에게 강하고 화려한 인상을 남기고 싶어서, 화려한 가운을 입고 주변을 휩쓸고 다녀요." 하지만 크리스 콜럼버스 감독은 의상 색깔이 배우의 연기를 가릴 만큼 강렬하거나 빛나서는 안 된다고 생각했다. 헤밍이 말한다. "록허트는 연보라색과 분홍색, 하늘색 계열의 옷을 입는다고 알려졌는데, 이런 파스텔 색조는 〈해리 포터〉 영화 시리즈와 어울리지 않았어요." 제작진은 여러 차례의 스크린 테스트를 거쳐 영화의 전체적인 색조와 어울리면서도 록허트를 다른 캐릭터들보다 두드러지게 만드는 청회색, 금갈색, 적갈색을 찾았다. 그는 금실로 자수된 벨벳, 양단, 브로케이드, 무아레 등 화려한 느낌의 직물 옷을 입고, 여기에 다양한 망토와 크라바트를 조합했다. 브래나의 분장에는 반짝이는 의치와 가발이 포함되었는데, 이 가발은 가발처럼 보여야 했다. 록허트가 호그와트에서 달아날 때 가발을 챙겨 가기 때문이다. 그는 자신이 쓴 베스트셀러 책들의 표지와 교실에 장식한 액자 속 사진들을 위한 이국적 복장도 다양하게 입었다.

영화 속 첫 등장 :
〈해리 포터와 비밀의 방〉

기숙사 :
래번클로

직업 :
어둠의 마법 방어술 교수(2학년)

소속 :
멀린 훈장 3등급,
어둠의 힘 방어 연맹 명예 회원

원 안: 질데로이 록허트 교수 역의 케네스 브래나.
아래 왼쪽: 〈해리 포터와 비밀의 방〉에 등장하는, 질데로이 록허트의 엉터리 자서전들, 미라포나 미나와 에두아르도 리마 디자인.
아래 오른쪽: 교실에 서 있는 록허트 교수.
옆쪽 위 왼쪽: 의상 참고 사진들.
옆쪽 가운데: 록허트가 해리 포터의 팔에 '브라키엄 아멘도' 주문을 걸고 있다.
옆쪽 위 오른쪽: 록허트의 크라바트 매는 법을 설명한 콘티 종이.
옆쪽 아래: 록허트의 결투복.

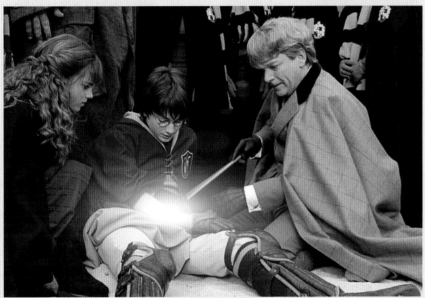

HARRY POTTER
The Chamber Of Secrets

COSTUME CONTINUITY REPORT

CHARACTER:	ACTOR:
GILDEROY LOCKHART	KENNETH BRANAGH

COSTUME NUMBER: 2

SCENES: 42 A+B	STORY DAY: 7

LOCATION:
INT: LOCKHARTS CLASSROOM

DESCRIPTION:
ROBE: GOLD SLEEVELES WITH FLORAL FACINGS, TURNED BACK WHILST SEATED
COAT: 3/4 FROCK COAT, NO BUTTONS
WAISTCOAT: GOLD FLORAL PATTERN SILK BROCADE, ALL BUTTONS FASTENED REVERS TURNED BACK (NOT FLAT) OUTSIDE OF COAT AND ROBE
TROUSERS: MUSTARD CROSS WEAVE WORN WITH BRACES

SHIRT: IVORY, FIXED CHARGE COLLAR, TWO TOP BUTTONS FASTENED CUFFS WITH GOLD MONOGRAMMED LINKS AS BELOW
CRAVAT: IVORY SILK BROCADE WITH LARGE BOW AS BELOW

BOOTS: LIGHT BROWN ELASTIC SIDED, RUBBERISED SOLE

NOTES:

록허트의 요술지팡이

질데로이 록허트의 지팡이는 1편과 2편에 나오는 대부분의 지팡이처럼 단순한 모양이지만 끝부분에 백합 무늬가 있다. 많은 지팡이들과 반대로, 몸체 부분의 색이 연하고 손잡이는 검은색이다. 케네스 브래나(록허트)는 〈해리 포터와 비밀의 방〉에서 세베루스 스네이프와 결투할 때 지팡이를 어떻게 휘두를지 많은 연구를 했다. "앨런 릭먼과 마주 서 있는데 그가 요술지팡이까지 들고 있다면, 여간해서는 눈길을 끌 수 없을 테니까요!"

> "여러분에게 새로운 어둠의 마법
> 방어술 교수를 소개하겠습니다.
> 바로 나예요!"
>
> — 질데로이 록허트, 〈해리 포터와 비밀의 방〉

루핀 교수

리무스 루핀 교수 역을 맡았을 때, 데이비드 슐리스는 "〈해리 포터와 아즈카반의 죄수〉에만 그 역할이 나오는 줄" 알았다. 루핀이 4권인 〈해리 포터와 불의 잔〉에 나오지 않기 때문이다. 그러던 어느 날, 그는 루핀이 5권에 다시 나온다는 소문을 들었다. 영화 촬영 중간에 5권 《해리 포터와 불사조 기사단》이 출간되자, 그는 한밤중에 동네 서점에 가서 마법사 복장을 한 팬들과 함께 줄을 섰다. "책을 받고 줄에 선 채로 루핀이 나오는지 훑어보았어요. 상당히 앞부분에 있어서 빨리 발견했죠."〈해리 포터와 불사조 기사단〉을 다시 촬영할 수 있다는 사실에 기뻐하며, 슐리스는 자기 캐릭터가 끝까지 살아남는지 확인하려고 책 뒤편을 보았다. 주요 배역 중 한 명이 죽는다는 소문이 있었기 때문이다. "루핀이 살아남는지 확인하다가 시리우스 블랙의 죽음을 이야기하는 대목을 보게 됐어요." 우연히도 그다음 날 아침, 슐리스는 같은 동네에 사는 게리 올드먼을 만났다. "게리가 나한테 책을 봤냐고 묻더군요. 나는 '네, 네, 좋더라고요'라고 대답했죠. 게리가 '같이 열심히 합시다'라고 말했고, 나는 '네, 네, 좋아요'라고만 했어요. 그에게 '시리우스는 중간에 죽을 거예요'라고 말해줄 수가 없더라고요."

〈해리 포터와 아즈카반의 죄수〉에서는 루핀이 늑대인간이라는 사실이 밝혀진다. 슐리스와 알폰소 쿠아론 감독은 정형화된 이 '영화 괴물'을 새롭게 표현하기로 결심했다. 쿠아론은 루핀을 "무서운 병을 감춘 착한 삼촌"으로 보았다. "그는 건강도 잃고 힘도 없고 병들었어요. 무서운 게 아니라 슬픈 늑대인간이었죠." 슐리스도 같은 생각이었다. 이들은 변신의 문제는 변신이 이루어졌을 때에만 다루기로 했다. 그는 말한다. "그것만 빼면 루핀은 아이들에게 사랑받는 교수였고, 그런 처지에 있을 다른 사람들보다 좀 더 사교적이고 온화하죠." 슐리스는 〈굿바이, 미스터 칩스〉 같은 영화 속의 사랑받는 선생님들뿐 아니라 학창 시절의 선생님들에게서도

영화 속 첫 등장 :
〈해리 포터와 아즈카반의 죄수〉

재등장 :
〈해리 포터와 불사조 기사단〉
〈해리 포터와 혼혈 왕자〉
〈해리 포터와 죽음의 성물 1부〉
〈해리 포터와 죽음의 성물 2부〉

기숙사 :
그리핀도르

직업 :
어둠의 마법 방어술 교수(3학년)

소속 :
불사조 기사단

특이 사항 :
늑대인간(무니)

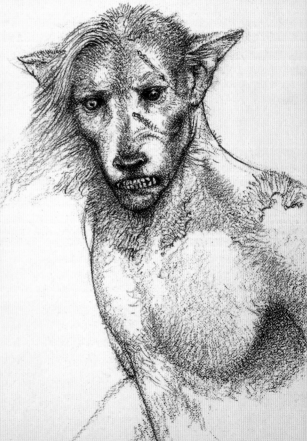

원 안: 리무스 루핀 교수 역의 데이비드 슐리스. **아래 왼쪽:** 머로더스 지도를 앞에 둔 루핀. **오른쪽:** 늑대인간, 웨인 발로 개발 작업. **옆쪽 위부터 시계방향:** 해리 포터가 헤드위그(기즈모)를 데리고 루핀과 함께 시간을 보내고 있다. 단순한 양복을 입은 루핀과 루핀의 양복을 위한 천 샘플들, 마우리시오 카네로 스케치. 모두 〈해리 포터와 아즈카반의 죄수〉에 쓰였다.

"전에는 이거보다 더 흉했어."

— 리무스 루핀, 〈해리 포터와 아즈카반의 죄수〉

FINAL STAGE 3   COSTUME 9.

HARRY POTTER
& THE PRISONER OF AZKABAN
COSTUME CONTINUITY

CHARACTER	PROF LUPIN	ACTOR:	DAVID THEWLIS.

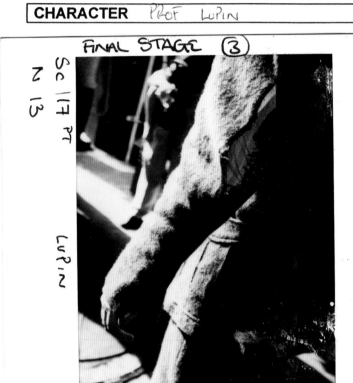

FINAL STAGE ③
Sc 117 PT
N 13
LUPIN

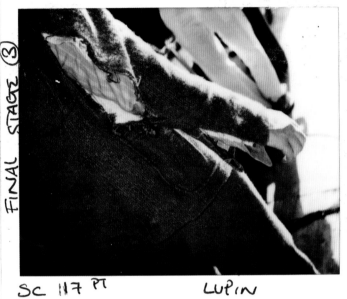

FINAL STAGE ③
SC 117 PT   LUPIN
N 13

SCENE: 117	STORY D/N:	SCENE:	STORY D/N:

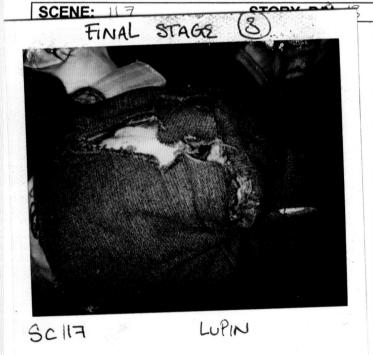

FINAL STAGE ⑧

SC 117   LUPIN
N 13

STAGE ② BACK RIP.
Sc 117 PT
N 13
LUPIN.

SCENE:	STORY D/N:	SCENE:	STORY D/N:

아이디어를 얻었다.

　　리무스 루핀의 질병은 많은 면에서 그에게 큰 고난이 된다. 그중 하나는 옷 문제였다. 자니 트밈은 말한다. "책에 루핀의 옷은 품질이 좋지 않고 추레하다고 나와요. 그래서 그의 옷과 가운을 우중충하고 낡아 보이게 만들었죠. 다른 교수들과는 다르게요. 그래도 루핀은 아주 씩씩한 교수였어요." 상태와 상관없이 루핀의 복장은 마법사 복장에 대한 트밈의 원칙을 보여준다. 트밈은 말한다. "우리는 모든 옷에 '전통적 구조'라고 할 만한 것을 넣고자 했어요. 루핀의 옷도 소매가 길고 뾰족하며, 깃도 뒤쪽이 뾰족하죠. 주머니에도 뾰족한 지점들이 있어요. 그는 전형적인 영국 마법사죠."

루핀의 요술지팡이

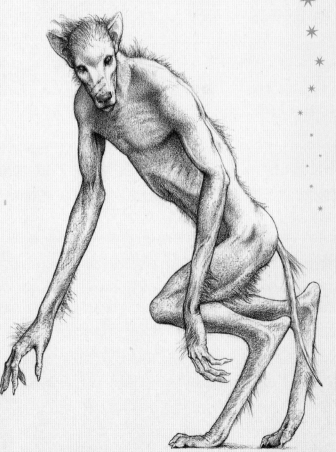

리무스 루핀의 지팡이는 올리브나무로 만들었다. 지팡이를 디자인한 피에르 보해나는 말한다. "그렇게 부드럽지는 않아요. 지휘봉과 아주 비슷한 형태죠." 소품 제작자들은 지팡이들에 시대를 초월한 느낌을 주려고 했다. "그것들은 지나간 시대의 느낌, 적어도 오래 사용한 느낌을 주려고 했어요. 하지만 얼마나 오래됐는지는 짐작하기 어려워야 했죠." 데이비드 슐리스(루핀)는 지팡이를 기념으로 가져가고 싶었지만, 촬영이 끝날 때마다 스태프들이 그것을 얼마나 조심스럽게 간수하는지를 알고 있었기 때문에 차마 가져가지 못했다. 그는 웃으며 말한다. "그걸 가지고 가는 건 은행에서 금괴를 빼내는 것과 비슷했죠."

옆쪽: 루핀이 늑대인간으로 변신하면서 옷이 찢어지는 연속 장면.
이쪽: 늑대인간이 된 루핀, 웨인 발로 비주얼 개발 작업.

무디 교수

영화 속 첫 등장 :
〈해리 포터와 불의 잔〉

재등장 :
〈해리 포터와 불사조 기사단〉
〈해리 포터와 죽음의 성물 1부〉

직업 :
전직 오러, 어둠의 마법 방어술 교수(4학년)

소속 :
불사조 기사단

앨러스터 무디의 수업 스타일은 이전까지 어둠의 마법 방어술을 가르쳐온 교사들과는 180도 다르다. 무디를 연기한 배우 브렌던 글리슨은 그것이 "거친 사랑"이라고 말한다. "무디는 학생들이 세상에 악이 존재한다는 사실을 직시하고, 앞으로 자신들에게 닥칠 일을 알기를 바라는 거예요." 무디가 학생들 편이라는 사실은 〈해리 포터와 불사조 기사단〉과 〈해리 포터와 죽음의 성물 1부〉에 잘 드러난다. "그가 해리를 보호하기 위해서 호그와트에 왔다는 사실을 알고 나면, 그가 옆에 있다는 사실도 불편하지 않죠." 글리슨은 전직 오러의 강인한 성격을 잘 활용한다. "무디는 요술지팡이를 든 청부살인자예요. 지독한 트라우마를 겪었죠. 한때는 최첨단 기술의 소유자였지만, 지금 그 기술들은 유통 기한이 지났고, 그래서 지금은 편집증 환자처럼 되어버렸어요. 하지만 사람들은 그를 가만 놔두지 않습니다. 그가 존재하는 한은 계속 그럴 테죠!"

자니 트밈은 청부살인자라는 글리슨의 생각에 동의한다. "나는 미국 서부극에서 이 인물에 대한 아이디어를 얻었어요. 차이점이라면 무디는 말 대신 빗자루를 타고 석양 속으로 사라진다는 점이죠. 그리고 그는 항상 코트를 입은 채로 잠을 자요. 그러니까 코트에서 사는 거예요. 모든 물건이 그 코트 안에 있죠." '그 코트'는 1940년대 군용 코트에서 아이디어를 얻어서 어두운 카키색으로 만들고, 정말로 그 시대의 것처럼 낡게 표현했다. 마모 작업가 팀 섀너헌은 이 작업은 토치램프로 시작된다고 말한다. "모든 코트의 섬유에는 잔털이 나 있어요. 하지만 세월이 지나면 눌려서 반들거리게 되죠. 바늘 땀도 그렇고 코트 천 전체도 마찬가지예요. 우리는 토치램프로 섬유의 표면 솜털 부분을 가볍게 태웠어요." 표백제를 사용해서 특정 부분을 밝게 만들기도 하고 타르나 물감으로 얼룩도 만든다. 거기에 사포질을 하고 얼룩을 묻히고, 칼과 솔로 찢고 너덜거리게 한다. 단추, 버클, 지퍼는 사포질과 니스 칠로 광택을 없앴다. 그러는 동안 주머니는 물에 적시고 안에 무거운 물건을 넣어서 처지게 한다. 이 모든 작업은 배우의 코트뿐 아니라 스턴트 대역의 코트에도 똑같이 했고, 촬영 중 발생하는 파손과 마모 때문에 같은 옷을 여러 벌 만들었다. 매드아이 무디의 코트 한 벌을 만드는 데는 80시간가량이 소요되었는데, 배우와 스턴트 대역을 합쳐 모두 일곱 벌의 코트가 필요했다.

원 안: 앨러스터 '매드아이' 무디 교수 역의 브렌던 글리슨. 왼쪽 아래: 〈해리 포터와 죽음의 성물 1부〉에서 폴리주스 마법약병을 넣은 무디의 코트 주머니. 오른쪽 아래: 마우리시오 카네이로의 의상 스케치.
옆쪽: 〈해리 포터와 불의 잔〉의 홍보용 사진에서 매드아이 무디로 변장해 '그 코트'를 입은 바르테미우스 크라우치 2세 역의 글리슨.

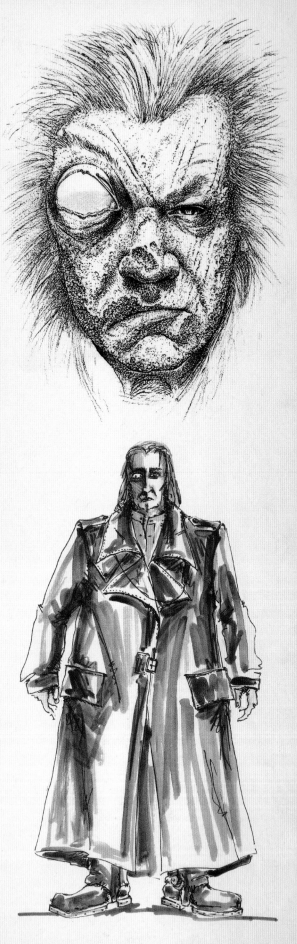

    무디의 가장 두드러지는 특징인 '매드아이'는 실리콘으로 만들고 놋쇠로 테를 둘러서 끈으로 묶어 고정했다. 처음에는 배우의 얼굴에 디지털로 눈을 그려 넣을 생각이었다. 닉 더드먼은 말한다. "하지만 우리는 그 계획을 바꾸고 싶었습니다. 브렌던 글리슨이 매드아이를 쓰지 않을 때에도 그 눈은 제자리에 있는 편이 좋을 것 같았거든요." 문제는 눈을 자연스럽게 붙이는 것이었다. 더드먼이 말한다. "우리는 그가 큰 부상으로 눈을 잃었다고 설정하고 얼굴 한쪽에 흉터를 크게 만들었습니다. 그러자 애니매트로닉 디자이너 크리스 바턴이 배우의 눈 위에 기계 눈을 붙이고 홍채 안쪽에 크기가 3밀리미터도 안 되는 작은 자석을 넣어서 무선 서버로 눈동자를 움직이게 하자는 아이디어를 냈습니다." 하지만 자석 눈이 너무 멀리 옆으로 가면, 놋쇠 테두리에 부딪혀 자력 연결이 끊기고 작동이 멈췄다. 더드먼은 덧붙인다. "때로는 배우의 눈과 기계 눈의 위치가 맞지 않았는데, 그런 부분은 후반 제작에서 해결했어요. 아주 깔끔하고 단순하고 실용적인 해결책이었죠."

    몇 개의 조각으로 만든 보형물에는 기계 눈과 연결된 선을 감추는 통로들이 매립되어 있었고, 기계 눈을 고정하는 끈이 이 통로들을 가려주었다. 분장 팀과 헤어 팀은 이 보형물 위에 가발을 씌웠다. 에트네 페넬이 말한다. "우리는 가발로 기계 장치 전체를 가렸어요. 가발은 각 부분을 따로 만들어서 연결했죠. 그래야 문제가 생기면 일부만 들어 올려서 수리한 다음 다시 덮을 수 있으니까요."

    〈해리 포터와 불의 잔〉에 나오는 매드아이 무디는 사실 폴리주스 마법약을 먹고 변신한 바르테미우스 크라우치 2세였다. 마이크 뉴얼 감독은 말한다. "무디라는 인물은 한 명의 배우가 연기했지만, 그때는 내면에 다른 배우를 품고 있어야 했죠." 크라우치 2세 역은 데이비드 테넌트가 맡았는데, 그는 〈해리 포터〉 영화에 출연한 것은 "잉글랜드 축구대표팀에 선발된 것 같은 일이며, 기대하지 않았더라도 일단 제안을 받으면 거절할 수 없는 명예"라고 말했다. 역할은 작았지만, 테넌트의 연기는 깊은 인상을 남겼다. 특히 죽음을 먹는 자로서 연기한 뱀 같은 혀 동작이 인상적이었다. "두 캐릭터를 연결하는 뭔가가 있어야 한다"는 뉴얼 감독의 말에 테넌트가 그 동작을 생각해내자, 브렌던 글리슨도 그 동작을 연기에 활용했다.

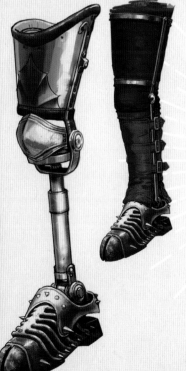

> "전직 오러, 마법부 불만 세력,
> 그리고 새로운 어둠의 마법
> 방어술 교수. 내가 여기 온 건
> 덤블도어의 부탁 때문이었어.
> 그게 다야.
> 안녕, 이제 끝이로군!"

— 무디 교수, 〈해리 포터와 불의 잔〉

무디의 요술지팡이

앨러스터 무디는 모두 네 개의 지팡이를 사용했고, 그중 하나는 〈해리 포터와 불의 잔〉에서 은으로 만든 자신의 다리를 수리하기 위해 특별히 고안된 것이다. 배우 브렌던 글리슨은 말한다. "나는 그 지팡이를 더블린의 한 첨탑 모양으로 만들어달라고 했어요. 단 한 번 사용했지만, 내가 지팡이를 하나 가질 수 있다면 바로 그걸 선택할 겁니다." 무디가 평소에 쓰는 요술지팡이의 손잡이는 그의 보행용 지팡이와 비슷하게 동그란 모양이고, 몸체에는 은과 놋쇠 띠를 둘렀다. 이 지팡이는 다른 지팡이들보다 짧아서 그가 많은 일을 겪었음을 암시한다.

옆쪽 위 왼쪽: 〈해리 포터와 불의 잔〉의 현장 스틸 사진.
옆쪽 위 오른쪽: 매드아이의 초기 스케치, 웨인 발로 작품.
옆쪽 아래 오른쪽: 마우리시오 카네이로의 의상 스케치.
아래: 무디의 의족, 애덤 브록뱅크 제작.
위: 애덤 브록뱅크의 콘셉트 아트.

엄브릿지 교수

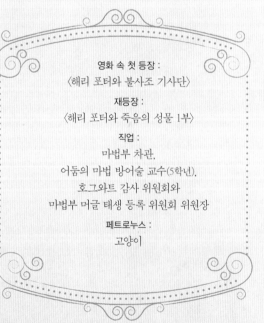

해리 포터의 다섯 번째 책《해리 포터와 불사조 기사단》이 나왔을 때, 이멜다 스탠턴은 친구에게서 네가 꼭 맡아야 할 역할이 있다는 전화를 받았다. 스탠턴이 말한다. "그래서 책을 다시 읽어봤죠. 그랬더니 '키 작고 뚱뚱하고 못생기고 두꺼비 같은 여자'라는 설명이 있더군요. 아, 이렇게 고마울 데가!" 하지만 스탠턴은 돌로레스 엄브릿지를 "귀여운 악역"이라고 보았다. "그리고 이 역은 크레인에 오래 매달려 있을 필요가 없었어요." 스탠턴은 처음에는 엄브릿지가 책에 묘사된 모습 그대로 구현될지 궁금했다. '정말 문자 그대로 두꺼비처럼 꾸밀까? 보형물을 착용해야 할까?' 보형물을 사용하지는 않았지만, 스탠턴은 캐릭터를 위해 추가 장치를 요청했다. 자니 트밈은 말한다. "배우가 엉덩이를 크게 해달라고 했어요. 실제로 스탠턴은 여윈 체격이거든요." 앞뒤로 패딩을 대고 나자 스탠턴은 특징적인 걸음을 고안했다. "오리 같더군요." 트밈은 웃으며 말한다. 엄브릿지의 몸은 뻣뻣하고 부자연스럽고 거의 로봇 같아서, 상냥한 척하는 태도와 어울리지 않는다. 트밈은 말한다. "엄브릿지는 진짜 선생도 아니고, 선생처럼 보이고 싶어 하지도 않아요. 그녀는 마법부에서 온 사람처럼 보이길 원하죠." 트밈은 새침하고 우아한 실루엣에 소녀 같은 감성을 담은 복장을 만들었다. "엄브릿지의 의상은 진지한 분위기로 만들되, 언제나 약간 지나친 요소를 한 가지 넣었어요. 그래서 리본이 너무 크다거나 직물 조합이 거칠다거나 했죠. 이멜다는 자신의 의견이 강했지만, 다행히 나랑 의견이 같았어요."

엄브릿지의 의상에는 브로치, 핀, 반지 등의 장신구가 쓰였고 그 모두에 고양이 이미지가 포함된다. 엄브릿지 방의 장식도 마찬가지였다. 책에는 엄브릿지가 분홍색 옷을 좋아한다고 나오는데—마법사 망토조차 분홍색이다—트밈은 롤링이 이토록 엄혹한 인물에게 이렇게 부드러운 색을 설정했다는 사실을 높이 평가했다. 그리고 이런 모순된 속성을 잘 활용했다. 엄브릿지

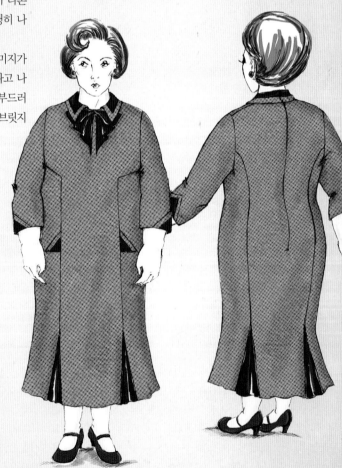

영화 속 첫 등장 :
《해리 포터와 불사조 기사단》

재등장 :
《해리 포터와 죽음의 성물 1부》

직업 :
마법부 차관,
어둠의 마법 방어술 교수 (5학년),
호그와트 감사 위원회와
마법부 머글 태생 등록 위원회 위원장

페트로누스 :
고양이

원 안: 돌로레스 엄브릿지 역의 이멜다 스탠턴.
오른쪽과 옆쪽 위 왼쪽: 자니 트밈의 의상 디자인을 보면 분홍색이 점점 강해지는 것을 알 수 있다. 마우리시오 카네이로 스케치.
옆쪽 왼쪽: 이멜다 스탠턴의 소녀스러운 동작과 어디에도 빠지지 않는 고양이 장신구. 《해리 포터와 불사조 기사단》의 홍보용 사진.
옆쪽 위 오른쪽: 천 견본들.
옆쪽 가운데와 아래 오른쪽: 고양이 장식이 있는 장신구들과 분홍색 구두.

의 옷은 처음에는 부드러운 분홍색이지만, 갈
수록 색상이 진해져서 마지막에는 거의 형광
꽃분홍색이 된다. 트림은 이것이 "자극적이
고 공격적"인 색깔이라고 보았다. 그리고
이런 불일치를 더욱 강조하기 위해서 손으
로 짠 트위드, 플러시, 벨벳, 앙고라 같은
부드러운 직물을 사용했다. 스탠턴과 트림
은 이 점에서 의견이 완전히 일치했다. 스
탠턴은 말한다. "나는 엄브릿지가 부드러워
보이는 모습이기를 바랐어요. 그래서 자니와
그 점을 의논했죠. 나는 강한 모습은 싫었거든
요. 엄브릿지의 겉모습은 부드럽고 따뜻해야 한다
고 생각했죠. 작고 둥글고 폭신폭신해 보이는 사람이 냉혹하다고 밝혀지는 것보
다 더 무서운 일이 있을까요? 내 생각에 엄브릿지는 어린 학생들로 하여금 분홍
색을 통해 진실을 깨닫도록 하는 사람이에요."

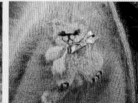

엄브릿지의 요술지팡이

당연하게도, 돌로레스 엄브릿지의 요술지팡이에는 분홍색이
들어 있다. 지팡이 전체는 고리를 겹겹이 꿴 것 같은 모양
에, 끝부분이 뾰족하고, 중간에 동그란 진분홍색 보석이 있다. 지
팡이는 자주색 마호가니로 만들었지만, 그 위에 투명한 송진을
입히고 착색을 했다.

슬러그혼 교수

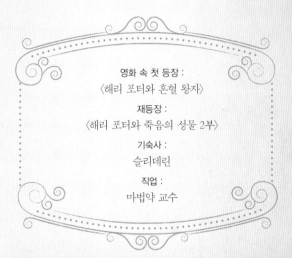

마법약 교수 호레이스 슬러그혼으로 〈해리 포터〉 영화에 출연한 짐 브로드벤트는 그 전에 이미 100편이 넘는 영화에서 다양한 역할을 소화한 배우였다. 하지만 그런 그에게도 〈해리 포터와 혼혈 왕자〉는 새로운 도전이었다. 그가 말한다. "사람들이 처음 내 캐릭터를 만났을 때, 나는 안락의자로 변장하고 있었죠." 오랜 배우 경력에 그와 비슷한 경우는 없었을까? "변기의 목소리 연기를 한 적은 한 번 있었어요. 하지만 몸으로 의자 역할을 한 건 처음이었죠." 자니 트밈은 안락의자 커버에서 잠옷으로 변신할 연보라색 천을 구했다. 하지만 이것은 슬러그혼의 다양한 의상 중 하나였을 뿐이다.

트밈은 슬러그혼이 덤블도어처럼 옷을 좋아하는 건 아니지만, "상황에 맞는 옷을 모두 갖고 있는 사람"이라고 보았다. 트밈은 그가 25년 동안 같은 옷을 입었고, 그 옷들이 여전히 감각적이긴 하지만 이제 약간 낡고 초라해 보인다고 생각했다. "그가 그 옷들을 계속 입는 건 아마도 지난날의 영광을 되찾고 싶어서일 거예요. 그 옷들은 예전에는 아름다웠지만, 이제 오래되어서 단추도 덜렁거리고, 구두도 손상되고, 천은 여러 차례 수선됐죠." 그런데 우리는 그 옷들의 본래 상태를 볼 기회가 있다. 그가 톰 리들을 가르치던 시절을 펜시브로 들여다볼 때다. 짐 브로드벤트는 패딩을 둘러서 뱃살과 나이를 표현했는데 '젊은 시절'을 연기할 때는 이것을 뺐다.

슬러그혼은 영국 고전 남성복을 반영한 스리피스 정장에 트위트 재킷을 입고, 적갈색, 갈

영화 속 첫 등장 :
〈해리 포터와 혼혈 왕자〉

재등장 :
〈해리 포터와 죽음의 성물 2부〉

기숙사 :
슬리데린

직업 :
마법약 교수

원 안: 호레이스 슬러그혼 교수 역의 짐 브로드벤트.
왼쪽과 옆쪽 위 가운데와 오른쪽: 슬러그혼의 다양한 옷을 보여주는 〈해리 포터와 혼혈 왕자〉의 의상 스케치들.
아래: 과거 회상 장면 속 슬러그혼의 옷 상태가 훨씬 좋다.
옆쪽 왼쪽: 슬러그혼의 '옥스브리지' 스타일 망토.
옆쪽 아래 오른쪽: 천 견본들.

SLUGHORN.

Quality	
Width 130cm.	
Metres	
Shade Col.5 VG TIEPOLO	
T&G (CHELSEA) £60.90/m.	

USED 3° FABRIC

Quality WOOL CHECK	
Width 150	
Metres 25 m.	
Shade	
'EMPREE' £5/m.	
Quality SILK MOIRE OFF WHITE.	
Width 112 cm.	
Metres 23.2 m.	
Shade	
Broadwick silk £35/m.	
Quality BROWN brocade.	
Width 130.	
Metres	
Shade	
Broadwick silk.	
Quality	
Width 140.	
Metres	
Shade	
Broadwick silk	
Quality VELVET CROCO PRINT	
Width	
Metres 12.80.	
Shade	
Berwick st cloth shop.	
Quality WOOL. CHECK.	
Width 150	
Metres 8 m.	
Shade	
CLOTH HOUSE. (98).	

"하지만 그게 인생이야!
열심히 달려가다가
갑자기…… 사라지는 거."

— 슬러그혼 교수, 〈해리 포터와 혼혈 왕자〉

색, 베이지색의 나비넥타이를 맨다. "하지만 언제나 약간씩 변형되어 있었죠. 그는 천이 조금 더 요란하고, 무늬도 조금 지나치다 싶게 두드러진 옷을 입으니까요." 트밈은 그를 "괴짜 멋쟁이"로 보았고, 플러시 천, 양단, 실크를 통해서 인생의 섬세한 묘미들을 즐기는 이의 면모를 보여주고자 했다. 트밈은 그에게 옥스브리지 스타일의 교수 옷을 입히고 술 달린 사각모를 씌웠다. '옥스브리지'란 영국의 두 명문 대학 옥스퍼드와 케임브리지를 합한 말로 뛰어난 지성과 높은 사회적 지위를 상징한다. 트밈은 슬러그혼이 그런 표시를 내고자 한다고 생각했다. "그는 학자라는 사실에 자부심을 갖고 있어요. 그 자부심을 드러내는 건 아주 중요했죠." 슬러그혼은 또 갈색 체크무늬 망토와 깃과 소맷부리에 "마법사들만 아는 동물의" 털이 달린 하얀 코트도 입는다.

슬러그혼의 옷이 모두 마련되자 팀 섀너헌이 이끄는 마모 팀의 작업이 시작되었다. 슬러그혼의 모직 정장은 가장 많이 닳았을 부분—어깨, 소맷부리, 주머니—의 섬유를 태워서 직물을 얇게 만들었다. 밝은 색은 물을 빼고, 특별한 용액을 써서 세탁해도 없어지지 않는 묵은 때를 표현했다. 이런 마모 작업은 얼마나 해야 할까? 트밈은 이렇게 말한다. "안감이 비쳐 보이면 그때 멈춰야 해요."

위: 〈해리 포터와 혼혈 왕자〉에서 슬러그혼 교수가 잠재적인 '민달팽이 클럽' 회원들과 파티를 하고 있다.
아래 왼쪽과 옆쪽 위: 마우리시오 카네이로의 의상 스케치들.
아래 오른쪽: 의자와 같은 재료로 만든 슬러그혼의 가운 일부.
옆쪽 아래 오른쪽: 슬러그혼이 베네무스 텐타큘라 잎을 떼어내는 모습을 지나가던 해리 포터가 보고 있다.

슬러그혼의 요술지팡이

콘셉트 아티스트 애덤 브록뱅크는 호레이스 슬러그혼의
지팡이를 만들 때 그의 성(姓)을 생각했다. 브록뱅크는
설명한다. "진짜 민달팽이(슬러그) 같아요. 몸체가 구불구불 두
번 휘고, 손잡이 끝에는 호박석 같은 재료로 만든 혹이 달팽이
의 두 눈처럼 튀어나와 있죠." 손잡이는 어두운 은색이고, 몸
통은 "나무에 은으로 달팽이 자국 같은 모양을 새겨 넣어" 만
들었다. 슬러그혼의 지팡이는 두꺼운 주물을 쓴 데다 은도 많
이 포함되어 있어서, 영화 속 지팡이들 가운데 가장 무거운 지
팡이 중 하나였다.

호그와트의 유령들

위: 〈해리 포터와 비밀의 방〉에 나오는 '사망일' 파티, 애덤 브록뱅크 비주얼 개발 작업. 영화에는 나오지 않았다.
옆쪽 위: 목이 달랑달랑한 닉(존 클리스)이 왜 '목이 달랑달랑한'이라고 불리는지 보여주고 있다.
옆쪽 아래: 〈비밀의 방〉의 콘티 사진들.

"니콜라스 경이라고 불러주는 게 더 좋아."

— 목이 달랑달랑한 닉, 〈해리 포터와 마법사의 돌〉

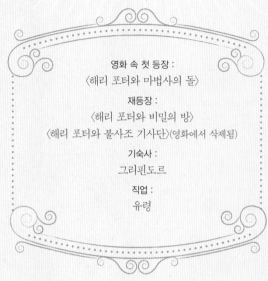

영화 속 첫 등장 :
〈해리 포터와 마법사의 돌〉

재등장 :
〈해리 포터와 비밀의 방〉
〈해리 포터와 불사조 기사단〉(영화에서 삭제됨)

기숙사 :
그리핀도르

직업 :
유령

니콜라스 드 밈시-포르핑턴, 일명 목이 달랑달랑한 닉

주디애나 매커브스키는 〈해리 포터와 마법사의 돌〉에서 호그와트 유령들의 촬영 일정이 거의 마지막으로 잡힌 것이 기뻤다고 회상한다. "유령들을 어떻게 표현해야 할지 생각하는 데 9개월이 걸렸어요. 유령들은 특이해야 했고, 그러면서도 로버트 레가토가 작업할 수 있는 방식이어야 했죠." 로버트 레가토는 〈해리 포터와 마법사의 돌〉의 시각 효과 총괄 책임자였다. "적절한 재료를 찾는 데 시간이 아주 많이 들었어요." 매커브스키는 호그와트 유령들에게 제각기 다른 역사적 배경을 설정했다. 회색 숙녀는 르네상스 후기, 피투성이 바론은 바로크/로코코 시대 인물로 만들고, 뚱뚱한 신부는 일반적인 수도승을 참고했다. 존 클리스가 연기한 니콜라스 드 밈시-포르핑턴 경은 엘리자베스 1세와 제임스 1세 시대에 걸친 인물로 보고, '달랑달랑한 목' 주변에 주름이 장식된 그 시대의 옷을 입혔다. 매커브스키는 이렇게 말한다. "옷을 입혀볼 때 그렇게 많이 웃은 적이 없었어요. 고맙게도 존 클리스는 내가 멋대로 하게 해줬어요. 정말 우스꽝스러운 타이츠 바지를 포함해서 모든 옷들을 기꺼이 입어줬죠." 매커브스키는 결국 안에 구리 선을 넣어서 모양을 잡을 수 있게 만든 망사 천으로 유령 옷을 만들기로 했다. "전통적인 유령들처럼 투명한 몸에 휘날리는 시폰 천을 입히고 싶지는 않았어요. 그런 건 이미 너무 많이 본 모습이니까요. 진짜 역사가 있는 진짜 옷을 보여주고 싶었죠." 로버트 레가토는 이 생각에 만족했고, 그 역시 존 클리스와 함께 작업하는 일이 "기절할 만큼 재미있었어요"라고 말한다. "그는 우리 팀과 딱 하루 동안 일했는데, 우리는 그날 온갖 괴상한 시도를 다해보려고 정말 열심히 일했어요." 레가토 역시 그동안 영화에 유령이 아주 많이 나왔다는 것을 인정했다. "아마 100만 번은 나왔을걸요. 그래서 이 유령들을 예전 영화에 등장한 유령들보다 그럴듯하게 만들 수 있을까? 하는 것이 문제였어요." 후반 제작에서는 디지털 작업을 통해 유령들에게 은은한 빛과 유령스러운 특징들을 추가했다.

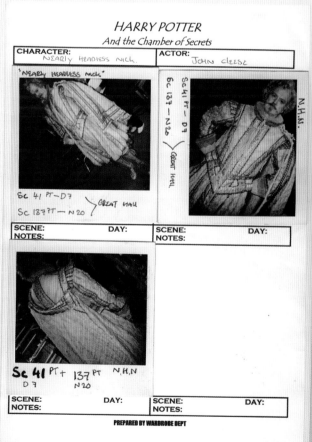

모우닝 머틀

모우닝 머틀은 죽은 여학생으로 〈해리 포터와 비밀의 방〉에서는 여학생 화장실에 드나들고, 〈해리 포터와 불의 잔〉에서는 반장의 욕실로 해리 포터를 찾아온다. 모우닝 머틀을 연기한, 특이한 목소리의 배우 셜리 헨더슨은 머틀의 목소리를 이렇게 묘사한다. "상처받은 목소리였어요. 촬영하면서 많이 울었고, 그러다 보니 꼴깍거리는 소리를 내는 데 도움이 됐어요. 꼭 목에 물이 걸린 것처럼요." 머틀의 호그와트 망토는 거친 직물과 깃 부분의 주름 장식이 작품 속 현재 사건들보다 50년 전을 떠올리게 한다. 머틀의 모든 옷은 잿빛을 띠었다. 헨더슨은 몸에 하니스(어깨와 가슴 주변에 매고 때로는 허리에 감싸는 끈으로, 충격을 몸의 가장 넓은 부위로 퍼트려 완화시켜준다―옮긴이)를 장착하고 그린스크린 앞을 날면서 몸을 비틀며 연기했고, 제작진은 그렇게 찍은 머틀을 디지털 버전으로 옮겼다. 시각 효과 제작자 에마 노턴은 말한다. "머틀이 변기에 들어갔다가 나오고 수도관에서 튀어나오게 만들었죠. 그건 당연히 CGI(컴퓨터를 통해 완전하게 제작된 2차원 내지는 3차원의 이미지―옮긴이)로 해야 하는 일이었어요!"

영화 속 첫 등장 :
〈해리 포터와 비밀의 방〉

재등장 :
〈해리 포터와 불의 잔〉

기숙사 :
래번클로

직업 :
유령

아래 왼쪽: 〈해리 포터와 비밀의 방〉의 홍보용 사진 속 모우닝 머틀 역의 셜리 헨더슨.
위: 비밀의 방이 열릴 때 론, 해리, 록허트 교수 위를 떠도는 모우닝 머틀. 앤드루 윌리엄슨 아트워크. 그런데 영화는 이렇게 찍지 않았다.
옆쪽: 〈해리 포터와 마법사의 돌〉에서 장난꾸러기 피브스 역을 맡은 배우 릭 메이얼. 하지만 이 유령은 폴 캐틀링의 개발 작업 단계를 벗어나지 못했다.

피브스

책을 영화로 옮길 때는 안타깝게도 중간에 잘려 나가는 캐릭터들이 생긴다. 〈해리 포터와 마법사의 돌〉에서 호그와트를 떠도는 장난꾸러기 소리의 요정 피브스 역은 배우 릭 메이얼이 맡았지만, 안타깝게도 이렇게 익살스러운 의상 스케치만 남기고 사라졌다.

"네가 거기서 죽는다면,
내 화장실을
같이 쓰게 해줄게."

— 모우닝 머틀, 〈해리 포터와 비밀의 방〉

헬레나 래번클로, 일명 회색 숙녀

처음에 니나 영이 연기한 회색 숙녀는 〈해리 포터와 마법사의 돌〉의 첫 연회 장면에서 다른 호그와트 유령들과 함께 나온다. 회색 숙녀는 〈해리 포터와 비밀의 방〉에도 나오지만 그 장면은 영화에서 삭제되었다. 회색 숙녀의 정체는 〈해리 포터와 죽음의 성물 2부〉에서 마침내 밝혀지는데, 그녀는 래번클로 기숙사 창립자의 딸인 헬레나 래번클로였다. 한때 통스 역을 맡을 것으로 여겨졌던 배우 켈리 맥도널드가 이 역을 맡았다. 이 역은 〈해리 포터〉 시리즈에서 가장 마지막에 캐스팅된 주요 배역이었다. 자니 트밈은 처음에 나온 디자인을 버리고 좀 더 단순하고 매끈한 중세풍 디자인을 선택했다. 몸에 꼭 맞는 속가운에는 자수 장식을 하고, 겉가운에는 레이스를 달았으며 양쪽 모두에 아래로 늘어진 긴 소매를 달았다.

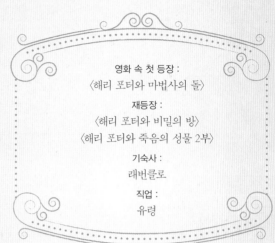

영화 속 첫 등장 :
〈해리 포터와 마법사의 돌〉

재등장 :
〈해리 포터와 비밀의 방〉
〈해리 포터와 죽음의 성물 2부〉

기숙사 :
래번클로

직업 :
유령

"물어봐야 한다면, 넌 결코
알 수 없을 거야. 알고 있다면,
물어봐야겠지……."

― 헬레나 래번클로, 〈해리 포터와 죽음의 성물 2부〉

맨 왼쪽: 래번클로 기숙사의 창립자 로웨나 래번클로는 〈해리 포터와 죽음의 성물 2부〉에 나올 예정이었지만, 영화에서 삭제되었다.
위와 오른쪽: 〈해리 포터와 죽음의 성물 2부〉에서 헬레나 래번클로의 의상은 단순한 중세풍 실루엣이었다. 자니 트밈 디자인, 마우리시오 카네이로 스케치.
옆쪽: 〈해리 포터와 마법사의 돌〉에 출연한 회색 숙녀 역의 니나 영. 엘리자베스 1세 시대풍을 보여준다.

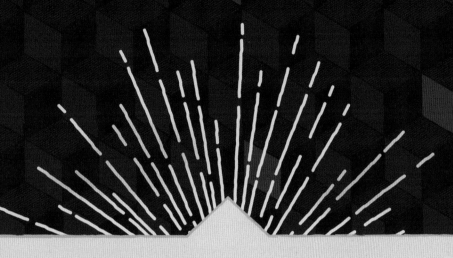

제3장

호그와트 교복과
퀴디치 운동복

호그와트 교복

의상 디자이너 주디애나 매커브스키가 볼 때, 〈해리 포터와 마법사의 돌〉에 등장하는 호그와트 같은 '유서 깊은 영국 학교'는 교복을 입어야 했다. "하지만 J.K. 롤링은 학생들이 교복을 입지 않는다고 하더군요. 실제로 교복을 입지 않는 편이 더 흥미로워 보였어요. 교복은 영국 학교 제도에서 유래했지만 환상이기도 했기 때문이죠." 하지만 매커브스키는 여전히 통일된 모습을 만들고 싶었다. "그래서 우선 해리(대니얼 래드클리프)에게 현대적인 옷을 입혀보고, 다음으로 교복을 입혀보았죠." 제작진은 교복을 입혔을 때 시각적 효과가 더 좋다는 매커브스키의 견해에 동의했고, 매커브스키는 호그와트 학생을 연기하는 아역 배우 400명의 교복을 만들어야 했다. "그게 우리를 살린 거죠. 그 많은 학생들에게 제각기 다른 옷을 입혀야 한다고 상상해보세요!"

처음 만든 호그와트 교복은 남학생용 회색 플란넬 바지와 여학생용 회색 플란넬 주름치마, 그리고 흰색 셔츠였다. "가끔은 니트 조끼도 입고 기숙사 깃발 모양을 새긴 스웨터와 넥타이도 착용했죠." 1학년 교복은 처음에 검은색 넥타이를 매는 것으로 디자인되었지만, 곧 호그와트 문양이 박힌 것으로 바뀌었다. 호그와트 학생용 망토는 전통적인 대학 가운을 토대로 만들었다. "소매를 마법사스럽게 약간 변형했어요." 대니얼 래드클리프는 망토가 아주 편해서 마치 잠옷 같았다고 설명했다. 하지만 연회장에서 그걸 입고 있으면 꽤 더웠는데 연회장 벽난로에 자주 불을 피웠기 때문이다. 학생들은 주머니에 접어 넣을 수 있는 뾰족 모자를 썼다. 다른 주머니는 요술지팡이용이었지만, 매커브스키는 그 주머니에 지팡이를 재빨리 넣고 빼는 방법은 자신도 모른다고 털어놓았다.

앞쪽: 퀴디치 운동복을 입은 보니 라이트가 그린스크린 앞에서 〈해리 포터와 혼혈 왕자〉 촬영을 하고 있다.
원 안: 호그와트 문양. **왼쪽 아래:** 헤르미온느, 론, 해리가 〈해리 포터와 마법사의 돌〉에서 1학년 망토와 목도리를 착용한 모습. **아래 오른쪽:** 〈해리 포터와 비밀의 방〉의 그리핀도르 망토. **위:** 해리와 헤르미온느가 〈해리 포터와 불의 잔〉에서 디자인이 바뀐 망토와 목도리를 하고 있다. **옆쪽 위:** 〈마법사의 돌〉에 나오는 네 개 기숙사의 넥타이와 문양.
옆쪽 아래 왼쪽: 〈마법사의 돌〉의 여학생 교복 참고 사진. **옆쪽 아래 오른쪽:** 앨프리드 이닉(딘 토머스)이 〈마법사의 돌〉에서 목도리와 망토를 착용한 모습.

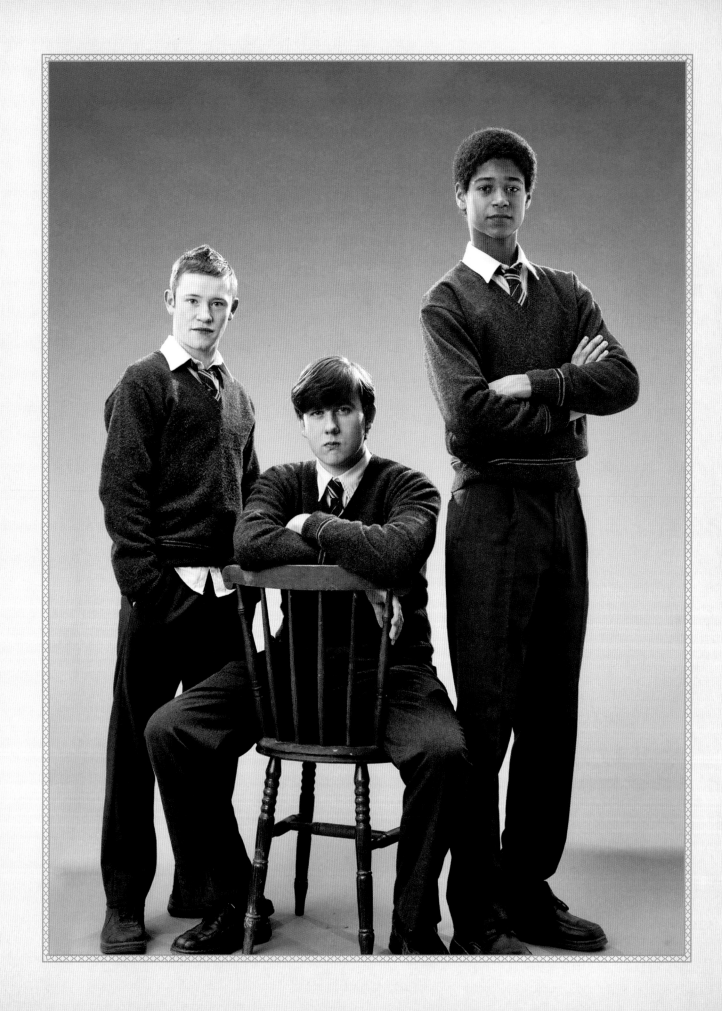

> **"너희 둘 다 교복으로 갈아입는 게**
> **좋을 거야. 곧 도착할 테니까."**
>
> — 헤르미온느 그레인저, 〈해리 포터와 마법사의 돌〉

자니 트밈은 〈해리 포터와 아즈카반의 죄수〉에서 "교복을 완전히 바꾸었다"고 말한다. 망토는 모직으로, 셔츠는 100퍼센트 순면으로 만들었으며, 넥타이는 더 커지고 또 반짝이는 실크로 더 화려하게 만들었다. 가장 큰 변화 중 하나는 바지, 치마, 스웨터의 색깔이 훨씬 어두워져서 회색이 아니라 검은색이 되었다는 것이다. 트밈은 기숙사 색깔로 망토에 라인을 넣어서, 각 학생의 소속 기숙사를 연회장 끝에서도 알아볼 수 있도록 복장에 뚜렷이 드러냈다. 학생들은 뾰족한 모자 대신 후드를 썼는데 트밈은 그것이 좀 더 "도시적"인 디자인이라고 생각했다. "호그와트 교복을, 모든 아이들이 모자 달린 옷을 입는 21세기와 연결하고 싶었어요." 트밈과 알폰소 쿠아론 감독의 뜻이 일치한 또 한 가지는 아이들이 자라면서 "자기 방식으로 입고 싶어 할 것"이라는 생각이었다. 그래서 학생들이 각자의 개성에 따라 속셔츠, 카디건, 스웨터 등을 선택할 수 있도록 했다. 학생들은 이제 셔츠를 밖으로 늘어뜨릴 수 있고, 넥타이를 헐렁하게 맬 수도 있었다. (돌로레스 엄브릿지가 오기 전까지는 말이다.)

왼쪽: 회색이 줄고 검은색이 늘어난 자니 트밈의 새 호그와트 교복 디자인. 로랑 귄치 스케치. **옆쪽:** 〈해리 포터와 불사조 기사단〉 홍보용 사진 속 데번 머리(시무스 피니간), 매슈 루이스(네빌 롱바텀), 앨프리드 이닉(딘 토머스).
위: 〈해리 포터와 아즈카반의 죄수〉에서 고일과 드레이코 말포이가 망토에 달린 모자를 쓰고 있다.

퀴디치 운동복

퀴디치 운동복을 디자인한 주디애나 매커브스키는 〈해리 포터와 마법사의 돌〉과 〈해리 포터와 비밀의 방〉에서 '마법이 있는 학원 드라마'의 원칙 아래 영원함과 친숙함을 결합시키려고 했다. 선수들은 기숙사 상징 색깔로 만든 깃 없는 스웨터를 입고, 그 위에 호그와트 교복 망토와 비슷하지만 끈으로 여미는 가운을 입었다. 하얀 바지는 펜싱복과 약간 비슷하고, 팔다리의 보호대는 19세기 크리켓과 폴로 경기를 연상시킨다. 다리 보호대는 두꺼운 가죽으로 만들고 안쪽에 범포 천을 댔는데, 특히 무릎 부분은 부드러운 가죽 커버에 솜을 대서 누비고 뒤쪽에 버클을 달았다. 매커브스키는 이렇게 회고한다. "우리는 마법사 가운을 입힐지 말지를 두고 오랫동안 토론했습니다. 아무래도 가운이 펄럭이면 멋져 보이고 또 책에도 그렇게 나오니까요."

영화 내용이 어두워지고, 퀴디치 경기가 거칠어지면서 운동복 디자인도 바뀌었다. 〈해리 포터와 아즈카반의 죄수〉에서 자니 트밈은 오늘날의 어린이 스포츠 팬들에게 좀 더 친숙한 형태로 복장을 바꾸고자 했다. 퀴디치 경기가 폭풍 치는 날 벌어진 점을 감안해서 천을 방수 나일론으로 선택하고, 현대적 느낌의 고글을 더했다. 또 망토의 등에 줄무늬와 등 번호를 넣었다. 하지만 번호 자체에는 별다른 의미가 없었다. 그런데 경기가 빨라지고 수비가 강해지면서, 편리와 안전을 위해 하니스를 장착한 채 그린스크린 앞에서 빗자루를 타고 연기하는 배우들의 운동복 디자인을 다시 변경해야 했다. 망토에 가려 보이지 않지만, 빗자루에는 자전거 안장과 비슷한 안장이 달리고, 옷 솔기에는 보강 천이, 엉덩이 부분에는 패딩이 덧대어졌다.

〈해리 포터와 혼혈 왕자〉에는 데이비드 예이츠 감독이 '코미디 퀴디치'라고 부르는 장면이 나온다. 론 위즐리가 선발 테스트를 받고 그리핀도르 팀에 합류했기 때문이다. 퀴디치 테스트에서 학생들은 트밈이 만든 연습복을 입는데, 회색 모자 위에 민소매 덧옷을 걸친 것으로, 이때는 특정 포지션을 알리는 등 번호를 새겼다. 트밈이 말한다. "각 번호는 선수들의 포지션—몰이꾼인지 수색꾼인지 파수꾼인지—을 나타내요. 테스트에서는 자기가 원하는 포지션의 번

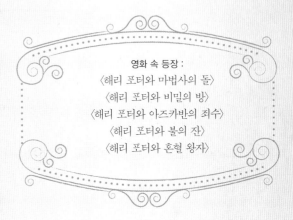

아래 왼쪽: 자니 트밈이 변경한 퀴디치 운동복은 1930년대 미식축구 유니폼을 토대로 팔다리의 보호대를 더 튼튼하게 만들었다.
아래 오른쪽: 그리핀도르 망토 의상(2학년) 참고 사진.
옆쪽 위 왼쪽: 그리핀도르 주장 올리버 우드(숀 비거스태프).
옆쪽 위 오른쪽: 자니 트밈이 〈해리 포터와 혼혈 왕자〉에서 디자인한 퀴디치 연습복, 로랑 권치 스케치.
옆쪽 아래: 〈비밀의 방〉에서 슬리데린과 그리핀도르의 충돌 장면.
다음 두 쪽: 골든 스니치를 쫓는 해리와 드레이코, 애덤 브록뱅크 아트워크.

"거친 게임이지, 퀴디치는."
"격렬해. 하지만 몇 년 동안
아무도 안 죽었어!"
— 조지 위즐리와 프레드 위즐리, 〈해리 포터와 마법사의 돌〉

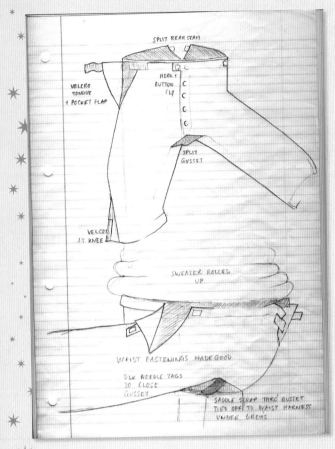

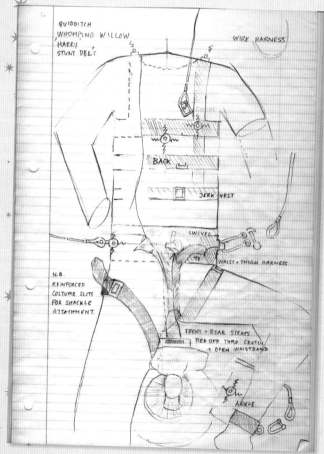

호를 달 수 있죠." 파수꾼은 2번, 수색꾼은 7번이다. 경기 중에는 어깨, 팔, 다리에 보호대를 부착한 가벼운 유선형 덧옷을 모직 스웨터 위에 입었다. 보호대는 물에 적셔서 틀로 찍어낸 가죽으로 만들었다. 접합 부위가 많은 안전 장비를 디자인할 때는 특별히 주의를 기울였다. 복잡한 스턴트 동작을 하는 동안 보호대가 서로 엉키면 안 되기 때문이다. 틀은 의상 제작자 스티브 킬이 퀴디치 테스트 장면에 나오는 수십 벌의 운동복을 만드는 데 도움이 되었다. 이것들은 합성 발포고무로 만들었다. 운동복에 추가된 헬멧은 초기 미식축구 장비를 토대로 만들었다. 트밈은 슬리데린 가운에 전투적인 느낌을 더하기 위해, 이전의 운동복들보다 녹색을 더 어둡게 하고, 은색 줄무늬와 검은 별을 추가했다. 그리고 이들의 가운에 반짝이는 안감을 대서 더욱 호화로운 느낌을 주었다.

　퀴디치 운동복의 비례도 캐릭터에 따라 다르게 했다. 그리핀도르 파수꾼 론 위즐리 역의 배우 루퍼트 그린트와 그가 동경하는 파수꾼 코맥 맥래건 역의 프레디 스트로마는 체구가 거의 같았다. 하지만 제작진은 스트로마가 더 커 보이는 편이 좋다고 생각했다. 그래서 스트로마의 어깨 보호대를 키우고, 운동복 앞뒤에 천을 덧대서 몸이 더 커 보이게 했다. 반대로 론은 여기서도 옷을 물려 입기 때문에 운동복을 작게 만들고 사포로 가죽과 끈을 문질러 닳아 보이게 했다.

　그리고 시리즈에서 처음으로 학생들이 응원할 때 입을 옷을 만들었다. 이 옷은 각 기숙사 색깔 위에 호그와트 문양을 새긴 단순한 티셔츠와 모자 달린 트레이닝복 상의, 그리고 회색과 검은색의 트레이닝복 바지로 이루어졌다.

왼쪽과 위와 아래: 착용감을 편하게 하기 위해 다시 디자인한 퀴디치 의상과 스턴트맨들의 장비 착용 방법을 설명한 그림들.
위 오른쪽: 〈해리 포터와 아즈카반의 죄수〉에 나오는 후플푸프 운동복, 로랑 귄치 스케치.
옆쪽 위: 〈해리 포터와 혼혈 왕자〉에 나오는 슬리데린과 그리핀도르의 새 연습복은 좀 더 공격적인 경기를 위해 디자인되었다. 마우리시오 카네이로 그림.
옆쪽 아래 왼쪽: 블루스크린 경기장 앞에 서 있는 프레디 스트로마와 루퍼트 그린트.
옆쪽 아래 가운데: 지니, 해리, 헤르미온느는 경기 전에 론의 긴장을 풀어주려 한다.
옆쪽 아래 오른쪽: 경기 후 축하 모임. 트밈이 〈혼혈 왕자〉에서 새로 만든 응원 티셔츠가 보인다.

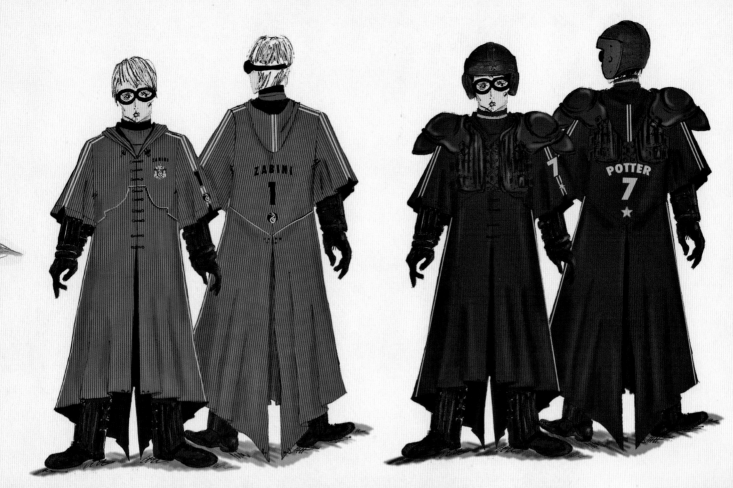

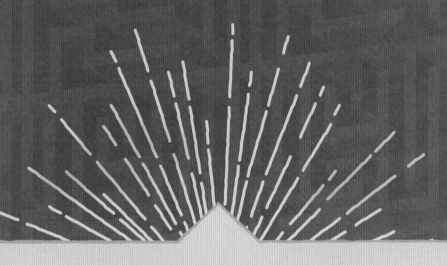

트리위저드 시합

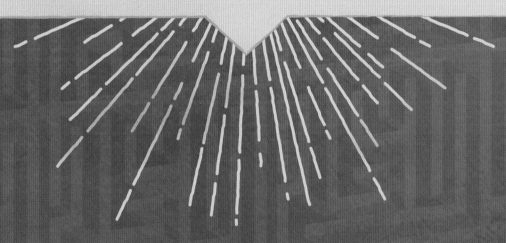

호그와트
해리 포터

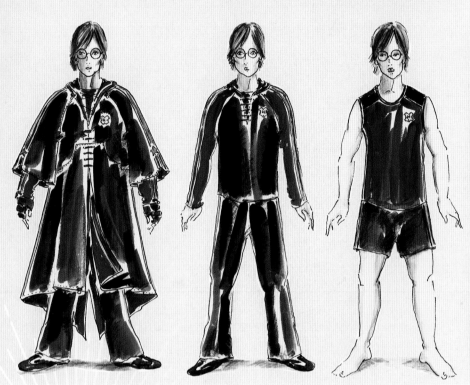

자니 트밈은 말한다. "사람들은 해리가 입는 옷을 한 벌만 만들면 될 거라고 생각하죠. 하지만 해리에게는 대역이 있고 스턴트 대역도 있어서, 의상을 여러 벌 만들어야 해요. 용 의상은 다섯 단계로 만들었어요. 그가 처음 등장할 때의 깨끗한 버전부터 마지막에 완전히 망가진 버전까지요. 우리는 해리의 용 의상만 35벌 이상 만들었어요." 마모 작업 팀은 사포와 라이터 등으로 해리가 불을 뿜는 헝가리 혼테일과 만난 흔적을 만들었다.

분장과 헤어 팀은 트리위저드 시합의 두 번째 시험에서 특히 큰 어려움을 겪었다. 대니얼 래드클리프가 첫 번째 시험에서 용과 싸우다가 어깨에 입은 상처도 만들어야 했고, 물속에서 눈이 충혈되는 것을 막기 위해 대니얼이 중간중간 휴식 때 쓰는 잠수 마스크가 이마의 번개 모양 흉터를 정확히 덮도록 해야 했기 때문이다. 흉터가 조금이라도 틀어져서는 안 됐다. 그래서 어맨다 나이트와 팀원들은 좀 더 튼튼한 방수 분장을 개발했다. 나이트는 이렇게 회상한다. "흉터가 몇 번인가 떨어졌어요. 그래서 흉터를 몇 차례 다시 붙여주어야 했죠. 하지만 탱크 안에서 벌어지는 일들을 우리가 통제할 수는 없었어요. 우린 그냥 옆에서 초조하게 대기하고 있을 뿐이었죠."

닉 더드먼 팀의 또 한 가지 과제는 아가미풀을 먹은 뒤 해리의 손과 발에 생겨나는 물갈퀴

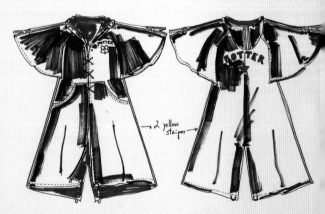

를 만드는 것이었다. 지느러미는 래드클리프의 발에 붙이는 보형물로 쉽게 만들었다. 지느러미 안쪽은 약간 단단해서, 부드럽고 유연한 바깥쪽을 그의 발목 사이에 꽂았다. 발목과 뒤꿈치는 후반 제작에서 디지털 작업으로 지웠다.

　　물갈퀴 손은 좀 더 실험이 필요했다. 처음에는 래드클리프의 손가락 사이에 물갈퀴 모양의 물체를 부착해 보았지만, 헤엄치느라 손으로 물을 헤치면 자꾸 떨어졌다. 두 번째 실험은 물갈퀴가 달린 얇은 장갑을 끼는 것이었다. 이것은 떨어져 나가지는 않았지만 손이 두꺼워 보였고, 장갑의 길이를 길게 했더니 손이 너무 커보였다. 해법은 미술 마무리 팀원 한 명이 스타킹을 세탁하는 모습을 보고 나왔다. 더드먼이 말한다. "그녀가 스타킹을 팔에 씌운 채 물 속에서 손을 폈는데, 손 위의 스타킹이 보이지 않는 거예요." 그래서 스타킹을 래드클리프의 양손에 씌우고 상의 안쪽으로 입혔다. 그런 다음 접착제로 손가락 사이에 나일론을 두 겹 붙였다. 더드먼은 말한다. "손에 꼽을 만큼 멋진 해결책이었어요."

　　두 번째 시험에서 래드클리프가 입은 상의는 호수 위에서는 그리핀도르 기숙사의 붉은색으로 보인다. 하지만 물속에 들어가면 또 다른 착시가 일어난다. 민물이나 소금물 속에서 촬영하면 옷의 색깔이 달라지기 때문이다. 이 경우에는 붉은색이 흑갈색으로 보인다. 그래서 실제로 래드클리프가 물속에서 입은 상의는 주황색이었다.

호그와트
케드릭 디고리

영화 〈해리 포터와 불의 잔〉에서 트리위저드 시합의 호그와트 챔피언을 연기한 배우 로버트 패틴슨은 말한다. "케드릭은 정말 멋진 친구죠. 그는 정정당당하게 경기하고 규칙을 지켜요." 하지만 패틴슨이 인정하듯이 "멋진 사람을 연기하면 정말 큰 압박을 받아요! 멋진 사람에 대한 사람들의 선입견이 있거든요……" 마이크 뉴얼 감독은 이 역할의 캐스팅에 특히 신경을 많이 썼다. "케드릭은 결국 죽습니다. 죽으면서 중요한 역할을 하고요. 나는 케드릭이 최종 전투기 조종사처럼 희생적인 인물이 되기를 바랐습니다. 로버트는 그렇게 할 수 있는 배우였어요. 빛나는 외모에, 고귀한 운명의 분위기를 풍기고 있었죠."

트리위저드 시합의 챔피언 의상을 만들 때 자니 트밈은 세 가지 시험을 수행하는 동안 버텨줄 질긴 인조 섬유를 선택했다. 이 디자인은 〈해리 포터와 아즈카반의 죄수〉에서 퀴디치 유니폼을 새로 디자인하는 열쇠가 되었다. 호그와트 의상은 해리와 케드릭 모두 기숙사 색깔만 다를 뿐 디자인이 똑같았다. 하지만 다양한 스턴트 장면으로 옷이 손상되었기 때문에 여러 벌의 옷이 필요했다. 세 가지 시험의 스턴트 장면들은 모든 배우들을 몹시 힘들게 했다. 패틴슨은 영화에 처음 나올 때 나무에서 뛰어내리는 장면이 "악몽 같았다"고 말한다. "3.6미터 높이에서 뛰어내리는 건 무릎에 무리가 가요. 처음에는 재미있었는데, 얼마 지나자 무릎이 굳어버리더라고요. 마지막 테이크의 착륙 장면에서는 얼굴에 힘들다고 쓰여 있던데요!"

원 안과 옆쪽: 후플푸프 챔피언 케드릭 디고리 역의 로버트 패틴슨.
오른쪽: 〈해리 포터와 불의 잔〉의 케드릭의 챔피언 복장, 자니 트밈 의상 디자인, 마우리시오 카네이로 스케치.

영화 속 등장:
〈해리 포터와 불의 잔〉
기숙사:
후플푸프
직업:
호그와트 학생, 트리위저드 시합 챔피언,
후플푸프 수색꾼

케드릭의 요술지팡이

지휘봉처럼 생긴 케드릭 디고리의 지팡이는 끄트머리가 까맣고, 몸통에는 바퀴 같은 문양들이 있으며, 손잡이에는 연금술 상징 기호들이 새겨졌다.

보바통
맥심 부인

보 바통 교장 올림프 맥심 부인의 캐릭터를 설명해달라고 하자, 프랑세스 드 라 투르는 "여학생들을 사랑하고 그들에게 아름다운 옷을 입히는 교사예요. 그리고 그냥 좀 덩치가 크죠"라고 말한다. 그리고 잠시 후 말을 잇는다. "하지만 그녀는 자신이 크다는 사실을 인정하지 않아요."

자니 트밈을 만났을 때 드 라 투르는 맥심 부인이 '자신은 크지 않다'고 생각한다는 점을 강조했고, 심지어 캐릭터가 여윈 몸집으로 나올 수 있는지도 물었다. 트밈은 이렇게 대답했다. "아뇨, 당신은 거인이에요. 아주 커요. 하지만 우아하죠. 절대로 작고 귀엽게 될 수는 없어요. 그러니까 크고 강한 것을 생각하세요." 트밈은 "어쨌거나 맥심 부인은 사람들 눈길을 끌고 싶어하는 여자"라고 말한다. 에트네 페넬은 맥심 부인의 우아한 복장에서 영감을 받아, 그에 어울리는 멋진 헤어스타일을 만들었다. "우리는 단순한 단발머리를 생각했지만, 그녀는 복장과 어울리는 몇 가지 색깔로 하이라이트 염색을 해서 좀 더 화려하게 연출했어요."

맥심 부인을 가장 거대하게 표현하기 위해서, 216센티미터의 농구 선수 출신 영화 배우 이언 화이트가 죽마를 신고 키를 240센티미터까지 키웠다. 트밈은 옷의 무늬도 비율에 맞춰서 키워야 했을 뿐 아니라, 옷을 바닥까지 늘어뜨려 죽마를 가리고, 소매를 길게 해서 맥심 부인 대역의 가짜 손을 가려야 했다. 실리콘으로 만든 맥심의 애니매트로닉 머리가 부착된 부분은 인조 모피 옷과 소맷부리, 깃털 목도리, 커다란 주름 깃 등으로 가렸다. 화이트는 죽마를 신고 걷는 법뿐 아니라 크리스마스 무도회에서 해그리드의 대역인 마틴 베이필드와 춤을 추는 법도

영화 속 첫 등장 :
〈해리 포터와 불의 잔〉

재등장 :
〈해리 포터와 죽음의 성물 1부〉

직업 :
보바통 교장

원 안: 맥심 부인 역의 프랑세스 드 라 투르. 왼쪽: 〈해리 포터와 불의 잔〉의 크리스마스 무도회에서 맥심 부인과 해그리드가 함께 춤을 추는 모습. 옆쪽 위 왼쪽: 맥심 부인의 의상 스케치. 위와 옆쪽 아래 왼쪽과 가운데: 여러 가지 의상, 마우리시오 카네이로 스케치. 옆쪽 위 오른쪽: 〈불의 잔〉에서 보바통 여학생들의 입장. 옆쪽 아래 오른쪽: 맥심 부인의 옷은 깃이 높아야 했다.

익혀야 했다.

맥심 부인의 애니매트로닉 머리에는 화이트가 안에서 대사를 하면 그에 맞추어 입이 움직이는 장치가 되어 있었다. 이것은 다른 배우들이 연기를 하는 데 도움이 되었다. 얼굴 표정이나 눈 움직임은 닉 더드먼의 팀이 조종했다. 더드먼은 말한다. "하지만 배우의 연기가 필요한 장면이 있게 마련이죠. 이럴 땐 얼굴을 크게 보여주다가 물러나서, 맥심 부인의 덩치를 보여주는 식으로 표현했어요. 그럴 때는 블루스크린 앞에서 촬영했죠." 이 외에도 더드먼은 가까이에서 찍을 때도 드 라 투르를 커다랗게 보이도록 하기 위해 다른 창의적인 방법들을 여럿 활용했다. "세트를 작게 만들거나 촬영 각도를 조정하거나, 때로는 배우를 그냥 높은 단 위에 올려서 키를 키웠어요. 영화를 볼 때 '우아, 저 여자 정말 크다' 하는 생각이 들어야 했죠. 그게 우리가 달성해야 할 목표였어요."

보바통
플뢰르 델라쿠르와 보바통 여학생들

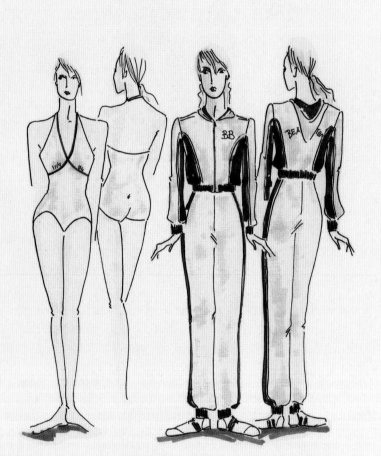

영화 속 첫 등장:
〈해리 포터와 불의 잔〉

재등장:
〈해리 포터와 죽음의 성물 1부〉
〈해리 포터와 죽음의 성물 2부〉

직업:
보바통 학생,
트리위저드 시합 챔피언

플뢰르 델라쿠르를 연기한 클레망스 포에지는 〈해리 포터와 불의 잔〉에서 보바통 여학생들이 호그와트의 연회장에 입장하는 모습이 인상적이라고 느꼈다. "하지만 한 번만이라도 좋으니 덤스트랭 남학생들과 역을 바꾸어서 그들처럼 입장해보고 싶었어요." 포에지는 〈해리 포터〉 소설의 열렬한 팬이었고, 자신이 맡은 배역에 대한 견해가 확실했다. "어떻게 보면 플뢰르는 영국인이 생각하는 프랑스 소녀의 모습이에요. 세련되고 우아하고 진지하고 까탈스럽죠. 내가 고등학교 시절에 싫어하던 딱 그런 스타일의 여학생이에요!" 포에지는 웃으며 말한다. "플뢰르 자체는 상투적이지 않지만, 그녀에겐 프랑스에 대한 많은 상투적인 견해가 투영돼 있어요."

어린 시절 프랑스의 기숙학교에 다녔던 자니 트밈은 그 시절을 이렇게 기억한다. "우리는 늘 똑같은 옷을 입어야 했어요. 그래서 즐거웠죠. 그게 영국 아이들

> ## 네가 내 동생을 구했어. 네 인질도 아니었는데 말이야.
>
> —플뢰르 델라쿠르,
> 〈해리 포터와 불의 잔〉

과의 차이인 것 같아요. 영국 아이들은 교복을 입게 되면 그걸 수선할 방법부터 찾으니까요." 트밈은 프랑스인으로서 관찰한 또 한 가지를 의상 디자인에 활용했는데, 바로 스코틀랜드의 추운 날씨다. "스코틀랜드에서는 모직 옷을 입어요. 아름다운 모직이라도 어쨌건 모직이죠. 모직은 실용적이고 따뜻해요. 그런데 프랑스 여학생들은 실크 옷을 입고 오죠. 스코틀랜드의 기후를 전혀 의식하지 않고 완전히 비현실적인 면이 나는 멋지다고 생각했어요." 트밈은 이들의 옷에 '프렌치 블루'색을 사용했고, 그 색은 다른 학생들의 차분한 검은색, 갈색, 회색 사이에서 두드러졌다. 페도라 모자를 마법사식으로 변형한 듯한 뾰족 모자와 짧은 망토는 짧은 드레스 또는 짧은 재킷 정장에 완벽하게 어울렸다.

플뢰르의 요술지팡이

플뢰르 델라쿠르의 지팡이는 손잡이에 복잡한 조각 장식이 새겨지고, 몸통은 기다란 나뭇잎 문양이 감싸고 있다.

옆쪽 원 안과 옆쪽 오른쪽: 보바통 챔피언 플뢰르 델라쿠르 역의 클레망스 포에지. **옆쪽 위 왼쪽:** 플뢰르의 트리위저드 시합 복장, 마우리시오 카네이로 스케치. **위:** 〈해리 포터와 불의 잔〉에서 맥심 부인이 보바통 학생들을 따라 연회장으로 들어오고 있다. **아래 왼쪽:** 가브리엘 델라쿠르(왼쪽과 오른쪽)의 옷과 그리 따뜻하지 않은 프렌치 블루 색깔의 보바통 교복(가운데), 자니 트밈 디자인, 마우리시오 카네이로 스케치. **아래 오른쪽:** 플뢰르 델라쿠르의 요술지팡이, 벤 데넷 아트워크.

덤스트랭
이고르 카르카로프

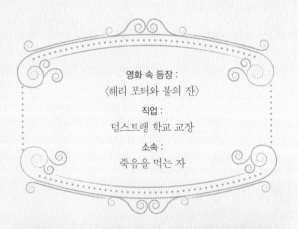

영화 〈해리 포터와 불의 잔〉에 덤스트랭 학교의 교장으로 나오는 이고르 카르카로프는 보바통 학교의 교장만큼 크지는 않지만 나름대로 강력한 힘을 과시한다. 이 역할을 맡은 세르비아의 배우 프레드라그 벨라츠는 말한다. "나는 그가 아주 극적이고 심지어 오만하다고 생각합니다. 하지만 그건 그의 과거 때문이죠. 그는 재판 이전, 그러니까 자신이 세상 꼭대기에 있던 시절처럼 보이려고 하지만, 속으로는 그럴 수 없다는 걸 알아요." 카르카로프는 지난날 죽음을 먹는 자로서 유죄 판결을 받았지만, 바티 크라우치 2세를 넘기는 대가로 풀려났다. 펜시브로 보았을 때, 벨라츠는 아즈카반 죄수복을 입고 있다. 그는 겉모습을 바꾸려고 색을 입힌 의치를 꼈고—"당연히 그건 내 치아가 아니었어요!"—이 역할을 위해 기른 수염을 분장으로 더 길게 만들었다. 그는 웃으며 한마디 덧붙였다. "하지만 내 머리는 원래 이렇습니다." 일주일 동안 중세 고문 도구 같은 철제 우리에 앉아서 촬영할 때는 밀실 공포증을 느꼈지만, 그는 그 공포를 연기에 이용했다고 말한다.

영화 속 등장 :
〈해리 포터와 불의 잔〉

직업 :
덤스트랭 학교 교장

소속 :
죽음을 먹는 자

"그건 표식이야, 세베루스,
자네도 알잖아."

—이고르 카르카로프,
〈해리 포터와 불의 잔〉

옆쪽 원 안과 옆쪽 오른쪽: 덤스트랭 교장 이고르 카르카로프 역의 프레드라그 벨라츠. 옆쪽 아래 왼쪽: 〈해리 포터와 불의 잔〉에서 트리위저드 시합 개회 연회에 참석한 카르카로프와 맥고나걸 교수. 위: 카르카로프의 여러 코트, 자니 트밈 디자인, 마우리시오 카네이로로 스케치. 아래: 이고르 카르카로프가 부관(톨가 사페르)을 데리고 연회장에 도착한 모습.

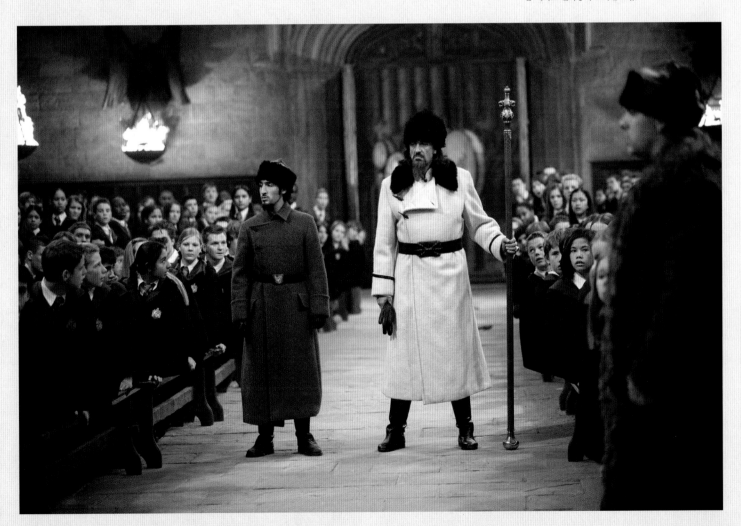

덤스트랭
빅터 크룸과 덤스트랭 남학생들

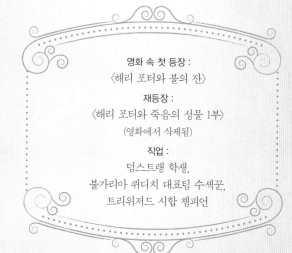

스타니슬라프 이아네프스키는 덤스트랭 챔피언이자 '불가리아의 봉봉(bonbon, 프랑스어로 사탕이란 뜻으로, 리타 스키터가 빅터를 표현한 말이다—옮긴이)'인 빅터 크룸 역을 맡은 일이 "할리우드 동화" 같았다고 말한다. "학교에서 복도를 달려가고 있었는데, 캐스팅 감독이 지나가다가 내가 누군가에게 소리치는 소리를 듣고는 오디션을 보라고 했어요." 하지만 아이러니하게도 목소리로 눈길을 끈 이아네프스키는 "말이 별로 없고 신체 능력을 자랑하는 역할"을 맡게 되었다. 거기다 이아네프스키는 불가리아 출신이지만 영국에 오래 산 까닭에 불가리아식 억양을 다 잊은 상태였다. "영화에서 빅터 크룸은 영어가 서툰 걸로 나와요. 그래서 나는 투박한 불가리아식 억양을 되찾아야 했죠."

자니 트밈은 북유럽에 자리한 마법 학교인 '덤스트랭의 아들들'에게 슬라브풍을 더한 따뜻한 울 소재 옷을 제공했다. 보바통 여학생들과 달리, 덤스트랭 남학생들은 깃이 높고 모피를 두른 겨울옷을 입었다. 카르카로프 일행의 셔츠와 코트 허리띠의 버클에는 덤스트랭의 문양인 머리 둘 달린 독수리가 새겨지고, 단추는 두꺼운 물체를 꽉 잡는 독수리 발톱처럼 생겼다. 학생들은 러시아 전통 모자인 우샨카(귀마개가 달린 털모자)를 변형한 모자와 위가 뾰족한 샤프카 모자를 썼다. 트밈은 덤스트랭을 일종의 군사 학교로 생각해서 복장에서도 실용성을 중시했고, 호그와트와 달리 학생들에게 개인적 선택권을 주지 않았다. 그리고 에트네 페넬의 말처럼 "학생들 머리는 이틀에 한 번꼴로 잘라서" 절대 기르지 못하게 했다. 이아네프스키는 이런 복장이 캐릭터를 만드는 데 도움이 되었다고 말한다. "내가 입는 코트는 아주 크고 따뜻했어요. 일단 입으면 따뜻한 것을 찾지 않게 됐죠. 덕분에 난 더 강해졌고, 더 집중할 수 있었어요. 그 큰 코트를 입으면 우쭐해지는 느낌이었죠."

영화 속 첫 등장 :
〈해리 포터와 불의 잔〉
재등장 :
〈해리 포터와 죽음의 성물 1부〉
(영화에서 삭제됨)
직업 :
덤스트랭 학생,
불가리아 퀴디치 대표팀 수색꾼,
트리위저드 시합 챔피언

크룸의 요술지팡이

빅터 크룸의 지팡이 손잡이에는 덤스트랭의 상징인 독수리와 비슷한 황조롱이 머리 모양이 새겨져 있다. 자연스러운 곡선이 있는 가벼운 재질의 나무를 거칠게 깎아서 만들었다.

"주로 내가 공부하는 걸
보고 있어. 좀 짜증 나."

—헤르미온느 그레인저, 〈해리 포터와 불의 잔〉

옆쪽 원 안과 아래: 덤스트랭 챔피언 빅터 크룸
역의 스타니슬라프 이아네프스키.
옆쪽 오른쪽: 〈해리 포터와 불의 잔〉에서
크룸이 카르카로프 교장과 부관을 양옆에
데리고 연회장에 들어온다.
옆쪽 아래: 〈불의 잔〉을 위한 애덤 브록뱅크
아트워크.
왼쪽: 학생 코트의 세 가지 모습—모두 아주
따뜻하다.
아래 왼쪽: 빅터가 트리위저드 시합 때 입은
챔피언 옷에는 학교의 상징인 쌍두 독수리가
새겨져 있다. 마우리시오 카네이로 스케치.

리타 스키터

리타 스키터가 《예언자 일보》의 기자로서 트리위저드 시합에 입고 올 옷을 디자인할 때, 자니 트밈은 "가십 기자들은 항상 행사에 맞는 옷을 입는다는 점"에 주목했다. "그들은 애스컷 경마장에서는 모자를 쓰고, 자동차 경주장에서는 가죽 재킷을 입죠." 그래서 트밈은 리타 스키터의 복장이 항상 그녀가 쓰는 기사와 일치하도록 했다. 배우 미란다 리처드슨도 이 생각에 동의했다. "리타에게는 행사에 어울리는 옷을 입는 것이 기사로 진실을 전하는—어쨌건 그녀가 볼 때는—것만큼이나 중요해요." 처음에 트밈은 자신들의 취재 대상인 스타들만큼이나 요란한 옷을 입었던 1940년대 할리우드의 가십 기자들을 생각했다. 하지만 리처드슨과 의논한 뒤, 스키터 기사의 '사업적' 측면에 대해서도 생각했다. 리처드슨은 스키터가 신문 판매 부수를 늘리는 것뿐 아니라 자신의 유명세도 키우려고 한다고 생각했다. 트밈은 말한다. "리타 스키터는 권력을 원해요. 권력을 얻을 수 있기를 갈망하죠. 그래서 미란다는 리타의 복장에 약간의 광기를 가미해 그 점을 보여주고자 했어요. 그래서 우리는 정장을 선택했죠."

스키터가 처음 학교 챔피언들과 만날 때 입은 옷에는 그녀의 '악성 기사' 같은 느낌을 담았다. 트밈은 그 색깔을 "독성 녹색"이라고 불렀다. "액체라면 독극물이죠. 마시지 않는 게 좋아요!" 트밈이 특히 마음에 들어 한 그 옷은 옷깃과 소맷부리가 대담한 분홍색 인조 모피로 장식되었다. 챔피언들의 첫 번째 시험에서 리타는 높은 부츠를 신고 또 시험에 나오는 용들의 살

영화 속 등장 :
〈해리 포터와 불의 잔〉

직업 :
《예언자 일보》기자,
《알버스 덤블도어의 생애와 거짓》 저자

특별 기술 :
애니마구스

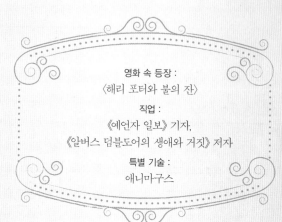

원 안: 리타 스키터 역의 미란다 리처드슨. 아래: 〈해리 포터와 불의 잔〉에서 트리위저드 시합의 첫 번째 시험—용—때 스키터가 입은 옷은 영화에서도, 본래 스케치에서도 용을 연상시킨다. 아래 오른쪽과 옆쪽 가운데: 스키터가 챔피언 케드릭 디고리와 해리 포터를 처음 만날 때 자니 트밈이 디자인한 의상 콘셉트는 '독성 녹색'이었다. 옆쪽 위 왼쪽과 옆쪽 아래: 두 번째, 세 번째 시험 때 리타가 입은 복장들, 마우리시오 카네이로 스케치.

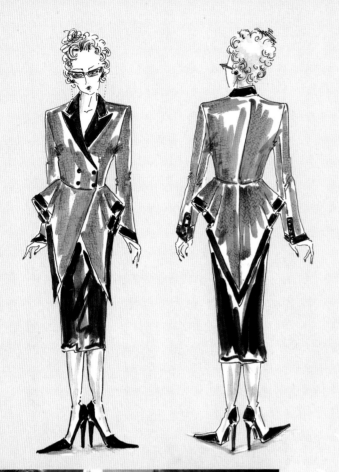

"나는 리타 스키터, 《예언자 일보》 기자야— 물론 그건 알겠지, 그렇지?"

— 리타 스키터, 〈해리 포터와 불의 잔〉

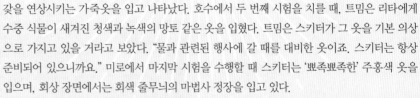

갖을 연상시키는 가죽옷을 입고 나타났다. 호수에서 두 번째 시험을 치를 때, 트밈은 리타에게 수중 식물이 새겨진 청색과 녹색의 망토 같은 옷을 입혔다. 트밈은 스키터가 그 옷을 기본 의상으로 가지고 있을 거라고 보았다. "물과 관련된 행사에 갈 때를 대비한 옷이죠. 스키터는 항상 준비되어 있으니까요." 미로에서 마지막 시험을 수행할 때 스키터는 '뾰족뾰족한' 주홍색 옷을 입으며, 회상 장면에서는 회색 줄무늬의 마법사 정장을 입고 있다.

어맨다 나이트는 리타 스키터가 "화장을 진하게" 해야 한다고 말한다. "부드럽고 매력적으로 보여서는 안 됐어요. 늘 적극적인 미란다는 스스로도 여러 가지 분장 아이디어를 냈죠." 미란다 리처드슨은 캐릭터의 긴 손톱은 받아들였지만, 소설에 언급된 금니에 대해서는 선을 그었다. 미란다 리처드슨과 마이크 뉴얼은 대신 다이아몬드가 박힌 의치를 선택했다.

머리 색깔은 세 번의 시도 끝에 알맞은 색깔을 찾았다. 에트네 페넬이 말한다. "갈색도 해 보고, 붉은색도 해보고, 검은색도 해보았어요. 그리고 나서야 금발이 제일 잘 어울린다는 걸 알았죠." 페넬 역시 스키터의 머리 모양이 옷처럼 행사에 따라 변할 거라고 생각했다. "전체적으로 리타의 머리는 방금 롤러를 푼 것처럼 만들려고 했어요. 하지만 용 시험 때는 뿔 달린 머리띠를 씌웠죠. 호숫가에서는 머리카락이 좀 더 출렁거리게 했고요. 그래서 리타의 머리 모양은 볼 때마다 달라졌어요." 리처드슨은 캐릭터의 전체적인 모습에 만족해했다. "리타에게는 고전적인 화려함이 있었어요. 그녀는 언제나 눈에 띄는 사람이었죠!"

파티

크리스마스 무도회

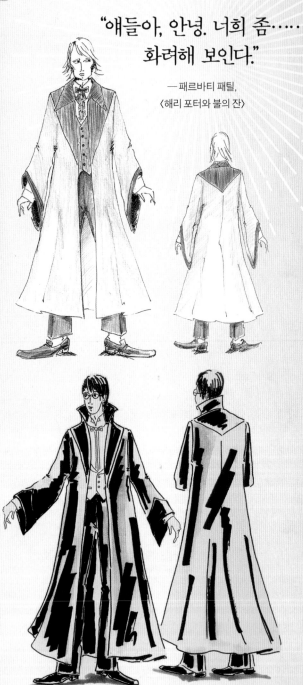

마이크 뉴얼 감독은 〈해리 포터와 불의 잔〉에 나오는 크리스마스 무도회 장면이 "영화 속 영화로, 복잡하지만 재미있었다"고 말한다. 자니 트밈은 이를 위해 수백 벌의 드레스와 정장을 만들어야 했고, 여기서 가장 중요한 것은 "캐릭터들의 성격을 드러내는 것"이라고 생각했다. 그녀는 말한다. "이제 학생들은 패션으로 자기를 내세우는 10대들이기 때문에 이 장면이 특히 더 중요했죠."

트밈은 남학생들을 위해서는 매일 입는 검은색 망토를 정식 파티용으로 고쳐 만든 듯한 '마법사 턱시도'를 만들었다. 망토의 천은 반짝이는 직물이고, 세울 수 있는 새틴 옷깃이 있으며(모자 없음), 거기에 주로 검은 조끼를 갖추어 입었다. 로버트 패틴슨은 말한다. "그런 옷을 입으면 스스로가 훨씬 더 우아해진 느낌이 들죠." 하지만 차이는 거의 허락되지 않았다. 슬리데린은 흰색 나비넥타이를 맸다. "그들은 그게 화려하다고 생각하기 때문"이라고 트밈은 말하지만, 다른 학생들은 대부분 검은 넥타이를 했다. 셔츠 단추는 다양했고, 조끼에도 조금씩 다른 무늬가 있었다. 위즐리 쌍둥이는 어머니의 솜씨가 고스란히 새겨진 서로 다른 조끼를 입었다. 이 규칙의 예외는 아마도 '워스트 드레서 상'을 받았을 것 같은 론 위즐리였다. 물려받은 옷을 입었기 때문이다.

트밈은 말한다. "불쌍한 론. 옷이 정말로 촌스럽지만, 그래도 론은 정말 사랑스러웠어요." 트밈은 사람들이 론의 의상을 보고 안타까워하기를 바랐다. "그건 옷장 속에 20년 넘게 처박혀 있던 추레한 옷이었어요." 트밈은 카펫 같은 직물로 만든 "놀랍도록 자연 친화적인 디자인"의 트위드 조끼를 발견해서 거기에 문자 그대로 낡은 레이스를 비롯한 장식을 달며 "마음껏 변형했다"고 말한다. 루퍼트 그린트는 말한다. "너무 심했어요. 꽃이랑 분홍 레이스가 달리고 너무 여성스러워서 처음에는 지니의 옷인 줄 알았다고요." 트밈은 일부러 그런 여성스러운 느낌을 넣었다. "젊은 남성들은 남자답게 입는 것이 중요하기 때문에, 여성스러운 복장으로 수줍게 하는 것이 가장 우스꽝스러운 시도가 될 거라고 생각했어요. 하지만 그 옷이 너무 촌스러워서 마음이 아프기까지 했죠. 우리가 론을 사랑하는 이유 중 하나는 그의 옷이 너무 형편없기 때문

앞쪽: 헤르미온느 그레인저가 〈해리 포터와 불의 잔〉의 크리스마스 무도회에서 빅터 크룸과 춤을 춘다. **위 왼쪽:** 해리 포터와 론 위즐리가 서로 대조되는 예복을 입은 모습과 같은 옷의 의상 그림(오른쪽 위와 아래). **옆쪽 왼쪽과 가운데:** 홍보용 사진 속 헤르미온느의 아름다운 드레스와 의상 그림, 마우리시오 카네로로 스케치. **옆쪽 오른쪽:** 케드릭 디고리의 무도회 짝인 초챙 역의 케이티 렁.

일 거예요."

에트네 페넬이 말한다. "의상을 테스트하기 위해 에마를 처음 세트장에 세웠을 때가 생각나네요. 모든 스태프가 입을 쫙 벌리고 헉 소리를 냈죠. 정말이지 숨 막히게 아름다웠어요." 자니 트밈은 헤르미온느 그레인저가 무도회 복장을 입은 모습을 나비의 부화와 비슷하게 보았다. "그래서 가볍고 계단을 내려갈 때 나풀거리는 옷을 원했죠." 트밈은 씩씩한 성격의 소녀는 낭만적이고 공주 같은 옷을 꿈꾸면서도 너무 여성스러운 것은 싫어한다고 생각해서, 몇 가지 디자인을 거친 뒤에야 적절한 균형을 찾았다. 이 드레스에는 실크와 시폰 천이 10미터도 넘게 들어갔고, 모두 손바느질을 했다. 트밈은 꽃분홍색이 가장 적당하다고 여겼다. 드레스는 모두 네 벌을 만들어서, 두 벌은 에마 왓슨이 입고 두 벌은 대역이 입었다. 왓슨이 말한다. "정말 아름다운 드레스였어요. 잘못해서 옷을 찢거나 뭔가를 쏟을까 봐 걱정이 이만저만이 아니었죠. 그 옷을 입고는 그야말로 앉을 수도 없었어요. 옷이 망가질까 봐 꼭 필요할 때가 아니면 걸어 다니지도 않았죠. 그렇게 예쁜 옷을 입어본 건 태어나서 처음이었어요." 헤르미온느가 계단을 내려오는 장면을 찍을 때 부담감이 가장 컸다. "정말 엄청 많이 긴장했어요. 모두가 기대하던 순간이었으니까요." 몇 차례의 연습을 거친 뒤 촬영이 시작되었다. "그런데 계단을 세 칸 정도 내려오다가 넘어져서 전체 세트장 앞으로 떨어진 거예요. 정말 창피했죠." 어쨌거나 왓슨은 실수를 잊고 다음번 촬영에서는 그 매혹적인 순간을 잘 살려냈다. 왓슨은 덧붙였다. "헤르미온느에게는 아주 멋진 일이었어요. 사람들에게 그런 눈길을 받아본 건 처음이었으니까요. 헤르미온느는 똑똑해요. 거기다 이번에는 예쁜 옷을 입고 아름다워지죠. 헤르미온느가 할 수 있다면 누구라도 할 수 있어요."

트밈은 다른 여학생들의 드레스도 만들었다. 해리의 짝사랑이자 케드릭 디고리의 여자 친구인 초 챙의 드레스도 그중 하나다. "초 챙의 드레스에서는 중국 느낌을 주고 싶었어요." 트밈은 상아색 새틴으로 만든 긴 드레스에 크게 늘어지는 소매, 중국식 옷깃과 연결된 짧은 어깨 앞판을 달았고, 레이스 모란꽃 아플리케를 총총 붙였다. 무도회에서 해리와 론의 파트너가 된 패

틸 쌍둥이는 서로 짝을 이루는 진홍색과 주황색 사리를 입었다. 지니는 파스텔 색조의 연두색과 분홍색 드레스를 입었다. 옷깃의 레이스와 별 장식은 지니의 어린 나이와 잘 어울렸다. 보니 라이트는 말한다. "엄마가 50년대에 입었던 드레스를 고친 것 같은 느낌이 나긴 했어요." 트밈은 보바통 여학생들에게는 모두 회색 계통의 옷을 입혔다. "통일성"을 주기 위해서였다. 플뢰르 델라쿠르의 주름 가득한 드레스에는 시폰 천이 60미터가량 들어갔고, '대담한 레이스 꽃' 장식을 달았다. 여학생들이 입을 300벌의 드레스를 만들고 장식하는 데 추가 인력이 100명 이상 필요했다. 덤스트랭 남학생들은 일관성 있게 커다란 은색 버클이 달린 예복과 가장자리를 모피로 두른 짧은 동유럽식 망토를 입었다. 한쪽 어깨에만 두르는 이 망토는 춤을 출 때 너울거렸다.

호그와트를 비롯한 각 학교의 교직원들도 무도회 복장을 입었다. 덤블도어의 예복은 금색과 은색이고, 카르카로프는 흰색이었다. 맥고나걸의 진녹색 드레스는 양 어깨가 뾰족하고 옷깃이 넓었으며, 특수 주름 기법으로 만든 소매는 팔꿈치에서 아래로 늘어졌다. 맥심 부인은 베이지색 가오리 소매 드레스를 입고 해그리드와 춤을 추었고, 해그리드는 줄무늬 모헤어 정장을 입었다. 세베루스 스네이프는 평소의 검은 코트를 입었다.

크리스마스 무도회 장면을 촬영할 때, 헤어와 메이크업 팀은 조립 라인을 이루고서 10대 배우 수백 명을 단장시켰다. 업무량이 워낙 많아서 배우들을 학교별로 나누어야 했다. 에트네 페넬이 말한다. "나는 스물다섯 명을 고용해서 각기 다른 일을 시켰어요. 네 사람은 보바통 여학생들의 머리만 담당했죠." 이 일은 조를 이루어 실행되어서, 배우들은 학교별로 단체로 들어오고 또 나갔다. 맥고나걸 교수가 말한 "정중한 즐거움의 밤"은 성숙해가는 학생들이 새로운 취향을 선보이는 첫 번째 기회였다. 어맨다 나이트는 말한다. "학생들도 좋아했고 우리도 좋아했어요. 멋진 무도회였죠."

위 왼쪽과 오른쪽: 〈해리 포터와 불의 잔〉의 지니 위즐리의 드레스와 플뢰르 델라쿠르의 드레스 의상 그림.
가운데: 무도회에서 춤을 추는 케드릭 디고리와 초 챙. **아래:** 교수들도 예복을 입었다. **옆쪽:** 예복을 입은 트리위저드 시합 챔피언들—갈고리발톱 모양의 단추가 달린 붉은 코트와 모피 망토를 입은 스타니슬라프 이아네프스키(빅터 크룸), 폭이 90미터도 넘는 시폰 천으로 만든 드레스를 입은 클레망스 포에지(플뢰르 델라쿠르), '턱시도 스타일' 예복을 입은 로버트 패틴슨(케드릭 디고리)—의 홍보용 사진.

슬러그혼 교수의 크리스마스 파티

여섯 번째 영화 〈해리 포터와 혼혈 왕자〉에서 호그와트로 돌아온 호레이스 슬러그혼은 지난날의 파티도 부활시켰다. 자니 트믐은 그가 크리스마스 파티에서 입을 옷으로 플러시 바지, 가공한 재킷과 조끼, 술, 그리고 동양풍의 무늬를 새긴 민소매 가운을 만들었다. 트믐은 미술 총감독 스튜어트 크레이그와 세트 장식가 스테파니 맥밀란과 협력해서 방의 장식이 의상을 압도하거나 그 반대가 되지 않도록 했다. 두 가지 모두가 슬러그혼 교수의 독특한 성격을 반영해야 했기 때문이다.

학생과 교수 들의 정식 파티복을 만들게 된 건 〈해리 포터와 불의 잔〉의 크리스마스 무도회 이후 2년 만이었고, 트믐은 이 기회가 돌아온 것이 기뻤다. 남학생들은 검은 예복을 입었지만, "큰 파티가 아니기 때문에 각자 멋진 셔츠와 넥타이, 우아한 검은 바지 정도를 입을 수 있었죠." 해리 포터는 이때 진자주색 셔츠를 입었는데, 트믐은 이후의 영화에서 해리의 마법사 옷에 이 색을 많이 썼다.

여학생들은 이 기회를 이용해서 제각기 멋을 냈다. 헤르미온느 그레인저의 드레스는 〈해리 포터와 불의 잔〉의 드레스와 조금 비슷하지만, 이번에는 연주황색 호박단 천으로 만든 무릎 길이의 드레스다. 트믐은 이때 지니를 "해리 포터를 사로잡은 아름다운 소녀"로 만들고자 했다. 이 드레스 역시 위즐리 부인이 만들었지만 트믐은 여기에 "약간의 판타지와 약간의 신비, 그리고 낭만을 듬뿍 넣어" 단순함 속에서도 우아함이 드러나도록 디자인했다. 벨벳과 실크로 만든 이 드레스는 청록색과 검은색으로, 위즐리 가의 전통적인 색깔에서 벗어나 있다. 트믐은 보니 라이트(지니)가 세트장에 나타났을 때를 이렇게 회상한다. "주변의 모든 게 환해졌어요. 정말 사랑스러운 순간이었죠."

캐릭터의 성격을 가장 잘 드러낸 건, 루나 러브굿의 '크리스마스 트리' 드레스다. 《해리 포터와 혼혈 왕자》 책에는 루나가 "은색 스팽글이 달린 드레스"를 입었다고 나온다. 하지만 이배나 린치는 이렇게 말했다. "루나가 이런 행사에 얼마나 많이 갖지 의심스러웠어요. 그녀라면, 이번 기회에 제대로 차려입어야겠다고 생각했을 거예요." 루나는 연자주색과 은색의 층이 진 드레스를 입고 은색 구두, 은색 스타킹, 은색 팔찌를 착용했는데, 팔찌에는 린치가 구슬로 직접 만든 토끼—루나의 페트로누스—가 있다. 트믐은 말한다. "완벽하게 괴상하죠. 하지만 그런 게 바로 루나니까요."

네빌 롱바텀은 웨이터로 파티에 참석한다. 그때 입은 옷에 대해 매슈 루이스는 이렇게 말한다. "타이타닉호에서 일해야 할 것 같았어요. 모든 것이 아주 깨끗한 흰색이고, 어깨에는 선원처럼 금색 견장이 달렸죠. 색을 맞춘 이상한 모자도 있었어요." 매슈는 "네빌은 파티에 참석하는 것 자체를 기뻐했고, 나는 결국 그 모자를 쓰지 않게 되어서 기뻤어요"라고 말했다.

원 안: 루나 러브굿 역의 이반나 린치. 오른쪽: 〈해리 포터와 혼혈 왕자〉의 크리스마스 기념 파티와 어울리는 루나 러브굿의 드레스. 자니 트믐 디자인. 위 오른쪽: 지니 위즐리가 파티에 도착하는 모습. 옆쪽 위 오른쪽: 엘드레드 워플(폴 리터), 뱀파이어 상귀니(찰리 베니슨)와 함께 있는 루나. 옆쪽 위 왼쪽: 슬러그혼 교수와 사진가 에이드리언. 옆쪽 아래: 해리 포터가 타이타닉호의 웨이터처럼 차려입은 네빌 롱바텀과 인사하고 있다.

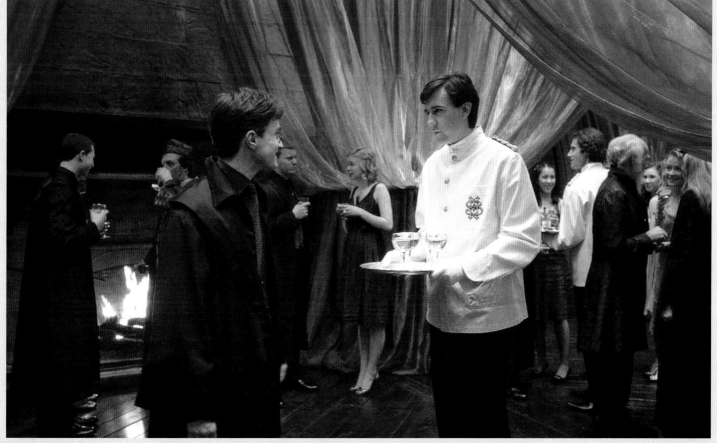

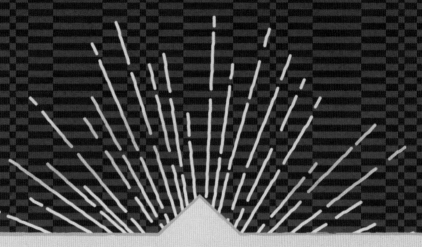

-◦◎ 제6장 ◎◦-

불사조 기사단

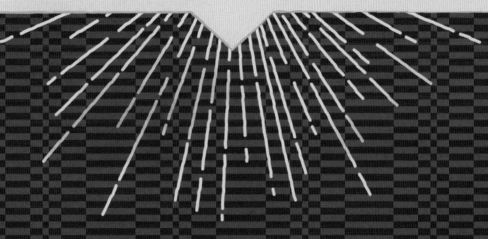

제임스 포터와 릴리 포터

제임스 포터

영화 속 첫 등장 :
〈해리 포터와 마법사의 돌〉

재등장 :
〈해리 포터와 비밀의 방〉
〈해리 포터와 아즈카반의 죄수〉
〈해리 포터와 불의 잔〉
〈해리 포터와 불사조 기사단〉
〈해리 포터와 죽음의 성물 1부〉
〈해리 포터와 죽음의 성물 2부〉

기숙사 :
그리핀도르

소속 :
불사조 기사단

특별 능력 :
애니마구스(수사슴 '프롱스')

페트로누스 :
수사슴

시리즈가 이어지는 동안 해리 포터는 〈해리 포터와 마법사의 돌〉에서는 소망의 거울을 통해, 〈해리 포터와 비밀의 방〉〈해리 포터와 아즈카반의 죄수〉〈해리 포터와 불사조 기사단〉에서는 사진을 통해 부모님인 제임스 포터와 릴리 포터를 잠깐씩 본다. 성인이 된 제임스와 릴리는 항상 패션 감각이 좋았지만, 점잖은 색깔과 고전적인 디자인으로 차분하고 편안하게 입었다.

호그와트 시절에 제임스는 '머로더스'라는 애칭으로 알려진 집단에 속했다. 머로더스는 시리우스 블랙, 피터 페티그루를 포함한 그리핀도르 학생들의 모임이었는데, 이들은 네 번째 회원인 늑대인간 리무스 루핀을 돕기 위해서 애니마구스가 되는 법을 배운다. 이 어린 마법사들은 한데 뭉치는데, 〈해리 포터와 아즈카반의 죄수〉의 감독 알폰소 쿠아론에게는 '뭉친다'는 말이 아주 중요했다. 처음에 머로더스는 영화 속 회상 장면에서만 나타났기 때문에 쿠아론은 이들의 성격과 겉모습에 대해 생각해야 했다. "나는 캐릭터들을 포함해서 모든 것이 현실에 근거해야 한다고 생각했습니다. 그리고 책을 읽으면서 J.K. 롤링이 만든 우주가 평화로운 곳이 아니라고 확신했죠. 그곳은 못된 장난과 악의적인 심술이 가득한 세계였어요." 이런 발랄한 생각에 토대해서, 쿠아론은 동맹을 결성한 네 명의 소년과 비슷한 무리를 머글 세계에서 찾았다. "우리는 해리 부모님의 회상 장면들을 보았고 제임스가 정말 멋지다고 생각했어요. 그리고 그들의 과거 모습이 60년대 말과 70년대 초의 비틀스와 비슷해야 한다고 생각했죠." 쿠아론은 제임스가 존 레

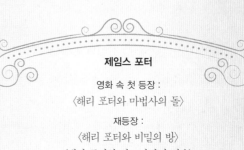

앞쪽: 불사조 기사단 단원인 매드아이 무디와 님파도라 통스(나탈리아 테나). **원 안:** 제임스 포터 역의 에이드리언 롤린스. **오른쪽:** 〈불사조 기사단〉에 나오는 릴리 포터의 의상, 마우리시오 카네이로 스케치. **위:** 〈해리 포터와 불사조 기사단〉에 등장하는 머로더스—왼쪽부터 리무스 루핀, 시리우스 블랙, 제임스 포터, 피터 페티그루. 애덤 브록뱅크 그림. **옆쪽:** 머로더스가 나무에 기대앉은 세베루스 스네이프와 맞닥뜨리는 장면, 앤드루 윌리엄슨 그림.

넌을 연상시킨다고 보았다. 하지만 게리 올드먼은 비틀스와 관련해서는 견해가 조금 달랐다. "제임스는 폴 매카트니 같았어요. 잘생기고 자신감 넘치니까요. 시리우스의 약간 무모하고 말썽을 일으키는 면이 존 레넌 같았죠." 머로더스는 〈해리 포터와 불사조 기사단〉에 이르러서야 스크린에 등장하지만, 쿠아론의 영향은 남아 있었다. 제임스 포터는 동그란 철제 안경을 쓰고 비틀스와 비슷한 머리 모양을 했으며 머로더스는 모두 구레나룻이 살짝 있었다. 이들이 호그와트 시절에 입은 옷은 모두 깃이 좁고 바지는 허리선이 낮았다.

〈해리 포터와 불사조 기사단〉에 나오는 불사조 기사단 사진에는 좀 더 나이가 든 미로더스와 다른 단원들의 모습이 보인다. 몇 년이 지난 뒤라서 이들의 복장에서는 70년대풍— 벨벳으로 장식한 중간 길이의 시골풍 원피스, 목 위로 올라오는 띠 모양 깃, 납작한 챙모자 등—이 더 짙게 느껴지지만, 거기에 마법사의 느낌이 더해졌다.

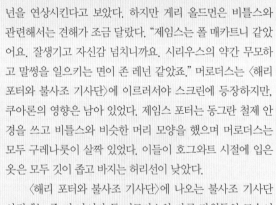

릴리 포터

영화 속 첫 등장 :
〈해리 포터와 마법사의 돌〉

재등장 :
〈해리 포터와 비밀의 방〉
〈해리 포터와 아즈카반의 죄수〉
〈해리 포터와 불의 잔〉
〈해리 포터와 불사조 기사단〉
〈해리 포터와 혼혈 왕자〉
〈헤리 포터와 죽음의 성물 1부〉
〈해리 포터와 죽음의 성물 2부〉

기숙사 :
그리핀도르

소속 :
불사조 기사단

페트로누스:
암사슴

옆쪽 위: 〈해리 포터와 불사조 기사단〉에서 세베루스 스네이프의 펜시브 기억을 통해 지난날의 호그와트 망토를 입은 젊은 머로더스를 본다. 왼쪽부터 시리우스/패드풋(제임스 월터스), 제임스/프롱스 (로버트 자비스), 리무스/무니(제임스 유테친, 가운데 뒤), 피터/웜테일(찰스 휴즈). 옆쪽 아래: 〈해리 포터와 죽음의 성물 2부〉에 등장한 어린 릴리 포터 스케치, 자니 트밈 디자인, 마우리시오 카네이로 그림. 위 왼쪽과 아래: 〈해리 포터와 죽음의 성물 2부〉에서 스네이프의 또 다른 펜시브 기억에 나오는 호그와트 시절의 어린 릴리 포터(엘리 다시-앨던)와 스네이프(베네딕트 클라크). 위 오른쪽: 〈불사조 기사단〉에서 펜시브 기억 속으로 간 해리 포터가 호그와트의 고학년이 된 부모님—제임스(로버트 자비스, 왼쪽)와 릴리(수지 시너)—을 바라보고 있다.

시리우스 블랙

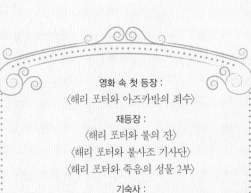

게리 올드먼은 〈해리 포터와 아즈카반의 죄수〉의 출연에 대해 이렇게 말한다. "영화에 처음 등장했을 때, 시리우스는 12년 동안 감옥에 갇혀 있다가 탈옥한 상태였어요. 그래서 상당히 망가져 있죠. 영양 상태도 나쁘고 치아 상태며 수염도 엉망이고 옷도 지저분하죠." 자니 트밈은 아즈카반의 죄수들이 어떤 옷을 입을지에 대해 여러 가지 생각을 하고 스케치도 했다. "그러다 결국 죄수는 죄수일 뿐이라는 결론을 내렸어요. 죄수는 지저분한 줄무늬 옷을 입으면 되는 거였죠." 잠옷 같은 죄수복에는 두꺼운 가로줄 무늬가 들어갔고, 시리우스는 탈옥 후에 낡은 코트를 주워 그 위에 입는다. 시리우스 블랙의 머리 모양도 여러 가지로 시험해보았다. 게리 올드먼은 이렇게 회상한다. "짧게도 해보고 길게도 해봤죠. 바짝 치고 희끗희끗한 머리, 대머리, 머리가 약간만 남고 다 빠진 모습도 해보았어요. 턱수염도 만들어보고 없애보기도 하고요. 그런데 책에는 시리우스가 길고 지저분한 머리로 묘사돼 있었고, 결국 그런 모습으로 결정됐어요." 여기에 지저분하고 희끗희끗한 수염이 추가되었다. 분장팀은 썩은 치아를 만들고, 그의 몸에 룬 문자와 연금술 상징 문신을 그려 넣었는데, 문신은 알폰소 쿠아론 감독의 아이디어였다. 〈해리 포터와 불의 잔〉에서 불길 속에서 나올 때 올드먼의 긴 가발과 수염은 여전했지만, 이때는 깨끗한 모습이었다.

쿠아론 감독이 비틀스와 비슷하다고 본 호그와트 시절의 모습에 근거해서 〈해리 포터와 불사조 기사단〉의 시리우스는 젊은 시절의 영광을 거의 되찾는다. 그는 1968년 말의 존 레넌을 연상시키는 깔끔한 콧수염과 가벼운 구레나룻을 기른다. 자니 트밈은 블랙이 수감 생활을 하는 동안 그리몰드 광장의 집에 보관해두었던, 세월에 낡고 바랜 옷들을 다시 꺼내 입는다고 생각했다. 트밈이 말한다. "그 시절 그는 록스타였어요. 인기가 많고 화려했죠. 나는 시리우스가 아직도 옷장에 멋진 옷들을 갖고 있고, 그걸 다시 입고 싶어 한다고 생각했어요. 실제로도

영화 속 첫 등장 :
〈해리 포터와 아즈카반의 죄수〉

재등장 :
〈해리 포터와 불의 잔〉
〈해리 포터와 불사조 기사단〉
〈해리 포터와 죽음의 성물 2부〉

기숙사 :
그리핀도르

직업 :
탈옥수

소속 :
불사조 기사단

특별 능력 :
애니마구스(개 '패드풋')

원 안과 옆쪽: 시리우스 블랙 역의 게리 올드먼. **아래:** 〈해리 포터와 아즈카반의 죄수〉에서 탈옥한 지 얼마 안 된 시리우스가 머로더스의 일원이던 리무스 루핀을 만나고 있다. **오른쪽:** 자니 트밈이 〈해리 포터와 불사조 기사단〉의 시리우스를 위해 디자인한 코트, 마우리시오 카네로로 스케치.

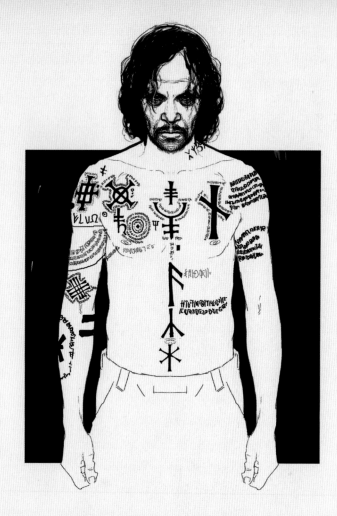

그의 옷차림은 멋졌지만, 얼마 전까지 누더기 차림이었기 때문에 어떤 옷을 입어도 멋있어 보였을 거예요." 시리우스는 누름 가공한 벨벳 코트와 황금 시계 사슬을 단 자수 조끼를 입고, 올드먼이 "환상적"이라고 말한 굽 낮은 부츠를 신었다. 60년대 말에는 패턴을 섞어 입는 게 유행이었기 때문에, 시리우스는 그런 조끼와 바지와 대조되는 줄무늬 셔츠와 블레이저를 입는다. 그가 마법부 전투 때 입는 벨벳 조끼는 염색을 하고 '데보레'라는 기법으로 장미 무늬를 지져 새겼다. 그런 뒤 이 꽃들에 다시 색칠을 해서 세월에 닳은 자수처럼 만들었다. 하지만 올드먼은 말한다. "장막이 쳐진 방에서 벨벳 옷을 겹쳐 입고 지팡이를 휘두르다 보면 아주 더웠죠. 아즈카반 죄수복을 입었을 때가 훨씬 시원했습니다."

시리우스의 요술지팡이

시리우스 블랙의 지팡이는 단순한 모양이지만 장식 문양이 많이 박히고, 원형과 사각형이 조합되어 있다. 살짝 뒤틀린 몸통에는 나선과 원형 무늬가 새겨져 있다. 납작한 손잡이에는 블랙의 몸에 새긴 문신과 같은 종류의 룬 문자들이 있다. 마법부 전투 장면의 액션 연출가 폴 해리스는 게리 올드먼에게 지팡이를 좀 더 각진 모양으로 휘두르라고 말했고, 올드먼은 아즈카반에서 그렇게 오랜 시간을 보낸 사람에게는 그 방식이 맞다고 생각했다. "약간 펜싱과 비슷한 면이 있어요. 차단과 튕기기가 가능하기 때문이죠. 지팡이로 방어도 하고 공격도 합니다. 폴은 하나의 진짜 언어를 만들어냈어요." 실제로 다섯 가지 공격 동작이 고안되었고, 그 동작에 '크럭스'(몸통 지르기)와 '라트로스'(뒤에서 공격하기)라는 이름이 붙었다.

"지난 14년간,
네 아버지를 그리워하지
않은 날이 단 하루도
없는 것 같구나."

—시리우스 블랙,
〈해리 포터와 불사조 기사단〉

옆쪽 위 왼쪽: 롭 블리스가 그린 시리우스 블랙의 러시아 스타일 문신. **옆쪽 위 오른쪽:** 〈해리 포터와 아즈카반의 죄수〉에서 시리우스의 아즈카반 죄수복과 그가 죄수복을 가리기 위해 주워 입은 코트의 아이디어들, 로랑 귄치 스케치. **옆쪽 아래와 위 오른쪽:** 〈해리 포터와 불사조 기사단〉에서 보인 시리우스의 70년대 스타일 정장, 마우리시오 카네이로 스케치. **위 왼쪽:** 시리우스가 〈불사조 기사단〉에서 입은 옷들은 그의 젊은 시절 모습을 반영한다. **아래:** 킹스크로스 역에 함께 간 해리 포터와 그의 대부 시리우스.

님파도라 통스

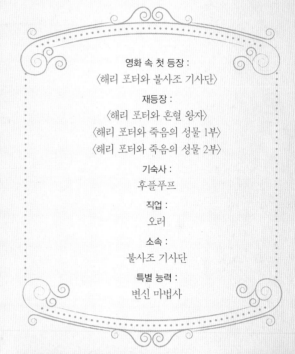

나탈리아 테나는 〈해리 포터와 불사조 기사단〉의 님파도라 통스 역할을 위해 참가했던 첫 번째 오디션을 완전히 망쳤다. "그때까지만 해도 〈해리 포터〉와 관련된 어떤 영화도 보지 않았어요. 책도 읽지 않았죠. 머글이 뭔지도 몰랐고요. 오디션을 하는 방에 들어가다가 의자에 걸렸는데, 왜 그랬는지 엄청 시끄러운 소리가 났어요." 그런데 그날, 소속사에서 전화를 걸어왔다. "오디션은 정말 끔찍했어. 그런데 어쩐 일인지 제작진이 다시 한 번 보자고 하던데." 긴 오디션을 거치는 동안, 테나는 책을 읽고 영화를 보았으며 마침내 통스 역을 맡았다. "나는 마녀가 나오는 이야기를 정말 좋아해요. 여섯 살 때까지는 세 명의 마녀가 나를 집 앞에 버리고 갔다고 믿었죠. 어머니에게 열여덟 살 생일에 빗자루를 선물받았으니, 이 역을 맡은 건 어쩌면 당연한 일인지도 모르겠어요." 그리고 데이비드 예이츠 감독은 테나에게 중요한 지침을 하나 주었다. "반짝이는 것을 찾아라."

통스의 복장 역시 오랜 과정을 거쳐 만들어졌다. 첫 번째 스타일은 뾰족한 하이힐 구두, 줄무늬 스타킹, 분홍색 발레 치마였고, 테나는 이를 "특이한 80년대 펑크 파티 스타일"로 묘사했다. 자니 트밈은 통스가 다른 캐릭터들보다 반항적이고 명랑하지만, 그래도 강해 보이고 싶어 한다고 생각하여 의상을 부츠와 긴 코트, 모자 달린 스웨터, 손가락 없는 장갑, 찢어진 스타킹으로 바꾸었다. 테나는 마침내 자신의 캐릭터가 나왔다고 느꼈다. 테나는 말한다. "부츠는 통스를 강하게 만들어줘요. 하지만 걸려 넘어지게도 하죠. 통스는 어른처럼 행동하려고 하지만, 계속 실수하고 넘어집니다." 군복 같은 재단의 붉은색 긴 코트는 죽음을 먹는 자들과 불사조 기사단이 마법부에서 전투를 벌이던 극적인 장면에 입었다. "통스는 전투 준비를 갖추고 있지만, 그러면서도 늘 멋진 모습이에요." 책에는 통스의 머리카락이 분홍색으로 묘사되어 있지만, 돌로레스 엄브릿지의 분홍색과 겹치지 않도록 보라색으로 바꾸었다. 머리카락은 화가 나면 빨갛게 변했다가 전투가 끝났을 때 잠시 희어진다.

통스의 화려한 전투복은 장래의 남편 리무스 루핀의 우중충한 옷과 뚜렷하게 대조된다. 하지만 〈해리 포터와 혼혈 왕자〉에서 어둠의 세력이 커지면서 통스는 점점 더 진지해진다. 머리는 자줏빛 띠는 갈색이 되고 옷도 성숙해진다. 테나는 "어두운 시대에는 어두운 머리색"이 어울린다고 말한다. 〈해리 포터와 혼혈 왕자〉에서 테나는 보라색 가발이 아닌 본래 자신의 머리로 나오고, 복장도 색채는 똑같지만 좀 더 부드러운 재질과 차분한 색조를 사용한다. "통스는 사랑을 하면서 좀 더 여자다워지고, 당연히 더 어른스러워져요. 부츠를 신는 건 여전해요. 그런데 반짝임이 조금 덜하죠." 〈해리 포터와 죽음의 성물 1부〉와 〈해리 포터와 죽음의 성물 2부〉 때 자니 트밈은 통스가 위즐리 가의 결혼식에 입고 갈 하늘거리는 실크 임부복을 만들었다.

통스의 요술지팡이

님파도라 통스의 지팡이는 가늘고, 두 가지 나무로 만든 몸통에는 줄무늬가 있다. 손잡이는 천남성 꽃을 닮았고 손에 잘 잡히는 깊은 곡선 형태지만, 배우 나탈리아 테나는 마지막 편인 〈해리 포터와 죽음의 성물 2부〉에서야 그 사실을 깨달았다. "나는 내가 지팡이를 제대로 쥐고 있다고 생각했어요. 〈불사조 기사단〉 때는 지팡이를 휘두르는 연습도 많이 했고요. 하지만 〈죽음의 성물 1부〉의 결혼식 장면을 찍을 때에야 비로소 지팡이 손잡이의 움푹 팬 곳을 활용할 수 있다는 걸 알게 됐죠!"

영화 속 첫 등장:
〈해리 포터와 불사조 기사단〉

재등장:
〈해리 포터와 혼혈 왕자〉
〈해리 포터와 죽음의 성물 1부〉
〈해리 포터와 죽음의 성물 2부〉

기숙사:
후플푸프

직업:
오러

소속:
불사조 기사단

특별 능력:
변신 마법사

원 안: 님파도라 통스 역의 나탈리아 테나. 옆쪽: 〈해리 포터와 불사조 기사단〉의 마지막 복장을 입은 테나. 영화에 잠깐 나온 흰머리 가발을 착용하고 있다. 왼쪽 위와 아래: 〈불사조 기사단〉에서 선보인 통스의 화려한 복장들, 자니 트밈 의상 콘셉트, 마우리시오 카네이로 스케치. 오른쪽: 통스는 변신 마법사라서 자기 모습을 마음대로 변화시킬 수 있다. 〈혼혈 왕자〉를 위한 롭 블리스 콘셉트 아트.

"날 님파도라라고
부르지 말아요!"

—통스,
〈해리 포터와 불사조 기사단〉

킹슬리 샤클볼트

불사조 기사단원 중 한 명인 킹슬리 샤클볼트는 알버스 덤블도어의 눈에 띄는 복장에 대해 언급하지만, 그 역시 화려함에서는 누구에게도 뒤지지 않는다. 그리고 그런 캐릭터를 만드는 데 배우 조지 해리스가 도움이 되었다. 해리스는 이렇게 회고한다. "가봉하러 갈 때 나이지리아의 예복 가운인 아그바다를 입고 갔어요. 안에는 인도 잠옷처럼 생긴 코타 바지를 입고 있었죠." 자니 트밈은 그 복장이 마음에 들었고, 마법부 사람들이 모두 정장을 입을 필요는 없다고 판단했다. 책에는 샤클볼트의 출신에 대해 특별한 말이 없지만, 드밈과 해리스는 그를 이프리기 혈통으로 만들기로 했다. 그가 입은 무거운 아그바다 망토는 아프리카식 구슬, 아플리케, 자수로 장식되고 가장자리에 띠를 둘렀다. 해리스는 말한다. "나는 구슬과 팔찌를 좋아합니다. 책에는 한쪽 귀고리를 했다는 묘사가 나오지만, 나는 구슬도 원했어요. 구슬을 착용하면 마음이 편안해지거든요."

샤클볼트의 모자 역시 나이지리아 스타일이다. 추운 지역에서 촬영했기 때문에 대머리인 해리스는 모자를 쓰는 것이 좋다고 생각했다. "모자가 샤클볼트의 힘을 지켜주는 느낌도 있었어요. 샤클볼트에게는 조용한 힘이 있고, 그 힘을 간직하고 싶어 하죠." 문자 그대로다. 모자는 보는 각도에 따라 다른 빛을 반사하는 특수 실크로 만들었고, 경우에 따라 청색, 보라색, 검은색이 섞여 보인다.

영화 속 첫 등장 :
〈해리 포터와 불사조 기사단〉

재등장 :
〈해리 포터와 죽음의 성물 1부〉
〈해리 포터와 죽음의 성물 2부〉

직업 :
오러, 머글 총리 경호원, 임시 마법부 장관

소속 :
불사조 기사단

페트로누스 :
스라소니

샤클볼트의 요술지팡이

킹슬리 샤클볼트의 지팡이는 몇 가지 나무를 합해서 자연 친화적인 구조로 만들었다. 배우 조지 해리스는 "캐릭터의 의상이 화려하기에 화려한 지팡이 동작이 필요 없다고 느꼈어요"라고 말한다. "기사단에게는 간결함이 매우 중요합니다. 그는 매우 빠르고 매우 효과적인 특성을 보이죠."

> "장관님은 덤블도어가
> 싫으실지 몰라도,
> 그의 멋진 옷차림까지
> 부인할 수는 없습니다."
>
> ─ 킹슬리 샤클볼트,
> 〈해리 포터와 혼혈 왕자〉

옆쪽 원 안: 킹슬리 샤클볼트 역의 조지 해리스. 옆쪽 가운데: 자니 트밈이 〈해리 포터와 혼혈 왕자〉를 위해 디자인한 샤클볼트의 화려한 망토, 마우리시오 카네이로 스케치. 옆쪽 오른쪽: 자수 장식을 한 천 견본. 위: 롭 블리스의 샤클볼트의 초기 콘셉트 그림. 아래: 샤클볼트가 덤블도어의 방에서 오러 존 도울리쉬(리처드 리프), 돌로레스 엄브릿지, 마법부 장관 코넬리우스 퍼지(로버트 하디)와 함께 있는 모습. 오른쪽: 덤블도어와 마찬가지로 샤클볼트의 옷차림 역시 매우 멋지다.

─◆◎ 제7장 ◎◆─

어둠의 세력

볼드모트 경

볼드모트 경은 〈해리 포터〉 영화 처음 몇 편에서는 아주 짧게 지나가거나 회상 장면에서 잠깐씩 보이는 게 전부다. 그는 〈해리 포터와 마법사의 돌〉에서는 신체가 없는 상태로 어둠의 마법 방어술 교수 퀴렐의 몸에 붙어 산다. 이 어둠의 마법사는 배우 이안 하트의 얼굴과 목소리를 디지털로 수정해서 만들었다. 볼트모트의 신체 모습은 〈해리 포터와 불의 잔〉에 처음 나타난다. 이 영화에서 피터 페티그루가 수행하는 의식을 통해 '다시 태어나기 때문이다. 이때 완전한 볼드모트의 모습을 어떻게 표현할 것인지를 두고 많은 토론이 이루어졌다. 그 배역에 캐스팅된 랠프 파인스는 캐릭터의 콘셉트 아트를 처음 보았을 때를 이렇게 회상했다. "사람들이 내 사진을 찍더니 무시무시한 파충류 인간으로 변형시키더군요. 그걸 보면서 생각했죠. '아주 멋지겠는걸!'"

초기 디자인에서 볼드모트는 〈해리 포터와 마법사의 돌〉의 회상 장면에 나오는 것과 비슷한 망토를 입었다. "처음에는 크고 두껍고 검고 무거운 옷을 입어봤는데 잘 맞지 않더라고요." 파인스가 말한다. 그런 뒤 자니 트밈은 어둠의 마왕의 부활에서 힌트를 얻었다고 말한다. "그 사람은 다시 태어납니다. 이제 막 본래의 몸으로 돌아오죠. 그래서 그에게는 옷이 피막 같은 두 번째 피부가 되어야 한다고 생각했어요. 굉장히 촉각적이면서도 단순하고 가벼운 것이 필요했죠." 트밈은 옷이 배우에게 거추장스러워서도 안 된다고 생각했다. "그의 두 팔은 걸을 때 아주 풍부한 표현이 나왔어요. 그것을 드러내야 했죠." 제작자 데이비드 헤이먼도 같은 생각이었다. "그가 옷에 짓눌려서는 안 됐어요. 옷에 장식이 많아도 안 됐죠. 죽음을 먹는 자들은 보석이나 장신구를 좋아하지만 볼드모트는 그러지 않습니다. 그는 그 모든 것

앞쪽: 〈해리 포터와 불사조 기사단〉에서 미술가 롭 블리스가 상상한 죽음을 먹는 자의 모습. **원 안:** 볼드모트 역의 랠프 파인스. **아래 왼쪽:** 〈불사조 기사단〉에서 자니 트밈이 디자인한 볼드모트의 망토, 마우리시오 카네이로 스케치. **아래 오른쪽:** 〈불사조 기사단〉에서 논란이 된 장면으로, 해리는 볼드모트가 머글의 옷을 입고 킹스크로스 역에 간 모습을 본다. **옆쪽:** 〈해리 포터와 죽음의 성물 1부〉에서 볼드모트가 말포이 저택에서 죽음을 먹는 자들과 세베루스 스네이프와 함께 있다.

을 포기했어요." 하지만 볼드모트가 신체를 갖추어갈수록 옷도 여러 겹이 된다. 트밈이 말한다. "그는 점점 더 존재하게 돼요. 우리는 그가 새로 힘을 얻을 때마다 실크를 한 겹 더 넣었죠." 볼드모트가 〈해리 포터와 불사조 기사단〉의 마법부 전투 장면에서 덤블도어와 싸울 때, 파인스가 입은 가운에는 실크가 50미터도 넘게 들어갔다.

가장 중요한 것은 볼드모트의 파충류 같은 생김새였다. 닉 더드먼은 말한다. "볼드모트를 디자인할 때 우리는 그를 대머리로 만들었으면 했어요. 다행히 랠프 파인스가 삭발에 동의해주었습니다. 대머리 가발은 효과도 떨어지는 데다 분장에 두 시간도 더 걸리기 때문이었죠." 더드먼과 콘셉트 아티스트들은 볼트모트의 피부를 핏줄이 비쳐 보일 만큼 투명하게 만들기로 했다. "우리는 에어브러시로 핏줄을 그리기로 하고, 대머리인 스태프 한 명에게 그 기술을 시험해보았습니다. 하지만 그렇게 하면 배우가 최대 여섯 시간 동안 에어브러시 분장을 받아야 하더군요." 더드먼은 보형물 분장사 마크 쿨리어가 멋진 아이디어로 모두를 구원해주었다고 말한다. "마크는 에어브러시 도안을 부분별로 종이에 옮겨 그렸어요. 그러고는 이걸 전사 가능한 문신으로 만들면 똑같은 효과가 난다고 말해주더군요. 부분 도안들을 배우의 머리에 옮겨서 연결하는 거였죠. 우리는 도안에 작은 점들을 찍어서 랠프의 머리, 목, 어깨의 연결 지점들을 표시하는 방법으로 도안 모양이 달라지는 일을 막을 수 있었어요. 정말 영리한 방법이었죠." 문신은 가벼운 광택이 있는 투명한 재료 위에 옮겼고, 그것을 "끈끈하고 축축하고 병들어 보이는" 볼드모트의 피부에 붙였다.

제작진은 볼드모트의 피부만으로도 만족했지만, 제작자 데이비드 헤이먼은 볼드모트의 코를 뱀같이 만들어야 한다는 확고한 의견을 가지고 있었다. 그들은 이미 볼드모트의 눈을 콘택트렌즈로 빨갛게 만들지 않겠다고 물러선 상태였다. 헤이먼은 말한다. "우리는 랠프의 눈을 들여다보고 느낄 수 있도록 만들고 싶었습니다. 눈이 빨간색이면 볼드모트의 눈 속 깊은 곳을 들여다봤을 때, 그 안에 담긴 차가움보다는 그 색깔에 신경이 쓰일 테죠." 닉 더드먼은 실물 주형을 뜨고 거기서 코를 잘라내 얼굴을 납작하게 만든 다음, 그것을 사이버스캔해서 디지털로 파인스의 얼굴에 붙여보았다. 그 효과는 만족스러웠지만, 문제는 이것을 실제로 적용할 수 있느냐였다. 더드먼이 말한다. "보형물로 할 수는 없었습니다. 그러면 주둥이처럼 튀어나와 보이고 배우의 얼굴을 가릴 테니까요." 가장 효과적인 방법은 디지털로 한 프레임씩 만드는 것이었다. "결과적으로 파인스는 마스크를 쓰고 연기할 필요가 없어졌어요. 그건 다행이었죠." 파인스는 이 결정에 감사했다. "이 캐릭터는 배우를 가리고 싶은 유혹이 커지는 역할이죠. 보형물을 착용하면 표정이 가려져요. 나는 눈썹을 가리는 보형물은 장착했지만, 입과 목에는 아무것도 끼우지 않아서 얼굴 근육이 장치들의 제약을 받지 않았어요. 나는 겉모습보다는 에너지와 연기로 표현하는 편이 더 좋거든요. 어쨌건 결과적으로 모든 사람이 만족하게 된 것 같아요." 움직임에 제한이 없다는 건 그에게 큰 혜택이었다. 볼드모트가 새로운 신체에 처음 들어간 상태라서 더욱 그랬다. "우리는 그가 자기 머리와 얼굴을 만지고 느끼고, 근육을 움직이며 걸어보며 새로 얻은 신체를 시험하는 모습들을 봅니다." 볼드모트의 겉모습은 머리에서 발끝까지 완성되었다. 하지만 파인스는 "그가 신발을 신는 건 어울리지 않는다고 느꼈어요. 그는 솥에서 막 나왔으니까요. 그래서 제작진이 갈고리발톱이 달린 발을 만들어주었죠." 더드먼은 의치를 만들어 파인스의 잇몸이 아래로 내려오게 하고, "치아 상태도 안 좋게" 만들었다. 더드먼이 말한다. "그렇게 해서 책에 나오는 캐릭터가 완성되었습니다. 하지만 그 사람은 여전히 랠프였죠. 그러니까 랠프 같은 배우를 쓰면서 그의 존재를 가릴 수는 없어요. 그래서 이 배우를 쓰는 거죠!"

〈해리 포터와 죽음의 성물 2부〉에 가면 호크룩스들이 하나둘 파괴되면서 볼드모트의 모습이 조금씩 변해간다. 더드먼이 말한다. "볼드모트의 영혼은 우리가 보는 앞에서 계속 줄어듭니다. 눈이 움푹해지고, 피부가 갈라지고 여기저기 작은 병변이 생겨요. 문자 그대로 해체되는 거죠."

Blood shot
충혈

grey/green
회색/녹색

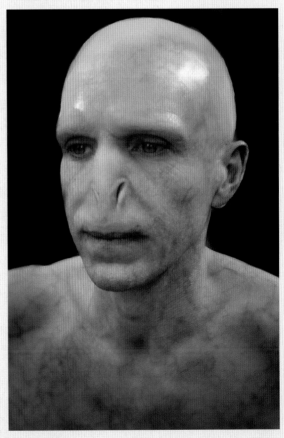

옆쪽: 폴 캐틀링 비주얼 개발 작업. '일어서는 볼드모트'라는 제목이 달렸다.
위와 아래: 〈해리 포터와 불의 잔〉에 나오는 볼드모트의 눈과 코, 폴 캐틀링 디지털 아이디어.

볼드모트의 요술지팡이

콘 셉트 디자이너 애덤 브록뱅크가 말한다. "나는 볼드모트라면 지팡이를 인간의 뼈로 만들었을 거라고 생각했어요. 그래서 단단하고 가느다란 몸체에 끝을 뾰족하게 디자인했죠. 볼드모트의 지팡이는 몸체 끝부분에 골강들이 보이고, 관절 부위가 이어져 있으며, 갈고리발톱 같은 모양으로 마무리됩니다. 한마디로 뼈로 된 사악한 손가락이에요." 배우 랠프 파인스는 지팡이를 아주 독특하게 잡았다. 피에르 보해나는 이렇게 말한다. "그는 다른 사람들과는 전혀 다르게 항상 손가락 끝으로 지팡이를 잡았어요. 그에게 지팡이는 아주 예민한 도구라서 항상 앞에, 그리고 머리 위에 있었지만, 언제나 손가락 끝으로 잡았죠."

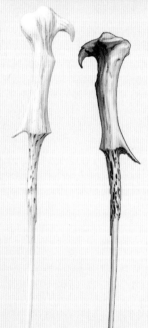

위: 〈해리 포터와 불의 잔〉에서 죽음을 먹는 자들 틈에 있는 볼드모트, 폴 캐틀링 작업. 옆쪽: 〈해리 포터와 마법사의 돌〉을 위한 볼드모트 경의 초기 비주얼 개발 작업. 오른쪽: 〈해리 포터와 불의 잔〉에서 완전한 신체를 얻은 볼드모트가 처음으로 해리 포터와 얼굴을 마주하는 장면. 특수 효과로 파인스의 코를 없애고 피부를 변형시키기 전이다. 왼쪽: 볼드모트의 요술지팡이, 애덤 브록뱅크 콘셉트 아트.

> "해리 포터, 살아남은 아이······ 죽으러 오너라."
>
> —볼드모트, 〈해리 포터와 죽음의 성물 2부〉

톰 마볼로 리들

볼드모트의 어린 시절 모습인 톰 마볼로 리들은 서너 편에 걸쳐 나온다. 〈해리 포터와 비밀의 방〉에서는 크리스천 콜슨이 호그와트 교복 정장과 호그와트 망토를 입고 50년 전 톰의 10대 시절을 연기했다. 톰의 가장 어린 시절은 〈해리 포터와 혼혈 왕자〉에서 그가 덤블도어와 처음 만나는 장면에서 나온다. 리들은 고아원에 살았기 때문에, 자니 트밈은 배우 히어로 파인스-티핀(랠프 파인스의 조카)에게 회색 반바지, 회색 양말, 회색 셔츠, 회색 재킷으로 대표되는 19세기 아동 보호 시설의 복장을 입혔다. 같은 영화에서 호레이스 슬러그혼의 제자였던 10대 시절 톰의 역할은 프랭크 딜레인이 맡았다. 딜레인은 세 명의 배우 가운데 분장을 가장 많이 해야 했다. 파인스와 눈의 색을 맞추기 위해 콘택트렌즈를 끼고, 화장으로 피부색을 하얗게 만들었으며, 흑갈색 가발을 썼다.

옆쪽: 〈해리 포터와 불의 잔〉에서 검은 코트를 입은 볼드모트, 폴 캐틀링 그림. 왼쪽: 〈해리 포터와 혼혈 왕자〉에서 호그와트에 들어오기 전 톰 리들의 어린 시절을 연기한 11세의 히어로 파인스-티핀(위)과 호그와트 시절을 연기한 16세의 프랭크 딜레인(아래). 아래: 〈혼혈 왕자〉를 위한 마우리시오 카네이로의 의상 스케치.

셔츠 뒷면

반바지

셔츠 앞면

코트 뒷면

피터 페티그루

피터 페티그루의 인간 형태 역을 맡은 배우 티머시 스폴은 이렇게 말한다. "피터 페티그루는 영악하고 비겁하고 나약하고 음험하고 뻔뻔한 거짓말쟁이로, 위험을 모면하기 위해서라면 무슨 일이든 하는 캐릭터죠. 하지만 친절하고 약간 잘생기기도 했어요." 페티그루의 동물 형태는 머로더스에게는 '웜테일'로, 위즐리 가족에게는 '스캐버스'로 알려진 쥐다. 〈해리 포터와 아즈카반의 죄수〉의 감독 알폰소 쿠아론은 말한다. "이 사람은 13년 동안 쥐로 살았어요. 그래서 행동에도 겉모습에도 쥐와 같은 면이 남아 있죠. 그리고 스폴은 바로 그렇게 연기했습니다." 쿠아론은 말을 잇는다. "그는 귀가 뾰족하고 안에는 털이 숭숭 나 있었어요. 그걸 보고 내가 말했죠. 코털도 삐져나오게 하고, 앞니도 크게 만들고, 손마디에도 털을 붙이자고요." 쿠아론 감독은 이런 것들이 역겹지만 재미있다고 생각했다. 당연히, 스폴은 길쭉한 가짜 앞니를 받았다. 어맨다 나이트는 말한다. "티머시는 캐릭터를 표현할 때 종종 손을 쓰더라고요. 그래서 작은 갈고리발톱 같은 고약한 손톱을 붙여줬어요." 에트네 페넬을 비롯한 헤어 및 분장 팀은 스캐버스를 연기한 여러 쥐—진짜 쥐건 로봇 인형 쥐건—도 페티그루와 비슷하게 만들었다. 에트네 페넬은 이렇게 설명한다. "웜테일 가발의 질감과 색깔이 스캐버스 쥐들과 들어맞게 하려고 노력했어요. 군데군데 탈모된 부위도 만들고, 비늘 같은 피부도 만들었죠."

자니 트밈은 말한다. "그는 쥐로 태어난 게 아니라 쥐가 되어야 했어요. 그래서 그가 입는 옷들이 그에게 쥐가 된 느낌을 주어야 했죠." 트밈은 머로더스의 70년대풍 복장을 페티그루에게도 응용해서 친숙한 스타일을 만들었다. 페티그루의 정장은 깃이 높아서 그의 짧은 목 대부분을 가렸고, 앞코가 뾰족하고 굽이 높은 구두는 깨금발로 걷는 느낌과 다리 아래쪽이 짧아 보이는 느낌을 주었다. 줄무늬 재킷과 바지는 솜털이 돋고 인조 모피 같은 은색 광택이 나는 모직 천으로 만들었는데, 트밈은 여기에 신중하게 손상을 입히고 구멍을 내서 낡고 닳은 느낌을 주었다. 그리고 뒤쪽에 천 조각을 늘어뜨려서 꼬리처럼 만들었다. 티머시 스폴은 〈아즈카반의 죄수〉에 처음 등장할 때 '잘린 손가락' 부분을 그린스크린 재질로 감쌌다. 〈해리 포터와 불의 잔〉과 〈해리 포터와 혼혈 왕자〉에서 그가 오른손을 자른 뒤에 장착한 은색 의수는 디지털 기술과 실사 특수 효과를 결합해서 만들었다.

"론! 난 너에게 좋은 친구고 좋은
애완동물이었잖아? 설마 나를
디멘터에게 넘겨주지는 않겠지?
난 네 애완 쥐였어……."

— 피터 페티그루, 〈해리 포터와 아즈카반의 죄수〉

페티그루의 요술지팡이

소품 모델링 작업자 피에르 보해나는 피터 페티그루의 요술지
팡이를 "몸을 돌돌 만 뱀"이라고 설명한다. "손잡이에 있는 뱀
머리가 지팡이 끝 쪽 꼬리를 향하고 있죠." 본래의 지팡이는 흑단나
무를 깎아서 만들었다. 애덤 브록뱅크가 말한다. "지팡이는 캐릭터
의 연장이에요. 처음 지팡이를 집어 든 순간, 배우들은 아주 흥미로
웠을 겁니다."

옆쪽 원 안: 피터 페티그루 역의 티머시 스폴. **옆쪽 오른쪽:** 〈해리 포터와 혼혈
왕자〉의 페티그루. 특수 효과로 잘린(블루스크린으로 감싼) 손가락을 지우기
전이다. **위 왼쪽과 옆쪽 왼쪽:** 〈해리 포터와 아즈카반의 죄수〉에서 스캐버스로
변신하는 여러 단계의 페티그루, 롭 블리스 작품. **가운데:** 〈아즈카반의 죄수〉에서
정장을 입은 웜테일, 로랑 귄치 스케치. **오른쪽:** 스폴이 〈혼혈 왕자〉의 홍보용
사진에서 쥐 같은 자세를 취하고 있다.

벨라트릭스 레스트랭

배우 헬레나 보넘 카터는 벨라트릭스 레스트랭이 섹시해 보여야 한다고 생각했다. "나는 마녀 역을 여러 번 했고, 마귀할멈도 해 보았지만, 이 마녀는 섹시해야 한다고 생각했어요." 보넘 카터는 벨라트릭스가 아즈카반 감옥에서 14년을 살았지만, "한때 엄청난 매력을 과시한 여자로, 지금은 그 매력이 약간 시든" 상태라고 보았다. 벨라트릭스는 처음으로 〈해리 포터와 불사조 기사단〉에 잠깐 나올 때는 자루 같은 아즈카반 죄수복 차림이었지만, 다음에 등장할 때는 곡선미를 드러내는 멋진 옷을 입었다. 벨라트릭스가 감옥에 가기 전에 입었던 드레스는 "한때 아름다웠겠지만 이제는 낡고 손상돼 있었죠. 물론 그건 오래된 옷이에요. 하지만 멋진 누더기여야 했어요"라고 자니 트밈은 말한다. 그래서 벨라트릭스의 옷은 치맛단에는 실이 늘어지고, 레이스는 뒤틀리고, 사이즈는 몸에 맞지 않는다. 은색 나선무늬가 자수된 드레스 허리는 대충 꿰맨 얇은 가죽 코르셋으로 조인다. 드레스는 너무 섬세해서 세탁할 수 없었기 때문에 헬레나 보넘 카터의 드레스는 그녀가 입는 것만도 여섯 벌을 만들어야 했다.

벨라트릭스의 헤어와 분장은 진실을 뒤트는 죽음을 먹는 자의 본질을 잘 보여준다. 분장사 어맨다 나이트는 보넘 카터와 함께 벨라트릭스의 겉모습에 대해 의논했다. "헬레나는 썩은 이와 길고 울퉁불퉁한 손발톱을 원했어요. 그녀는 눈 밑을 검게 칠하고 뺨을 꺼지게 만들어서 자신을 아주 사악하고 고약한 모습으로 만들었죠. 하지만 그런 다음에는, 이것과 대조되게 아이섀도와 어두운 립스틱과 마스카라와 아이라이너를 두껍게 발랐어요." 벨라트릭스의 머리카락은 레게머리와 곱슬머리가 뒤섞여서 보넘 카터의 말대로 "눈에 확 띈다." 벨라트릭스는 수척하고 사나운 분위기에 어울리는 은 장신구도 몇 점 착용했다. 새 두개골 모양의 반지를 끼고, 엄지손가락에는 새의 갈고리발톱 같은 장식을 꼈으며, 역시 새의 두개골 모양의 목걸이를 걸었다.

벨라트릭스는 〈해리 포터와 혼혈 왕자〉에서 여동

원 안: 벨라트릭스 레스트랭 역의 헬레나 보넘 카터. 옆쪽과 오른쪽: 〈해리 포터와 불사조 기사단〉에 나온 벨라트릭스의 아즈카반 죄수 시절 사진과 공개 수배 포스터, 그래픽 아트 팀 작업. 왼쪽과 가운데: 벨라트릭스가 〈불사조 기사단〉에서 죄수복을 입은 모습과 〈해리 포터와 혼혈 왕자〉에서 모자 달린 코트를 입은 모습, 마우리시오 카네이로 의상 스케치.

영화 속 첫 등장 :
〈해리 포터와 불사조 기사단〉
재등장 :
〈해리 포터와 혼혈 왕자〉
〈해리 포터와 죽음의 성물 1부〉
〈해리 포터와 죽음의 성물 2부〉
기숙사 :
슬리데린
직업 :
죽음을 먹는 자

생 나시사와 함께 폭풍을 뚫고 세베루스 스네이프의 집에 도착하는 모습으로 처음 영화에 등장한다. 두 자매는 모자 달린 코트를 자신들만의 방식으로 입었다. 자니 트밈이 말한다. "나시사가 훨씬 더 품격 있어요. 모든 옷을 더 잘 입죠. 하지만 이 장면에서는 두 자매를 물에 빠진 생쥐처럼 보이게 하고 싶었어요." 벨라트릭스는 긴 가죽 코트 속에 벨벳 같은 플러시 드레스를 입었는데, 그 옷은 이전에 입었던 옷보다 훨씬 상태가 좋다. 얼굴도 움푹한 느낌이 줄고 화장도 적절하다. 보넘 카터가 말한다. "이가 훨씬 깨끗해졌어요. 개인적으로는 이가 흉한 편이 정말 좋았지만요." 입술과 손톱에는 빨간색을 칠했다. 트밈이 말한다. "그렇게 치장한 다음, 벨라트릭스는 전쟁에 나가죠. 그녀는 전쟁에 나가기 전 전신 코르셋을 입는데 나에겐 그게 마치 갑옷 같았어요." 코르셋은 이번에도 역시 새의 두개골을 닮은 단추로 여몄다. 벨라트릭스는 끈으로 전신 코르셋의 어깨에 긴 보호용 소매를 착용한다. 머리채는 머리 위에 높은 더미를 이루고 있다. 보넘 카터는 웃으며 말한다. "벨라트릭스에게는 성격 장애가 있는 게 분명해요. 항상 자신이 너무 멋지다고 생각하거든요."

벨라트릭스의 요술지팡이

벨라트릭스 레스트랭의 지팡이는 부드러운 곡선형 손잡이에 룬 문자들이 간략하게 새겨져 있다. 하지만 맹금의 갈고리발톱 모양을 닮은 몸체는 재빠르게 곤두박질친다. 헬레나 보넘 카터는 말한다. "난 최고의 지팡이를 가졌어요. 팔을 길게 만들어줘서 머리를 만질 때도 편하답니다." 보넘 카터는 〈해리 포터와 불사조 기사단〉에서 매슈 루이스(네빌 롱바텀)와 마법부 전투 장면을 촬영하던 중 가벼운 사고를 일으켰다. "나는 지팡이를 면봉처럼 휘둘러서 그의 귀를 파줄 수 있다고 생각했어요. 일종의 고문이었죠. 그런데 불행히도 네빌이 지팡이 쪽으로 움직였고, 지팡이가 귀 속으로 쑥 들어가버렸어요." 다행히 매슈는 며칠 만에 나왔고, "헬레나의 연기가 캐릭터를 정말 잘 살렸다"고 인정했다.

벨라트릭스가 된 헤르미온느

〈해리 포터와 죽음의 성물 2부〉에서 자니 트밈은 헬레나 보넘 카터와 에마 왓슨이 입을 옷을 만들어야 했다. 헤르미온느가 그린고트 은행에 있는 레스트랭 가의 금고에 들어가기 위해 폴리주스 마법약을 마시고 벨라트릭스로 변신하기 때문이다. 트밈은 짧은 망토가 달린 코트로 두 배우의 몸매 차이를 가리는 것이 가장 좋겠다고 판단했다. 보넘 카터는 왓슨이 헤르미온느를 연기할 때의 신체 습관을 연구했고, 왓슨은 그 역을 연기하는 방법에 대한 메모를 주었다. 연구는 효과적이었다. 자니 트밈은 '벨라트릭스로 변신한 헤르미온느'를 연기하는 보넘 카터가 촬영장을 돌아다닐 때 그 모습이 정말로 왓슨처럼 느껴졌다고 말한다.

"주인님, 이 일에
자원하고 싶습니다.
그 아이를 죽이고
싶습니다."

— 벨라트릭스 레스트랭,
〈해리 포터와 죽음의 성물 1부〉

옆쪽 위: 〈해리 포터와 불사조 기사단〉에서 헬레나 보넘 카터가 블루스크린 앞에서 매슈 루이스를 인질로 잡고 있다.
옆쪽 오른쪽: 〈해리 포터와 혼혈 왕자〉의 홍보용 사진.
위: 〈혼혈 왕자〉에서 입은 벨라트릭스 코트의 의상 참고 사진.

위: 에마 왓슨이 호수에서 나온 뒤의 장면을 찍기 위해 그린스크린 앞에서 몸을 물에 적시고 있다. **아래:** 론, 해리, 폴리주스 마법약을 마신 헤르미온느가 그린고트 은행으로 순간 이동할 준비를 하고 있다. 둘 다 〈해리 포터와 죽음의 성물 2부〉의 장면.

죽음을 먹는 자들

죽음을 먹는 자들은 〈해리 포터와 불의 잔〉에서 퀴디치 월드컵을 휩쓸고 다니며, 볼드모트의 어둠의 세력이 돌아왔음을 알린다. 자니 트밈은 말한다. "월드컵 습격 때도 묘지의 안개 속에서도 그들은 실루엣만 보이죠. 그래서 나는 강력하고 특징적인 실루엣을 만들고 싶었습니다." 트밈은 단순한 망토와 뾰족한 가죽 모자로 이들의 형태를 만들고, 얼굴은 단순한 해골 가면으로 가렸다. 루시우스 말포이를 포함한 볼드모트의 지지자들이 소환을 받고 리들가의 묘지에 나타날 때, 죽음을 먹는 자들이 쓰고 있던 반쪽 가면은 디지털로 지웠다.

트밈은 처음에는 죽음을 먹는 자들을 "진화하는 비밀 결사"로 보았다. "집단이 점점 공식화되면서 전투복 같은 것을 갖추게 됩니다. 사람들이 몰래 모여서 전투복으로 갈아입는 모습을 상상해보세요. 이들의 첫인상은 정말이지 섬뜩하죠. 옷을 갈아입은 다음에는 공격에 나섭니다." 40명의 죽음을 먹는 자가 나오는 〈해리 포터와 불사조 기사단〉에서부터는 망토가 훨씬 더 두꺼운 재질이 되었다. 망토 안에는 수놓은 가죽 옷을 입고 요술지팡이 집과 보호용 소맷부리와 다리 보호대를 착용한다. 〈해리 포터와 죽음의 성물 2부〉에서는 전투용 가죽 깃이 추가되었다. 모자 꼭대기는 이제 전체 가면 위에서 내려와 등 뒤로 뱀처럼 늘어졌다. 의상 제작자 스티브 킬은 〈해리 포터와 죽음의 성물 2부〉 때 죽음을 먹는 자들의 의상을 600벌도 넘게 만들어야 했다. 그중 200벌은 배우들이, 나머지 400벌은 대역과 스턴트 대역들이 입었다. 킬이 말한다. "자

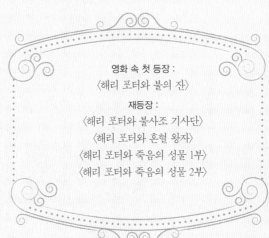

원 안: 〈해리 포터와 불의 잔〉에서 죽음을 먹는 자를 둘러싼 특수 효과를 보여주는 디지털 아트워크. **옆쪽:** 〈불의 잔〉에 나오는 죽음을 먹는 자의 의상 참고 사진. **위:** 퀴디치 월드컵에 나타난 죽음을 먹는 자들. **오른쪽:** 〈해리 포터와 불사조 기사단〉에 나오는 죽음을 먹는 자의 의상, 자니 트밈 디자인, 마우리시오 카네이로 그림.

위: 마이크 뉴얼 감독이 〈해리 포터와 불의 잔〉에서 죽음을 먹는 자들이
모인 리틀 행글턴 묘지 촬영장을 살펴보고 있다.
아래와 옆쪽 위 오른쪽: 자니 트밈이 디자인한 죽음을 먹는 자들의 단순한
실루엣. 마우리시오 카네이로 의상 그림.
옆쪽 왼쪽: 죽음을 먹는 자의 요술지팡이, 벤 데넷 비주얼 개발 작업.
옆쪽 아래: 죽음을 먹는 자의 정교한 의상, 폴 캐틀링 그림.

니 트밈은 죽음을 먹는 자들 대부분은 지위가 낮아서 단순하게 입어야 한다고 했어요. 그리고 볼드모트를 둘러싼 귀족층에게는 조금 더 장식적인 문양을 달아달라고 했죠." 가장 장식적인 작업 대상은 암흑의 마왕과 가장 가까운 열 명의 '부관'이었다. 이들은 각자 지위보다는 부를 더 강조하는 독특한 디자인을 입었다. 여자 죽음을 먹는 자들은 의상도 더 작고 장식과 디자인도 덜 정교했다. 그 이상은 과하다고 여겼기 때문이다. 재료는 진짜 가죽을 썼는데, 합성 가죽보다 값이 더 저렴할 뿐 아니라, "진짜라서 진짜처럼 보이기" 때문이었다. 금속 공예가들은 장식품과 잠금쇠 등을 만든 다음, 망치와 사포로 망가뜨려서 전투의 흔적을 만들었다.

죽음을 먹는 자들의 얼굴은 처음에는 반가면을 쓰지만, 콘셉트 아티스트 롭 블리스는 처음부터 가면이 얼굴 전체를 덮을 거라고 생각했다. 블리스가 말한다. "죽음을 먹는 자들은 〈불의 잔〉에 처음 등장해요. 이때는 마스크로 얼굴의 일부만 가렸어요. 하지만 〈불사조 기사단〉에서는 가면이 얼굴 전체를 가리는 게 더 섬뜩할 거라고 생각했습니다." 블리스는 죽음을 먹는 자들이 전체적인 실루엣은 동일하지만, 개성을 담은 디자인의 마스크로 서로를 구별하고 또 위엄을 표현할 수도 있다고 생각했다. 소품 모델링 작업자 피에르 보해나는 말한다. "나는 죽음을 먹는 자들이 뽐내기 좋아할 거라고 생각했어요. 그들의 옷은 복잡하죠. 그래서 가면에 멋을 내는 게 전혀 이상하지 않았어요." 가면들은 중세의 고문 도구들과도 비슷하게 생겼고, 고대 켈트족 상징과 룬 문자로 장식했으며, 16~17세기 인도의 이슬람 제국인 무굴의 아라베스크 문양과 비슷한 줄세공 무늬가 있다. 보해나가 설명한다. "이것은 영화와 아주 잘 맞아요. 조명과도 잘 어울리고, 그림으로는 흉내 낼 수 없는 속성이 있죠."

죽음을 먹는 자들의 가면

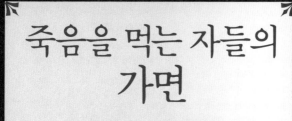

벨라트릭스의 죽음을 먹는 자의 가면, 디자인(왼쪽)과 실제 제작본(오른쪽).

롭 블리스가 무굴 제국의 아라베스크 문양에서 아이디어를 얻어서 디자인한 가면(왼쪽)은
섬세한 새김무늬가 있다(오른쪽).

롭 블리스의 디자인(왼쪽)을 토대로 만든 죽음을 먹는 자의 가면(오른쪽).

죽음을 먹는 자들의 요술지팡이

도안가 해티 스토리는 말한다. "우리는 죽음을 먹는 자들이 서로 바꿔 쓸 수 있도록 일반적인 지팡이를 만들었어요. 세 가지 기본 유형의 손잡이와 세 가지 유형의 몸체가 있었고, 피에르 보해나는 이것들을 토대로 여러 가지 색깔과 재료를 이용해 지팡이를 만들었죠." 죽음을 먹는 자들이 사용한 수백 개의 지팡이에는 해골 장식과 뱀 같은 어둠의 표식이 많았다. 물론, 죽음을 먹는 자가 화려할수록 지팡이도 화려해졌다. 지팡이를 넣는 집은 17세기의 칼집에 토대해서 만들었고, 가면과 비슷한 금속 장식과 디자인을 담았다.

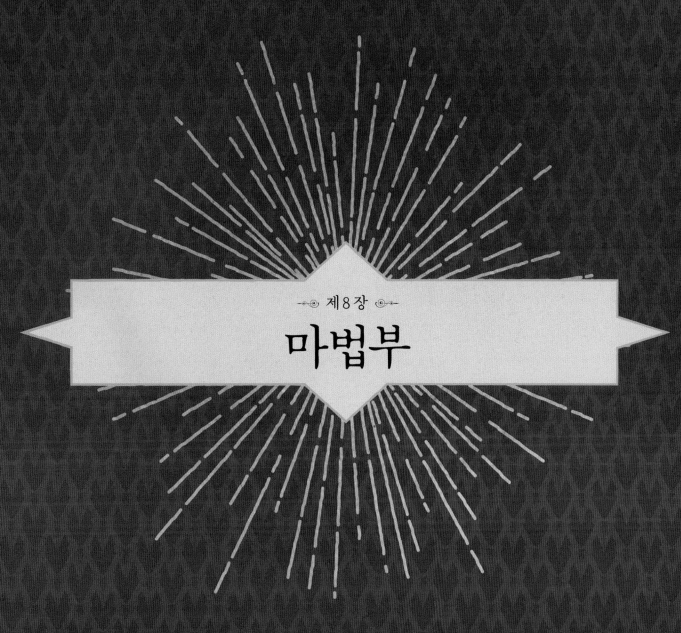

제 8 장

마법부

마법부 직원

자니 트밈은 〈해리 포터와 불사조 기사단〉 때부터 마법부에서 일하는 남녀 마법사의 정장과 망토를 만들면서 '표준적' 느낌과 머글 사회의 스리피스 정장처럼 흔한 느낌을 담은 직물과 스타일을 골랐다. 하지만 출연자가 백 명 가까이 되다 보니, 트밈은 거기에도 다양성을 주고 싶었다. 그래서 마법부에는 멀고 가까운 외국 또는 다른 도시에서 방문한 손님들이 있고, 이 사람들은 사회적 지위, 나이, 배경, 인종이 제각각일 것이라고 생각했다. "우리는 사회의 모든 측면을 담으려고 했어요." 트밈이 말한다.

그리고 특정 마법부 캐릭터의 의상에는 강한 개성을 담았다. 〈해리 포터와 불사조 기사단〉의 오러이자 총리 경호원인 존 도울리쉬는 짧은 망토가 달린 버버리 코트 같은 옷을 입는다. 트밈은 〈해리 포터와 혼혈 왕자〉에서 오러들의 일반 복장도 만들었다. 주머니가 많고 깃을 세워서 얼굴을 가릴 수 있는 옷이었다. 〈해리 포터와 불의 잔〉에서 과거와 현재의 모습이 모두 나온 바르테미우스 크라우치 1세는 검은 줄무늬의 마법사 양복과 위가 살짝 꺼진 신사 모자를 착용한다. 〈해리 포터와 죽음의 성물 1부〉에서 새 마법부 장관이 된 루퍼스 스크림저도 줄무늬 옷을 입고 머글 세계의 인버네스 케이프 비슷한 망토를 입는다. 트밈은 마법부 근무자들이 런던 등의 머글 세계에 나갔을 때 옷이 너무 튀지 않아야 한다고 생각했다. 〈해리 포터와 불사조 기

영화 속 등장 :
〈해리 포터와 불사조 기사단〉
〈해리 포터와 죽음의 성물 1부〉

회상으로 등장 :
〈해리 포터와 불의 잔〉
〈해리 포터와 혼혈 왕자〉

앞쪽: 〈해리 포터와 불사조 기사단〉에서 해리 포터와 아서 위즐리가 다른 마법사들과 함께 엘리베이터에 탄 모습, 워릭 데이비스가 연기한 고블린(아래 오른쪽)도 함께다.

아래 왼쪽과 옆쪽 아래 왼쪽: 자니 트밈이 디자인한 남녀 마법부 직원 복장, 마우리시오 카네이로 스케치.

아래 오른쪽과 옆쪽 가운데: 트밈은 〈불사조 기사단〉에서 오러와 엘리베이터 운전자를 위한 복장을 만들었다. 마우리시오 카네이로 스케치.

옆쪽 아래 오른쪽: 〈해리 포터와 죽음의 성물 1부〉에서는 디자인이 더 딱딱하고 어두워졌고, 마법부 경찰이 이를 잘 보여준다. 마우리시오 카네이로 스케치.

옆쪽 위: 아서가 아침 출근 인파 속에서 해리를 마법부로 안내하고 있다.

사단〉에서는 퍼지 장관이 주재하는 위즌가모트 위원들의 복장도 만들었다. 그 옷들은 검은색 아니면 '빅토리아 호수 색'으로 알려진 암갈색으로, 지위를 나타내는 것처럼 보인다. 위원들은 프랑스와 독일 판사들과 비슷한 모자를 쓴다.

〈해리 포터와 죽음의 성물 1부〉에서 세상이 점점 어두워지면서 트밈은 마법부 내 경찰 비슷한 조직의 제복도 만들었다. "그것도 물론 마법사 느낌이 나야 했지만, 그러면서도 무섭고 딱딱한 인상과 폭력적인 힘을 담고 싶었죠." 검은색, 회색, 붉은색으로 디자인한 경찰 제복은 2차 대전 추축국(제2차 세계대전 당시 연합국과 싸웠던 나라들이 형성한 국제 동맹을 가리키는 말로, 독일, 이탈리아, 일본 세 나라가 중심이었다—옮긴이)의 보안 경찰 제복에서 아이디어를 얻었다. "딱 보면 '경찰' 느낌이 나면서도 익숙한 것들과는 조금 달라야 했어요." 이들에게는 특별한 유형의 요술지팡이도 만들었다. 의상 제작자 스티브 킬이 말한다. "허리띠에 강해 보이는 뭔가를 차도록 하자고 결정되었습니다. 거기에 경찰봉 같은 손잡이도 만들기로 했죠. 뽑으면 안에 칼날이 있어서 아주 공격적으로 보였죠." 이런 특별한 요술지팡이를 50개 만들었고, 작은 연마기도 부착했다. 이 지팡이들은 빨리 꺼낼 수 있도록 허리띠에 달린 가죽집에 넣었다.

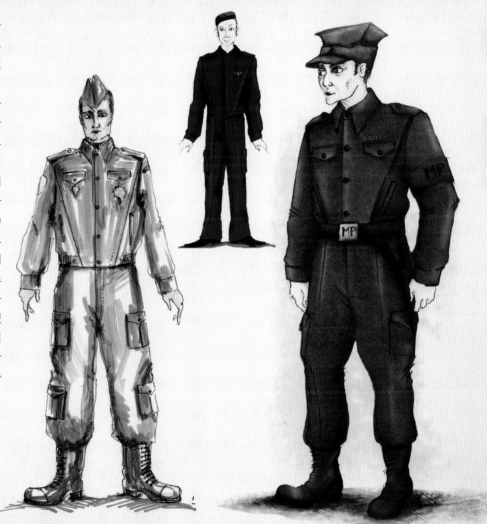

코넬리우스 퍼지

배우 로버트 하디는 〈해리 포터와 비밀의 방〉에서 처음 모습을 보인 마법부 장관에 캐스팅되었을 때 몹시 기뻤지만, 의상 가봉을 할 때가 되자 책과 같은 녹색 정장과 녹색 모자가 아닌 것에 실망했다. 그는 "그 녹색 모자를 정말 기대하고 있었거든요!"라고 말한다. 〈해리 포터와 비밀의 방〉 디자이너들은 의상 색깔이 배우들의 연기를 가릴 정도로 강해서는 안 된다는 크리스 콜럼버스 감독의 요구에 따라 장관에게 디킨스 시대풍의 흙색—갈색과 적갈색—정장과 망토를 입혔다. 머리 모양과 구레나룻 역시 디킨스 시대풍의 패션과 어울린다. 〈해리 포터와 아즈카반의 죄수〉와 그 이후의 영화에서 자니 트밈은 마법부 장관의 복장을 다시 디자인했고, 이번에도 역시 '눈에 확 띄지는 않지만 마법사 느낌이 있는' 마법부 직원의 복장 법칙을 따랐다. 퍼지는 무릎까지 내려오는 줄무늬 더블 코트와 줄무늬 망토를 입고, 동그란 모양의 검은색 신사 모자를 썼다. 머리는 훨씬 짧은 직모가 되고 구레나룻이 없어졌다. 트밈은 캐릭터의 성격을 드러내기 위해 사소한 부분에도 신경을 썼다. 퍼지는 〈해리 포터와 아즈카반의 죄수〉에서 부를 상징하는 모피 모자를 쓰고 호그스미드를 방문한다. 그리고 〈해리 포터와 불사조 기사단〉에서는 클라이맥스의 전투 장면이 끝난 뒤 밤늦게 줄무늬 잠옷 위에 코트와 망토를 대충 걸치고 나타난다. 하디는 그의 복장이 '고위 정치'를 우아하게 드러냈다고 생각한다.

영화 속 첫 등장 :
〈해리 포터와 비밀의 방〉
재등장 :
〈해리 포터와 아즈카반의 죄수〉
〈해리 포터와 불의 잔〉
〈해리 포터와 불사조 기사단〉
직업 :
마법부 장관

퍼지의 요술지팡이

마법부 장관 코넬리우스 퍼지가 지팡이를 사용한 가장 유명한 장면은 〈해리 포터와 불의 잔〉에서 422회 퀴디치 월드컵 결승전 경기를 시작할 때다. 그는 '소노루스' 주문을 사용해서 경기장 전체에 목소리를 전달한다. 퍼지의 지팡이에는 작은 홈이 총총 팬 하얀 공 두 개가 하나는 손잡이 끝에, 또 하나는 몸통 시작 부분에 달려 있다.

옆쪽 원 안: 마법부 장관 코넬리우스 퍼지 역의 로버트 하디. 옆쪽 왼쪽: 영화 시리즈가 이어지는 동안 장관은 스타일이 바뀌었다. 〈해리 포터와 비밀의 방〉에서는 디킨스 시대풍 옷을 입었다. 옆쪽 오른쪽: 퍼지의 관료 마법사복, 자니 트밈 디자인, 로랑 권치 스케치. 위: 덤블도어의 방에서 퍼지와 일행—왼쪽부터 오러 존 도울리쉬, 돌로레스 엄브릿지, 킹슬리 샤클볼트—이 덤블도어가 사라지는 모습을 보고 있다. 아래: 〈해리 포터와 불사조 기사단〉에서 마법부 장관이 볼드모트의 귀환에 대한 기자의 질문에 답하고 있다.

루퍼스 스크림저

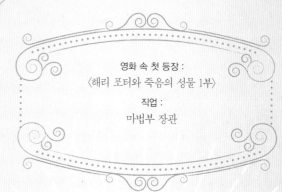

영화 속 첫 등장 :
〈해리 포터와 죽음의 성물 1부〉
직업 :
마법부 장관

배우 빌 나이가 말한다. "사람들이 자꾸 나한테 묻더군요. '왜 〈해리 포터〉 영화에 출연하지 않죠?' 그때마다 대답할 말이 없었어요." 나이는 데이비드 예이츠 감독과 몇 번이나 함께 일했고, 예이츠가 〈해리 포터와 불사조 기사단〉의 감독으로 결정되었을 때도 그와 영화 작업 중이었다. "가슴이 두근거렸죠. 이제 〈해리 포터〉 영화에 출연하지 않은 유일한 영국인 배우로 남는 일은 없을 거라는 농담도 했어요. 그런데도 전화는 오지 않더군요." 그가 슬픈 목소리로 덧붙였다. 다행히 나이는 〈해리 포터와 죽음의 성물 1부〉에서 마침내 코넬리우스 퍼지를 뒤이어 마법부 장관이 되는 루퍼스 스크림저 역에 캐스팅되었다.

스크림저의 의상은 전임자 퍼지처럼 줄무늬 양복으로 관료적인 느낌을 준다. 자니 트밈은 거기에 줄무늬와 대조되는 두루마리 문양 스카프와 인버네스 케이프 비슷한 넓고 헐렁한 망토를 입혔다. 겉모습과 관련해 책에는 스크림저가 사자 같은 인상에 머리도 사자 갈기 같다고 묘사되어 있다. 나이가 말했다. "나는 그 머리가 좋았어요. 머리숱이 많던 젊은 시절을 떠올리게 해주었거든요."

나이와 예이츠는 이 역할을 둘러싼 상황들에 대해서 많은 의논을 했다. 나이가 말한다. "내가 볼 때 스크림저는 군사적인 인물이었어요. 하지만 그 세계에서 나와서 불편한 공적 자리에 오르게 되었죠. 그는 권위주의적이지만 의도는 선량합니다. 엄격할지 모르지만 마음 깊은 곳에서는 해리, 론, 헤르미온느에게 호의적이죠." 처음 스크린에 등장한 스크림저는 2차 세계대전 때 윈스턴 처칠 총리가 강렬한 대국민 연설을 하던 모습을 상기시킨다. "스크림저는 협회가 사람들을 보호할 힘이 있다고 말하는데, 이 모습이 처칠과 굉장히 비슷해요. 하지만 나는 여기에 좀 더 모호한 모습을 담고 싶었습니다. 자신들의 상대가 누군지 알고 있는 만큼, 그 역시 백 퍼센트 자신할 수는 없을 것 같았거든요." 나이는 100명도 넘는 배우 앞에서 그 연설을 했다. "마치 온 세계를 향해 연설하는 것 같았죠. 정말 짜릿한 느낌이었습니다. 전혀 예상하지 못한 경험이었죠."

> ## "지금은 어둠의 시기입니다. 그건 분명합니다."
>
> —루퍼스 스크림저,
> 〈해리 포터와 죽음의 성물 1부〉

원 안과 옆쪽: 〈해리 포터와 죽음의 성물 1부〉에서 잠시 마법부 장관 자리를 맡은 루퍼스 스크림저 역의 빌 나이.
오른쪽: 스크림저가 빌과 플뢰르의 결혼식에 앞서 헤르미온느, 론, 해리에게 덤블도어의 유품을 나누어주고 있다.

제 9 장

가족

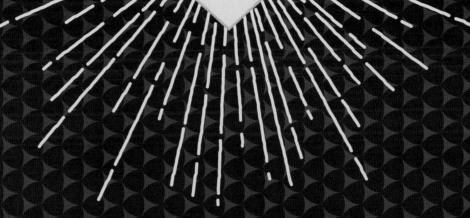

더즐리 가족:
버논, 페투니아, 두들리

해리 포터의 머글 이모 부부인 페투니아 더즐리와 버논 더즐리에게 가장 중요한 것은 남들과 다르면 안 된다는 것이었다. 주디애나 매커브스키는 이들이 눈에 띄면 안 된다는 데는 동의했지만, 마법 세계의 우스개가 되어서도 안 된다고 보았다. 매커브스키는 말한다. "나는 더즐리 가족의 의상 작업이 가장 재미있었어요. 하지만 그들을 만화 캐릭터처럼 보이게 하고 싶지는 않았죠. 사람은 평범해 보일 때 더 무서운 법이거든요. 우리는 우스꽝스러운 옷으로 관객을 괴롭히고 싶지 않았습니다." 〈해리 포터와 아즈카반의 죄수〉부터 의상 일을 맡은 자니 트밈도 매커브스키와 같은 생각이었다. "그들은 평범한 중산층이에요. 잘못된 건 아니지만 그 세계는 매우 인습적이죠. 그들 눈에 적절한 것이란 이웃과 똑같은 거예요. 그들에게는 남들과 다르다는 것이 곧 두려운 일이죠."

피오나 쇼는 자신이 연기한 페투니아 캐릭터를 아주 좋아했다. "아주 살짝 미친 정도였어요. 나는 극장에서 훨씬 요란한 역사 속 인물을 연기하곤 했거든요. 그래서 평범한 가정주부 역할을 할 수 있다는 게 좋았어요." 쇼는 의상 팀과 의상에 대해 의논했다. "처음에는 소박하게 시작했어요. 진주 목걸이를 두르고 카디건을 입었다가 캐시미어 스웨터와 트위드 치마로 넘어갔는데 모두 20년은 유행에 뒤처진 것이었죠. 시리즈가 거듭되면서, 〈해리 포터와 불사조 기사

영화 속 첫 등장:
〈해리 포터와 마법사의 돌〉

재등장:
〈해리 포터와 비밀의 방〉
〈해리 포터와 아즈카반의 죄수〉
〈해리 포터와 불사조 기사단〉
〈해리 포터와 죽음의 성물 1부〉

직업:
사업가, 가정주부,
스멜팅스 학교 학생

앞쪽: 말포이 부자의 홍보용 사진. 원 안: 두들리 더즐리 역의 해리 멜링. 아래 왼쪽: 〈해리 포터와 마법사의 돌〉의 한 장면. 해리 포터와 버논 이모부(리처드 그리피스), 페투니아 이모(피오나 쇼). 아래 오른쪽: 자니 트밈이 디자인한 더즐리 가족의 여름 옷. 페투니아가 짧은 꽃무늬 원피스를 입고 있다. 마우리시오 카네이로 스케치. 옆쪽 위: 〈마법사의 돌〉의 콘티 사진들. 옆쪽 아래: 〈비밀의 방〉에서 중요한 저녁 모임을 앞두고 정장을 입은 더즐리 가족.

SC 44
D8

Harry Potter

SC 22
D2

DUDLEY

단〉에서는 짧은 꽃무늬 원피스 같은 과감한 옷도 입었어요. 그래도 사람은 변하지 않았죠. 그들은 계속 자신들의 세계에 살아요." 촬영 중에 쇼는 특정 장면을 위해 옷을 괴상하게 수정한 일이 한 번 있었다. "내가 올빼미를 보고 올빼미도 나를 보는 장면이 있었어요. 하지만 올빼미들은 사방의 많은 카메라에 정신이 팔려 있었죠. 올빼미에게는 나보다 카메라가 훨씬 흥미로운 대상이었던 거예요. 결국 스태프들은 내 앞치마에 죽은 쥐들을 매달아서 올빼미들이 나를 보게 했어요. 물론 올빼미들이 본 건 죽은 쥐였지만요. 다른 배우가 나를 보게 만들려고 죽은 쥐를 사용한 건 그때가 처음이었을 거예요!"

버논 더즐리 역의 리처드 그리피스는 단순한 양복을 입었지만, 시리즈가 계속되면서 버논 더즐리에게 일어난 변화 역시 의상에 반영되었다. 그리피스는 자신이 출연한 마지막 편인 〈해리 포터와 죽음의 성물 1부〉를 찍기 전에 살을 많이 뺐다. "캐릭터에 맞추기 위해서였어요. 버논이 힘을 잃으면서 살도 빠졌을 거라고 생각했거든요." 그리피스에게 특히 힘들었던 장면은 〈해리 포터와 아즈카반의 죄수〉에서 하늘로 떠오른 누이 마지에게 매달리고, 마지의 강아지 리퍼가 그의 발목에 매달리는 장면이었다. "나는 하니스를 장착하고 팸 페리스에게 매달렸고, 개(이름은 조지)는 이빨로 나를 꽉 물고 매달렸어요. 적어도 공중에 4미터는 떠 있었죠." 조지의 이빨에 다치지 않도록 이때 그리피스의 발목에는 가죽 띠를 둘렀다. "개는 시끄럽게 으르렁거리고—제발 연기였기를—나는 매달리느라 애썼죠. 내가 연기를 더 걱정했는지 개를 더 걱정했는지는 확실하지 않아요!"

그들의 응석받이 아들인 두들리 역의 해리 멜링은 캐릭터의 변화가 의상에 뚜렷하게 반영됐다고 생각한다. 멜링은 이렇게 설명한다. "겉모습으로 보면, 1편에서 3편까지는 거의 비슷하게 옆가르마 헤어스타일에 엄마의 손길이 느껴지는 옷차림이에요. 하지만 〈해리 포터와 불사조 기사단〉에서 두들리가 착용한 목이 높은 운동화, 스포츠 반바지, 조끼, 그리고 붉은 티셔츠는 스스로 선택한 게 분명하죠. 그는 사슬 목걸이를 걸고, 한 손에 반지 세 개를 껴요. 그것이 내게 방향을 일러주었고, 캐릭터를 발전시키는 데 도움이 되었어요." 〈해리 포터와 죽음의 성물 1부〉에 마지막으로 출연한 두들리의 의상 작업은 '캐릭터 발전'과는 반대되는 어려움에 부딪혔다. 멜링의 체중이 30킬로그램 가까이 빠졌기 때문이다. 분장 효과 디자이너 닉 더드먼은 말한다. "대본을 봤을 때 나는 이 캐릭터는 문제없겠다고 생각했어요. 그런데 제작자 데이비드 배런이 전화해서 '여기 이것 좀 봐'라고 하더군요. 멜링이 몸이 반쪽이 돼서 나타난 거였죠. 그는 더 이상 예전의 그 뚱뚱하고 고약한 소년이 아니었어요." 더드먼은 '뚱보 분장'의 고수 마크 쿨리를 불렀고, 쿨리에는 멜링의 턱, 뺨, 목에 보형물을 붙였다. 그런 다음, 멜링은 바람막이 안에 솜을 댄 뚱보 옷을 입었다.

"마법 같은 건 없어."

— 버논 더즐리, 〈해리 포터와 비밀의 방〉

옆쪽 위 왼쪽: 〈해리 포터와 마법사의 돌〉에서 해리에게 편지가 올 때마다 더즐리 가족—두들리, 버논, 페투니아—은 깜짝 놀란다. **옆쪽 오른쪽:** 〈마법사의 돌〉의 리처드 그리피스와 피오나 쇼의 콘티 사진들. **위:** 〈마법사의 돌〉에서 런던 동물원의 뱀 우리에 갇혀서 괴로워하는 두들리. **아래:** 〈해리 포터와 죽음의 성물 1부〉에서 두들리와 해리가 마지막 작별 인사를 하는 장면. 영화에서는 삭제되었다.

마지 더즐리 아줌마

영화 속 등장 :
〈해리 포터와 아즈카반의 죄수〉

마지 더즐리는 〈해리 포터와 아즈카반의 죄수〉에서 프리벳 가 4번지에 있는 오빠의 집에 걸어서 들어온다. 하지만 마지가 자신의 부모를 욕하자 해리는 화를 참지 못하고, 그만 마법을 사용하고 만다. 그 바람에 마지는 전혀 다른 방식으로 집을 떠나간다. 마지 아줌마 역을 맡은 배우 팸 페리스는 말한다. "마지는 풍선처럼 부풀어서 두둥실 떠가요. 말로는 쉽지만 실제 행동으로 표현하기는 아주 어려운 장면이죠!" 페리스가 농담으로 덧붙인다. "마지처럼 떠오르려면 구운 콩과 탄산음료를 아주 많이 먹어야 할 거예요. 더 이상은 말하지 않을게요!"

마지 아줌마가 '큰 실수'를 하기 전에, 분장 팀은 마지에게 특이한 개성을 부여했다. 페리스는 마지가 개 리퍼를 데리고 온다는 데 착안해, "마지를 개와 비슷하게 만들기로 했어요"라고 말한다. "아주 드라마틱하게 표현하겠다는 건 아니었어요. 우린 그저 '해리 포터'식 마법 동물이 아니라, 인간인데 자기가 키우는 개랑 조금 닮게 보이는 정도를 원했죠." 페리스는 불도그 이빨과 비슷한 치아 보형물을 꼈지만, 그걸 강조하지는 않고 그저 '끼우고만' 있었다.

마지의 변신에 컴퓨터 효과는 별로 쓰이지 않았다. 알폰소 쿠아론 감독은 특수 동물 효과 디자이너 닉 더드먼에게 그 효과를 실사로 만들 수 있는지 물었다. 더드먼이 말한다. "그런데 사실 그 부분은 대본을 읽으면서 디지털로 만들어야겠다고 생각한 장면이었어요!" 그는 분장 효과 팀과 협력해서 네 단계의 분장과 공기 튜브로 부풀어 오르는 옷 두 벌이 필요한 계획을 만들었다. 더드먼이 설명한다. "두 손에 부풀어 오르는 장갑을 끼고 두 다리에도 각각 부풀어 오르는 장치를 착용했습니다. 그것들은 전부 컴퓨터가 제어하는 공기압 장치로 작동됐죠.

원 안: 마지 더즐리 아줌마 역의 팸 페리스. 아래: 〈해리 포터와 아즈카반의 죄수〉에서 마지 아줌마가 조카 두들리와 인사하고 있다. 오른쪽: 버논 더즐리가 여동생이 날아가는 것을 막으려고 안간힘을 쓰고 있다. 더멋 파워 아트워크.
옆쪽 위: 마지의 스턴트 대역 켈리 덴트가 가장 많이 부풀어 올랐을 때의 콘티 사진들. 옆쪽 아래: 마지는 오빠인 버논뿐 아니라 개 리퍼까지 하늘로 끌어올린다.

"너 아직도 여기 사는구나?"

— 마지 아줌마, 〈해리 포터와 아즈카반의 죄수〉

손은 손가락 마디별로 원하는 순서에 따라 부풀릴 수 있었어요." 팸 페리스는 작은 보형물들과 늘어나는 고무 공기 주머니를 얼굴과 목에 부착하고 부풀어 오르는 옷을 입는 등 다섯 시간 동안 분장을 했다. 그녀가 몸에 장착한 장치들의 무게는 20킬로그램이 넘었다. "마지막 단계에서는 몸이 너무 둥그래져서 앉을 수도, 걸을 수도 없더라고요! 가장 크게 부풀었을 때는 내 몸통의 폭이 140센티미터 정도였죠." 옷 안에는 두 개의 와이어 장치에 연결된 비행 하니스가 있었다. 와이어 하나는 배우를 들어 올리거나 뒤집고, 다른 와이어는 빙글빙글 돌렸다. 페리스는 이 모든 과정을 끈기 있게 참아내서 배우와 스태프 들의 칭찬을 받았다. 제작자 데이비드 헤이먼은 말했다. "아마도 그건 온몸이 밧줄에 묶인 것과 비슷했을 겁니다. 그런 상태로 와이어에 매달려야 했지만, 페리스는 한 번도 불평하지 않았죠."

자니 트밈도 페리스가 그 힘든 장면을 촬영하는 모습에 감동받았다. "이런 일이 있을 거라고는 예상하지 못했어요. 마지 아줌마에게는 서른여덟 벌의 트위드 옷이 필요했죠. 그녀의 모습은 점점 더 우습게 변하다가 마지막에는 그냥 트위드 공처럼 되어버리거든요."

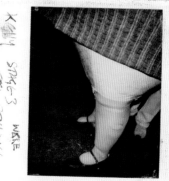

HARRY POTTER & THE PRISONER OF AZKABAN COSTUME CONTINUITY

CHARACTER AUNT MARGE - STUNT DBL   ACTOR: KELLY DENT.

KELLY COSTAGE 3 WK186

KELLY STAGE 3 WK186

AUNT MARGE- STUNT DBL KELLY DENT- STAGE 3.

AUNT MARGE- KELLY. STAGE 3-

SCENE: STORY D/N: SCENE: STORY D/N:

제노필리우스 러브굿

제노필리우스 러브굿은 루나 러브굿의 아버지로 교외에 위치한 자기 집에서 《이러쿵 저러쿵》 잡지를 편집한다. 자니 트밈이 말한다. "이 사람에게는 자기 신념이 있어요. 그는 여러 가지를 믿고 고립된 생활을 하기 때문에, 잠옷을 입고 일할 거라고 생각했죠. 집에서 일할 때 옷을 차려입는 사람은 없으니까요." 해리, 론, 헤르미온느가 집에 찾아왔을 때, 러브굿은 긴 줄무늬 셔츠와 조끼, 그리고 몹시 낡고 목욕 가운처럼 생긴 코트를 입고 있다. 트밈은 말한다. "나는 멋진 앤틱 풍 손뜨개 코트를 발견했어요. 아주 자연 친화적이었죠." 이 코트와 복제품 두 벌을 '마모'시켰는데, 이번에는 올을 빼내는 게 아니라 '덧붙이는' 방식이었다. "옷단에서 실이 늘어지게 하려고 했는데, 원래 있는 걸로는 부족하더라고요. 리스에게 맞게 가봉할 때, 옷을 여러 겹 층지게 해서 그의 다층적인 성격을 보여주고 싶었어요." 전에 함께 일한 경험이 있는 리스 이반스와 트밈은 이 일에 대해 의논했다. 이반스가 말한다. "우리가 생각한 것 중 하나는 조각 천 장식이었어요. 나는 루나가 아버지를 위해 장식 천 조각들을 만들었다는 설정을 제안했죠. 루나가 연관되게 하고 싶었어요. 루나는 집에 없어도 존재감이 크기 때문이죠. 아마 루나는 지난 세월 동안 내 생일이나 엄마의 생일 때 수를 놓은 물건을 많이 선물했을 거예요." 거기에 트밈이 덧붙였다. "루나는 늘 손수 만든 장신구를 했어요. 그래서 천 조각을 붙인 조끼를 만들자고 제안했죠. 그 천 조각들은 루나가 아버지를 위해서 수를 놓거나 아플리케 장식을 한 거였어요. 그러면 그는 딸이 만든 옷을 입게 되는 거였죠. 루나는 곧 그의 세계니까요." 루나의 옷에서 보이는 자연 이미지들이 그 조끼에도 나타나서, 나비, 꽃, 신화 속 동물, 날아다니는 자두, 루나의 그리핀도르 사자 모자와 덤스트랭의 배를 닮은 이미지들이 보인다.

제노필리우스를 연기하면서 리스 이반스는 루나의 긴 머리와 비슷한 긴 금발 가발을 썼다. 이반스가 말한다. "책에는 그가 긴 금발로 묘사돼 있어요. 사시라고도 나오죠. 하지만 그런 상태를 오래 지속할 수가 없더군요. 콘택트렌즈를 끼려고 해봤지만, 너무 힘들었어요. 그리고 그건 그 사람을 너무 희극적으로 만들 것 같았죠." 이반스는 제노필리우스가 너무 웃기면 안 된다고 생각했지만, 그럼에도 그는 현장의 배우들을 자주 웃겨서 'NG 유발자'로 불리곤 했다. 평소에는 연기 중 웃음을 터뜨리는 일이 없는 에마 왓슨도 이반스만 보면 웃었고, "도저히 웃음을 참을 수 없었어요"라고 고백했다. 이반스는 며칠 동안 함께 촬영한 뒤 에마 왓슨에게 '키득이'라는 별명을 붙여주었다.

원 안: 제노필리우스 러브굿 역의 리스 이반스. 왼쪽: 이반스가 《해리 포터와 죽음의 성물 1부》에 나오는 '작업복' 의상 참고 사진을 위해 자세를 잡은 모습. 옆쪽 왼쪽: 러브굿의 조끼 조각 천을 확대한 모습. 옆쪽 아래 오른쪽: 코트의 의상 디자인, 마우리시오 카네이로 스케치. 옆쪽 위 오른쪽: 위즐리 가의 결혼식 참석 복장을 입고 포즈를 취한 《이러쿵저러쿵》 잡지 편집자.

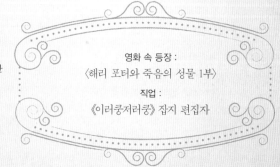

영화 속 등장 :
《해리 포터와 죽음의 성물 1부》

직업 :
《이러쿵저러쿵》 잡지 편집자

"이게 뭘까?
물론 죽음의 성물의
표식이지."

—제노필리우스 러브굿,
〈해리 포터와 죽음의 성물 1부〉

제노필리우스의 요술지팡이

소 품 모델링 작업자 피에르 보해나는 말한다. "제노필리우스 러브굿의 지팡이는
그의 괴짜 같은 성품을 닮았어요. 유니콘의 뿔을 아름답게 뒤튼 것 같죠." 그
의 지팡이에는 옅은 색 나무로 만든 손잡이에 룬 문자가 가볍게 새겨져 있다.

루시우스와 나시사 말포이

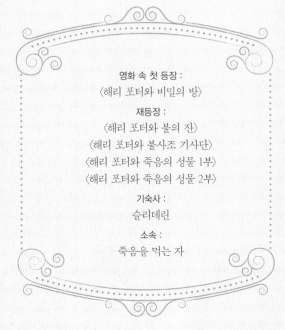

제 이슨 아이작스는 〈해리 포터와 비밀의 방〉에서 루시우스 말포이 역을 맡고 의상과 분장을 의논하러 리베스덴 스 튜디오에 갔다가 최초의 스케치를 보고 놀랐다. 그것은 줄무늬 정장 차림에 짧고 검은 머리였기 때문이다. 아이작스는 이렇게 회상한다. "약간 당혹스러웠죠. 스케치가 나랑 너무 똑같아 보였 거든요!" 아이작스는 크리스 콜럼버스 감독에게 루시우스의 모습 을 그린 최초의 스케치가 드레이코 말포이 역의 톰 펠턴과 거의 닮지 않았다는 점을 지적했다. 하지만 감독은 이미 그 스케치를 승인한 상태였 다. "나는 루시우스가 머글을 싫어해서 머글처럼 입고 싶어 하지 않을 거라고 생각했어요. 그 라면 벨벳이나 모피 옷을 입고 수백 년 된 가문의 물건들로 스스로를 장식할 것 같았죠." 아이 작스는 의상 팀에게 협조를 부탁한 뒤 감독에게 백금발 가발이 포함된 자신의 아이디어를 설 명했다. 감독은 천천히 아이작스의 생각 쪽으로 기울었다. "그가 나에게 '다른 건 필요없느냐' 고 묻더군요. 나는 보행용 지팡이가 필요하다고 했죠. 그러자 그가 묻더군요. '왜요, 다리에 무 슨 문제가 있어요?'" 아이작은 요술지팡이를 보통의 마법사들처럼 주머니에서 꺼내지 않고 보 행용 지팡이에서 꺼내면 흥미롭고 우쭐한 동작이 될 것 같다고 설명했다. "다행히도 마침 옆에 있던 대니얼 래드클리프가 좋은 생각 같다고 말해줬어요. 더욱 다행스럽게도, 크리스 콜럼버스 는 마음이 열려 있고 협력을 중시하는 감독이었죠. 그는 본래의 계획을 버리고 기꺼이 내 의견 을 들어줬어요."

차석 의상 디자이너 마이클 오코너도 루시우스를 전통과 권력의 인물로 표현해야 한다고 보았다. "루시우스는 은행가이자, 갑부이며, 아주 유서 깊은 귀족 같은 유형이죠. 그는 구세계 의 마법사이고 혼혈 마법사들을 싫어합니다. 우리는 그 점에서 시작했죠." 루시우스 말포이의 옷은 날렵하고 에드워드 시대풍의 느낌이 있다. 목이 높은 긴 코트 위에 담비 모피로 깃을 댄 망토를 두르고, 뱀 모양의 은색 장신구로 여민다. 〈해리 포터와 불사조 기사단〉에서 자니 트밈 은 루시우스가 다른 죽음을 먹는 자들과 함께 모자 달린 망토 안에 입을 누비 가죽 갑옷도 디 자인했다. 아이작스는 그 옷이 '마법사 닌자'가 된 기분을 안겨준다고 했다. 지팡이도 계속 가지 고 다니지만, 전투 장면들에서는 뱀 머리 장식의 요술지팡이 집도 착용한다. 루시우스가 아즈 카반에서 돌아온 뒤인 〈해리 포터와 죽음의 성물 1부〉와 〈해리 포터와 죽음의 성물 2부〉에서 는 수감 생활 때문에 의상이 망가지고 머리가 헝클어진다.

아이작스는 루시우스를 연기하기가 쉬웠는데, 거기에는 의상과 분장 팀의 공이 컸다고 말 한다. "나는 길고 출렁거리는 망토를 입었고, 손을 넣을 주머니도 없었기 때문에 구부정한 자 세를 취할 수 없었습니다. 하지만 지팡이가 특정한 방식으로 서 있는 데 도움이 되었죠. 그리고 길고 멋진 금발을 흐트러뜨리지 않으려면 고개를 뒤로 젖히고 있어야 했기 때문에 늘 다른 사 람을 깔보는 듯한 자세가 되었습니다." 그는 루시우스의 목소리 연기도 다른 사람의 덕을 보았 다고 말한다. "그는 잘난 척하는 예술 비평가처럼 우월감이 넘치는 목소리를 가졌어요. 매끄러 우면서도 동시에 아주 경직된 목소리죠." 어디서 아이디어를 얻었느냐고? "앨런 릭먼은 '불길한' 연기에 대한 기준이 아주 높은 사람이에요. 그와 같은 영화에 출연하면 뭔가 극단적인 것을 해 야만 하죠!"

원 안: 루시우스 말포이 역의 제이슨 아이작스. 옆쪽: 아이작스가 완벽한 루시우스 말포이의 비웃음을 띠고 있다. 〈해리 포터와 불사조 기사단〉의 홍보용 사진. 오른쪽: 〈해리 포터와 죽음의 성물 2부〉에서 루시우스가 입은 죽음을 먹는 자의 망토. 마우리시오 카네이로 스케치.

영화 속 첫 등장 :
〈해리 포터와 비밀의 방〉

재등장 :
〈해리 포터와 불의 잔〉
〈해리 포터와 불사조 기사단〉
〈해리 포터와 죽음의 성물 1부〉
〈해리 포터와 죽음의 성물 2부〉

기숙사 :
슬리데린

소속 :
죽음을 먹는 자

"그가 살아 있어? 드레이코, 그가 살아 있어?"
— 나시사 말포이, 〈해리 포터와 죽음의 성물 2부〉

나시사 말포이

영화 속 첫 등장 :
〈해리 포터와 혼혈 왕자〉

재등장 :
〈해리 포터와 죽음의 성물 1부〉
〈해리 포터와 죽음의 성물 2부〉

기숙사 :
슬리데린

직업 :
어머니

배우 헬렌 매크로리는 캐릭터의 이름이 겉모습에 대한 통찰을 주었다고 말한다. "나시사라는 이름으로 불리면서 엉망으로 하고 다닐 수는 없으니까요!" 매크로리와 자니 트밈은 유럽의 '귀족적'인 재단과 선들을 살펴보고서 나시사의 옷에 1950년대의 맞춤옷 스타일을 반영하기로 결정했다. 트밈이 말한다. "비록 인생의 암흑기를 지나고 있지만, 나시사는 여전히 우아하고 세련됐죠." 나시사의 옷은 순혈 마법사라는 지위, 슬리데린 출신, 가족에 대한 헌신을 반영한다. 매크로리가 말한다. "나시사의 옷은 맞춤형이에요. 한동안 그 집 안에 간직됐던 옷이라는 걸 느끼게 하는 자잘한 부분이 많죠." 〈해리 포터와 혼혈 왕자〉 도입부에서 나시사가 입은 아랫단이 넓게 퍼지는 암녹색 후드 코트에는 거의 비늘처럼 보이는 은색 선들이 박혀 있다. 트밈은 그 옷을 정교한 '건축물'처럼 만들고 싶어서, 코트 어깨에 나무틀까지 넣었다. 나중에 보진과 버크로 드레이코를 찾아갈 때, 나시사는 A라인 치마로 이루어진 회색 정장과 허리 아래가 나팔처럼 벌어지고 소매와 등판이 망토 같은 짧은 코트를 입는다. 트밈이 말한다. "나시사의 옷은 약간 신비롭고 낯선 느낌을 담아야 하지만, 그러면서도 현실에, 적어도 그녀의 현실에 토대하고 있어요."

〈해리 포터와 죽음의 성물 1부〉와 〈해리 포터와 죽음의 성물 2부〉에서 나시사는 자신의 집에 볼드모트와 그 추종자들을 들인다. 트밈은 그런 나시사를 "장원의 여주인"이라고 말한다. 그들을 '맞이하는' 장면에서 나시사는 검은 플러시 가운을 입고 그 안에는 몸에 꼭 끼는 베이지색 드레스를 입었다. 가운에는 소맷부리와 주머니가 있고, 앞에는 무지개색 구슬이 구불구불하고 힘줄 같은 디자인으로 장식되었다. 죽음을 먹는 자들의 낮 회의 때, 나시사는 비늘 같은 천에 허리를 꽉 죈 디자인으로 만들어진 짧은 정장을 입는다. 검은색의 긴 가운은 야외에서 입기 위해 두꺼운 천으로 복제해서, 목에는 밍크 모피를 두르고, 소맷부리와 목선에는 언제나처럼 가죽을 대고 은제 죔쇠를 달았다.

나시사의 머리에 대해 헬렌 매크로리는 "아주 단정하죠"라고 말했다. "헬레나 보넘 카터는 벨라트릭스를 검은 머리로 찍었는데, 그들은 자매예요……." 매크로리의 본래 머리는 흑갈색이다. 하지만 헤어 디자이너 리사 톰블린은 나시사가 말포이 가에 들어온 지 오래되었기 때문에 머리 색깔도 두 집안을 동시에 반영하게 하자는 아이디어를 냈다. 톰블린은 금발과 흑갈색이 합해진 나시사의 머리를 가리켜 이렇게 말한다. "우리는 여러 가지 색조와 모양의 금발을 시험해서 마침내 이 머리를 만들어냈죠." 하지만 매크로리는 그 머리가 나시사의 우아한 스타일과 잘 맞을 뿐 아니라 "마법사 세계에서는 세련된 스타일"일 거라고 말했다.

루시우스와 나시사의 요술지팡이

루시우스 말포이의 요술지팡이는 그가 슬리데린 출신임을 자랑한다. 매끈한 검은색 몸체에 에메랄드 눈, 입을 벌린 은색 뱀 머리가 달린 요술지팡이를 그는 보행용 지팡이 안에 넣어가지고 다닌다. 뱀 머리의 이빨은 탈착이 가능한데, 그건 아이작스가 지팡이를 너무 열심히 휘두르다가 이빨 부분이 자주 깨졌기 때문이다. 〈불사조 기사단〉에서 배우 제이슨 아이작스는 '명문 학교의 펜싱 스타일'을 사용한다. "이런 정식 스타일과 시리우스 블랙이 아즈카반에서 익힌 스타일을 대조해보는 것은 요술지팡이 전투의 흥미로운 관전 포인트 중 하나죠. 전문가들의 결투가 아니라 오랜 원수의 대결로서 말입니다."

나시사 말포이의 요술지팡이는 남편의 것을 복제한 것이다. 디자이너 애덤 브로크뱅크는 "검은 나무로 루시우스의 지팡이의 여성용을 만든 다음 은색 장식을 박았다"고 말한다. 소품 모델링 작업자 피에르 보해나는 요술지팡이들이 주인의 성격을 잘 반영한다고 생각한다. "말포이 가 사람들은 외관을 중시해요. 쓰임새보다는 어떻게 보이는지가 중요하죠." 〈해리 포터와 죽음의 성물 2부〉에서 나시사와 루시우스는 모두 단순한 요술지팡이를 사용한다. 루시우스의 지팡이는 볼드모트가 가져갔고, 나시사는 아들 드레이코에게 자신의 지팡이를 주었기 때문이다.

옆쪽 왼쪽: 〈해리 포터와 혼혈 왕자〉에서 나시사 말포이(헬렌 매크로리)가 '나무틀을 댄' 코트를 입은 모습. **옆쪽 오른쪽:** 나시사의 옷, 마우리시오 카네이로 의상 그림. **위:** 나시사가 요술지팡이를 꺼내 든 모습.
아래: 〈해리 포터와 불의 잔〉에 나온 루시우스 말포이와 뱀 머리 모양의 지팡이.
오른쪽: 나시사 말포이의 요술지팡이, 애덤 브로크뱅크 콘셉트 아트.

몰리와 아서 위즐리

몰리 위즐리

영화 속 첫 등장 :
〈해리 포터와 마법사의 돌〉

재등장 :
〈해리 포터와 비밀의 방〉
〈해리 포터와 아즈카반의 죄수〉
〈해리 포터와 불사조 기사단〉
〈해리 포터와 혼혈 왕자〉
〈해리 포터와 죽음의 성물 1부〉
〈해리 포터와 죽음의 성물 2부〉

기숙사:
그리핀도르

직업:
어머니

소속:
불사조 기사단

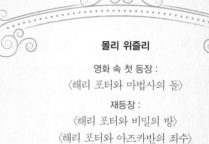

세트 디자이너가 세트를 만들 때 건축물의 형태를 고려하듯이, 의상 디자이너는 캐릭터의 실루엣을 생각한다. 몰리 위즐리의 실루엣은 부드럽고 모성적이다. 배우 줄리 월터스는 그것이 "보기 좋은 곡선"이라고 말하지만, "1편을 찍을 때 대니얼 래드클리프가 그게 내 본래 모습이라고 생각했을 때는 가슴이 무너져 내리더군요"라고 말한다. 처음에 그 실루엣을 만든 재료는 솜도 아니고 충전재도 아니고…… 새 모이였다. "킹스크로스 역에서 촬영할 때는 걱정이 됐어요. 비둘기와 올빼미가 많으니까요." 그건 괜한 걱정이 아니었고, 제작진은 곧 전통적인 재료로 돌아갔다. 주디애나 매커브스키는 그런 몰리 위즐리의 실루엣을 몰리의 '솜씨를 보여주는' 옷으로 감쌌다. 위즐리 가족은 다른 마법사 가족만큼 잘살지 못해서 '손수 해결해야 하는' 일이 많았기 때문이다. 하지만 몰리 역시 〈해리 포터와 마법사의 돌〉에 처음 등장했을 때는 킹스크로스 역 장면처럼 머글 복장을 했다.

〈해리 포터와 비밀의 방〉의 의상 디자이너 린디 헤밍은 위즐리 가족의 옷을 아주 좋아했다. 헤밍은 프로덕션 디자이너 스튜어트 크레이그와 버로우의 모습을 상의하고, 그곳의 시골 같은 분위기에서 힌트를 얻었다. "책을 보면 몰리 위즐리는 뜨개질을 좋아하고, 이따금 난방을 하지 않으며, 다림질을 싫어하는 걸로 나오죠. 그래서 그 집 식구들 옷에는 모두 모직 느낌을 넣었습니다. 우리는 모직 트위드 직물로 온갖 실험을 다 했어요!" 의상 팀은 헌 털실 상점에서 산 털로 스웨터와 목도리를 뜨고 다른 옷의 단을 장식했다. 트위드와 코르덴으로 질감과 무늬를 더했고, 그 위에 싸구려 앞치마를 입었는데, 이 모든 것이 위즐리 가의 붉은 머리와 어울리는 녹색, 주황색, 갈색이었다. 몰리 위즐리의 의상을 만드는 데는 처음부터 마무리까지 12주 정도가 걸렸고, 줄리 월터스는 몸에 두른 뚱보 패딩 위에 그것을 입었다.

원 안: 위즐리 가의 아버지 아서 역의 마크 윌리엄스. 위: 〈해리 포터와 비밀의 방〉에서 직접 만든 옷을 입고 있는 몰리 위즐리. 오른쪽: 〈해리 포터와 죽음의 성물 2부〉에서 몰리의 코트, 마우리시오 카네이로 스케치. 옆쪽: 줄리 월터스와 마크 윌리엄스 두 배우의 따뜻한 관계가 잘 드러나 보인다. 〈해리 포터와 불사조 기사단〉의 홍보용 사진.

위, 아래 왼쪽과 가운데: 〈해리 포터와 혼혈 왕자〉와 〈해리 포터와 불사조 기사단〉을 위한 몰리 위즐리의 의상 콘셉트와 실제로 만든 의상 참고 사진들. 아래 오른쪽: 〈혼혈 왕자〉에서 아서 위즐리의
실내복 의상 참고 사진. 옆쪽 왼쪽: 마우리시오 카네이로의 스케치. 옆쪽 위: 〈해리 포터와 불의 잔〉에서 퀴디치 월드컵을 보러 가는 해리와 위즐리 가족.

아서 위즐리

영화 속 첫 등장 :
〈해리 포터와 비밀의 방〉

재등장 :
〈해리 포터와 아즈카반의 죄수〉
〈해리 포터와 불의 잔〉
〈해리 포터와 불사조 기사단〉
〈해리 포터와 혼혈 왕자〉
〈해리 포터와 죽음의 성물 1부〉
〈해리 포터와 죽음의 성물 2부〉

기숙사 :
그리핀도르

직업 :
마법부 머글 문화유물 오용 관리과 근무

소속 :
불사조 기사단

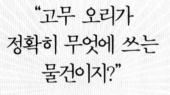

"고무 오리가
정확히 무엇에 쓰는
물건이지?"

— 아서 위즐리,
〈해리 포터와 비밀의 방〉

월터스는 말한다. "시리즈 전편에 걸쳐서, 몰리 위즐리에게는 어머니의 역할이 첫째고, 마녀 역할이 둘째죠." 예외는 〈해리 포터와 죽음의 성물 2부〉의 마지막 전투 장면뿐이다. 트밈은 이렇게 말한다. "몰리는 대개 어머니의 역할에 충실해요. 하지만 여기서는 전사고, 또 그렇게 보여야 했죠. 나는 다시 미국 서부 영화들을 참고했어요."

아서 위즐리의 옷을 만드는 데는 그리 많은 시간이 걸리지 않았다. 헤밍이 설명한다. "우리는 의상 대여소에서 여러 가지 구식 양복을 빌려다가 어떻게 하면 흥미로운 실루엣을 만들어낼 수 있을지 시험해봤어요." 헤밍과 차석 의상 디자이너 마이클 오코너의 결정에 따라, 아서 위즐리는 1950년대 공무원 복장과 비슷한 양복을 입고, 그 시절 사업가들의 모자를 연상시키는 뾰족 모자를 썼다. 아서 위즐리의 가운은 녹색이고, 오코너는 그것이 "그가 일할 때 입는 작업복이나 제복 같은 느낌"이라고 말했다.

〈해리 포터와 아즈카반의 죄수〉에서 의상 팀장이 된 자니 트밈은 물려 입고 고쳐 입는 위즐리 가의 전통을 이어받았다. 트밈이 말한다. "몰리는 모든 것을 재활용해요. 돈이 별로 없기 때문에 그럴 수밖에 없죠. 그녀가 가진 많은 것이 중고품이에요. 하지만 몰리 위즐리는 상상력이 풍부해서 낡은 침대 커버로 코트를 만들고, 커튼으로 드레스도 만들죠." 위즐리 가족이 입을 많은 옷은 현대 상점에서 구입한 뒤 낡게 하고, 수선하고, 다른 단추와 낡은 레이스와 물결띠 장식을 달고, 그런 다음에는 어쩔 수 없이 털실 뜨개로 마무리했다.

몰리와 아서 위즐리의 요술지팡이

몰리 위즐리의 지팡이는 단순한 모양이지만, 줄리 월터스는 "지팡이를 들면 전사 같은 느낌이 들었어요"라고 말한다. "처음 지팡이를 사용했을 때는 정말 기뻤죠." 월터스는 폴 해리스(〈해리 포터와 죽음의 성물 2부〉의 요술지팡이 액션 연출가)와 이야기를 해보고, 지팡이를 휘두르는 것이 다른 무기를 사용하는 것과는 상당히 다르다는 걸 알게 되었다. "실제로 뭔가를 타격하는 게 아니다 보니 팔 동작이 커지곤 하는데, 그러면 팔이 아파오더라고요. 물론 보람은 있었어요. 나는 벨라트릭스와의 전투가 정말 좋았답니다."

아서 위즐리의 지팡이는 소품 모델링 작업자 피에르 보해나의 말대로 "설탕 묻은 꽈배기 모양"이다. 지팡이 손잡이는 정교한 나선형이고 제임스 시대 느낌이 난다. 배우 마크 윌리엄스는 지팡이가 우아하다고 느꼈다. "나는 내 지팡이가 아주 좋았어요. 그걸로 이상한 자세를 만들어야 할 때를 제외하고는요." 윌리엄스는 오른손잡이인데 자꾸 왼손으로 지팡이를 집어 들었다. "그래서 동작이 약간 뒤틀렸죠. 어쨌든, 그건 나만의 스타일이 됐어요!"

에필로그: 19년 뒤

영화 〈해리 포터〉 시리즈 전체를 마무리하는 〈해리 포터와 죽음의 성물 2부〉 에필로그에서 해리와 지니, 론과 헤르미온느는 자신의 아이들을 호그와트 급행열차에 태워 보내기 위해 킹스크로스 역에 온다. 자니 트밈은 "세월이 흘러도 옷 입는 스타일은 거의 변하지 않을 것"이라고 믿었다. 그녀는 분홍색과 주황색, 청색과 갈색 계열을 유지했고, 사회생활이 그들의 패션에 영향을 미친다고 해도, 이것은 공적인 자리가 아니라 가족의 행사라는 생각으로 의상 작업을 했다.

해리 포터는 감청색 재킷과 바지, 그리고 청회색 셔츠를 입었다. 트밈이 말한다. "명품 재킷이지만, 그 사실을 드러내지는 않아요. 그는 자신의 돈과 권력을 과시할 필요가 없죠. 바로 해리 포터니까요." 트밈은 해리의 아내 지니에게 부드러운 블라우스와 치마를 입혔다. "이것이 이 부부의 균형을 맞춘다고 생각했어요. 지니는 늘 조용하면서도 강했고, 언제나 여성적이었으니까요." 결혼해서 성이 위즐리로 바뀐 헤르미온느는 깔끔한 셔츠와 블레이저 차림이지만 "여전히 청바지를 입게 했어요. 단정하면서도 캐주얼한 느낌을 주고 싶었거든요. 남편 론은 부드럽고 편안한 갈색 옷을 입었죠." 드레이코 말포이는 세련된 청색의 스리피스 양복을 입고 온다. 트밈은 그에게 루시우스 말포이의 반지와 넥타이핀을 착용하도록 했고, 이는 그가 아버지 역할을 '넘겨받았음'을 보여준다. 그리고 말포이가 어린 아내를 얻었을 거라고 생각했지만, "아내는 언제나 엄마를 닮게 마련이니까요. 그래서 말포이의 아내를 나시사처럼 입히고 꾸몄죠."

중요한 문제는 배우들을 어떻게 19년만큼 더 나이 들어 보이도록 만들까 하는 것이었다. 디지털로 할 것인가 실사 특수 효과로 할 것인가 중에서 결국 실사 특수 효과가 채택되었다. 제작진은 서른여덟 살짜리 배우 옆에 대니얼 래드클리프를 세워두고 '서른여덟 살 분장'을 해보았지만 잘 되지 않았다. 데이비드 예이츠 감독이 말한다. "우리는 경험에 따라 모습이 변화하고, 그것이 연기에 반영되어야 합니다. 서른여덟 살의 모습은 사람마다 다르죠. 어떤 사람은 동안이고, 어떤 사람은 빨리 늙고요. 과도한 것은 위험합니다." 그래서 결국 분장을 다시 하고 촬영도 다시 했다.

지니 위즐리로 처음 9와 4분의 3번 승강장에 왔을 때 보니 라이트는 아홉 살이었다. 10년이 지나 〈해리 포터〉 영화의 마지막 장면을 찍고 나서 라이트는 이렇게 소감을 말했다. "우리 모두에게 진짜 마지막이 오다니, 예상했던 일인데도 정말 힘드네요. 우리의 일은 끝났지만 우리가 영화와 문학과 미술에서 한 일은 영원히 남을 거라고 생각해요. 나의 모든 경험, 내가 만난 모든 사람—그 행복한 순간들은 문자 그대로 고스란히 영화에 포착되었으니까요. 그건 내가 두고두고 뒤져볼 최고의 앨범일 거예요."

옆쪽 왼쪽에서 오른쪽으로: 다음 세대의 마법사들이 킹스크로스 역에 모였다. 휴고 위즐리(라이언 터너, 앞쪽), 론 위즐리, 지니 위즐리 포터, 릴리 루나 포터(대프니 드 베스티퀴), 해리 포터, 알버스 세베루스 포터(아서 보언), 헤르미온느 위즐리(결혼 전 헤르미온느 그레인저), 로즈 위즐리(헬레나 발로). **왼쪽:** 드레이코 말포이, 아들 스코피어스(버티 길버트), 아내 애스토리아(제이드 고든). **다음 쪽:** 〈해리 포터와 죽음의 성물 2부〉를 위한 아리애나 덤블도어와 애버포스 덤블도어의 의상, 자니 트밈 디자인, 마우리시오 카네이로 스케치.

First published in Korea in 2017 by Moonhak Soochup Publishing Co., Ltd.
Published by arrangement with Insight Editions through Orange Agency.

이 책의 한국어판은 오렌지에이전시를 통해 저작권사와 독점 계약한 (주)문학수첩에서 2017년 출간되었습니다.

해리 포터 캐릭터 금고

초판 1쇄 발행 2017년 3월 2일
초판 4쇄 발행 2021년 11월 19일

지은이 | 조디 리벤슨
옮긴이 | 고정아
발행인 | 강봉자·김은경
펴낸곳 | (주)문학수첩
주　소 | 경기도 파주시 회동길 503-1(문발동 633-4) 출판문화단지
전　화 | 031-955-9088(대표번호), 9532(편집부)
팩　스 | 031-955-9066
등　록 | 1991년 11월 27일 제16-482호

홈페이지 | www.moonhak.co.kr
블로그 | blog.naver.com/moonhak91
이메일 | moonhak@moonhak.co.kr

ISBN 978-89-8392-645-6 03840

이 도서의 국립중앙도서관 출판예정도서목록(CIP)은 서지정보유통지원시스템 홈페이지(http://seoji.nl.go.kr)와 국가자료공동목록시스템(http://www.nl.go.kr/kolisnet)에서 이용하실 수 있습니다.(CIP제어번호: CIP2017001873)

*파본은 구매처에서 바꾸어 드립니다.

년과 비슷한 무리를 머글 세계에서 찾았다. "우리는 해리 부모님의 회상 장면들을 보았고 제임스가 정말 멋지다고 생각했어요. 그리고 그들의 과거 모습이 60년대 말과 70년대 초의 비틀스와 비슷해야 한다고 생각했죠." 쿠아론은 제임스가 존 레넌을 연상시킨다고 보았다. 하지만 게리 올드먼은 비틀스와 관련해서 견해가 조금 달랐다. "제임스는 폴 매카트니 같았어요. 잘생기고 자신감 넘치니까요. 시리우스의 약간 무모하고 말썽을 일으키는 면이 존 레넌 같았죠." 도둑들은 〈해리 포터와 불사조 기사단〉에 이르러서야 스크린에 등장하지만, 쿠아론의 영향은 남아 있었다. 제임스 포터는 동그란 철제 안경을 쓰고 비틀스와 비슷한 머리 모양을 했으며 도둑들은 모두 구레나룻이 살짝 있었다. 이들이 호그와트 시절에 입은 옷은 모두 깃이 좁고 바지는 허리선이 낮았다.

〈해리 포터와 불사조 기사단〉에 나오는 불사조 기사단 사진에는 좀 더 나이가 든 도둑들과 다른 단원들의 모습이 보인다. 몇 년이 지난 뒤라서 이들의 복장에서는 70년대풍(벨벳으로 장식한 중간 길이의 시골풍 원피스, 목 위로 올라오는 띠 모양 깃, 납작한 챙모자 등)이 더 짙게 느껴지지만, 거기에 마법사의 느낌이 더해졌다.

릴리 포터

영화 속 첫 등장: 〈해리 포터와 마법사의 돌〉

재등장:
〈해리 포터와 비밀의 방〉,
〈해리 포터와 아즈카반의 죄수〉,
〈해리 포터와 불의 잔〉,
〈해리 포터와 불사조 기사단〉,
〈해리 포터와 혼혈 왕자〉,
〈해리 포터와 죽음의 성물 1부〉,
〈해리 포터와 죽음의 성물 2부〉

기숙사: 그리핀도르

소속: 불사조 기사단

패트로누스: 암사슴

14쪽: 〈해리 포터와 불사조 기사단〉에서 세베루스 스네이프의 펜시브 기억을 통해 지난날의 호그와트 교복을 입은 젊은 도둑들을 본다. 왼쪽부터 시리우스/패드풋(제임스 월터스), 제임스/프롱스(로버트 자비스), 리머스/무니(제임스 유테친, 가운데 뒤), 피터/웜테일(찰스 휴즈).

위 왼쪽과 아래: 〈해리 포터와 죽음의 성물 2부〉에서 스네이프의 또 다른 펜시브 기억에 나오는 호그와트 시절의 어린 릴리 포터(엘리 다시앨던)와 스네이프(베네딕트 클라크).

위 오른쪽: 〈해리 포터와 불사조 기사단〉에서 펜시브 기억 속으로 간 해리 포터가 호그와트의 고학년이 된 부모님 제임스(로버트 자비스, 왼쪽)와 릴리(수지 시너)를 바라보고 있다.

시리우스 블랙

게리 올드먼은 〈해리 포터와 아즈카반의 죄수〉의 출연에 대해 이렇게 말한다. "영화에 처음 등장했을 때, 시리우스는 12년 동안 감옥에 갇혀 있다가 탈옥한 상태였어요. 그래서 상당히 망가져 있죠. 영양 상태도 나쁘고 치아 상태며 수염도 엉망이고 옷도 지저분하죠." 자니 트밈은 아즈카반의 죄수들이 어떤 옷을 입을지에 대해 여러 가지 생각을 하고 스케치도 했다. "그러다 결국 죄수는 죄수일 뿐이라는 결론을 내렸어요. 죄수는 지저분한 줄무늬 옷을 입으면 되는 거였죠." 잠옷 같은 죄수복에는 두꺼운 가로줄 무늬가 들어갔고, 시리우스는 탈옥 후에 낡은 코트를 주워 그 위에 입는다. 시리우스 블랙의 머리 모양도 여러 가지로 시험해 보았다. 게리 올드먼은 이렇게 회상한다. "짧게도 해보고 길게도 해봤죠. 바짝 치고 희끗희끗한 머리, 대머리, 머리가 약간만 남고 다 빠진 모습도 해보았어요. 턱수염도 만들어 보고 없애보기도 하고요. 그런데 책에는 시리우스가 길고 지저분한 머리로 묘사돼 있었고, 결국 그런 모습으로 결정됐어요." 여기에 지저분하고 희끗희끗한 수염이 추가되었다. 분장 팀은 썩은 치아를 만들고, 그의 몸에 룬문자와 연금술 상징 문신을 그려 넣었는데, 문신은 알폰소 쿠아론 감독의 아이디어였다. 〈해리 포터와 불의 잔〉에서 불길 속에서 나올 때 올드먼의 긴 가발과 수염은 여전했지만, 이때는 깨끗한 모습이었다.

쿠아론 감독이 비틀스와 비슷하다고 본 호그와트 시절의 모습에 근거해서 〈해리 포터와 불사조 기사단〉의 시리우스는 젊은 시절의 영광을 거의 되찾는다. 그는 1968년 말의 존 레넌을 연상시키는 깔끔한 콧수염과 가벼운 구레나룻을 기른다. 자니 트밈은 블랙이 수감 생활을 하는 동안 그리몰드가의 집에 보관해 두었던, 세월에 낡고 바랜 옷

영화 속 첫 등장:
〈해리 포터와 아즈카반의 죄수〉

재등장:
〈해리 포터와 불의 잔〉,
〈해리 포터와 불사조 기사단〉,
〈해리 포터와 죽음의 성물 2부〉

기숙사: 그리핀도르

직업: 탈옥수

소속: 불사조 기사단

특별 능력: 애니마구스(개 '패드풋')

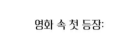

원 안과 16쪽: 시리우스 블랙 역의 게리 올드먼.
아래: 〈해리 포터와 아즈카반의 죄수〉에서 탈옥한 지 얼마 안 된 시리우스가 도둑들의 일원이던 리머스 루핀을 만나고 있다.
오른쪽: 자니 트밈이 〈해리 포터와 불사조 기사단〉의 시리우스를 위해 디자인한 코트. 마우리시오 카네이로 스케치.

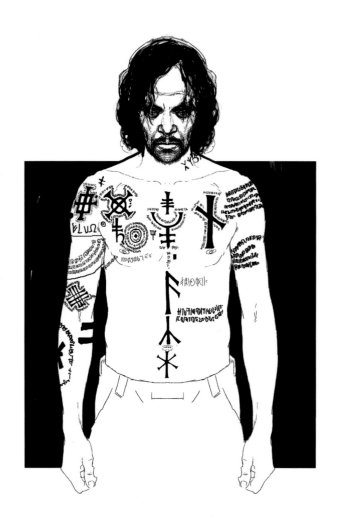

들을 다시 꺼내 입는다고 생각했다. 트밈이 말한다. "그 시절 그는 록스타였어요. 인기가 많고 화려했죠. 저는 시리우스가 아직도 옷장에 멋진 옷들을 갖고 있고, 그걸 다시 입고 싶어 한다고 생각했어요. 실제로도 그의 옷차림은 멋졌지만, 얼마 전까지 누더기 차림이었기 때문에 어떤 옷을 입어도 멋있어 보였을 거예요." 시리우스는 누름 가공한 벨벳 코트와 황금 시계 사슬을 단 자수 조끼를 입고, 올드먼이 "환상적"이라고 말한 굽 낮은 부츠를 신었다. 60년대 말에는 패턴을 섞어 입는 게 유행이었기 때문에, 시리우스는 그런 조끼와 바지와 대조되는 줄무늬 셔츠와 블레이저를 입는다. 그가 마법 정부 전투 때 입는 벨벳 조끼는 염색을 하고 '데보레'라는 기법으로 장미 무늬를 지져 새겼다. 그런 뒤 이 꽃들에 다시 색칠을 해서 세월에 닳은 자수처럼 만들었다. 하지만 올드먼은 말한다. "장막이 쳐진 방에서 벨벳 옷을 겹쳐 입고 지팡이를 휘두르다 보면 아주 더웠죠. 아즈카반 죄수복을 입었을 때가 훨씬 시원했습니다."

시리우스의 마법 지팡이

시리우스 블랙의 지팡이는 단순한 모양이지만 장식 문양이 많이 박히고, 원형과 사각형이 조합되어 있다. 살짝 뒤틀린 몸통에는 나선과 원형 무늬가 새겨져 있다. 납작한 손잡이에는 블랙의 몸에 새긴 문신과 같은 종류의 룬문자들이 있다. 마법 정부 전투 장면의 액션 연출가 폴 해리스는 게리 올드먼에게 지팡이를 좀 더 각진 모양으로 휘두르라고 말했고, 올드먼은 아즈카반에서 그렇게 오랜 시간을 보낸 사람에게는 그 방식이 맞다고 생각했다. "약간 펜싱과 비슷한 면이 있어요. 차단과 튕기기가 가능하기 때문이죠. 지팡이로 방어도 하고 공격도 합니다. 폴은 하나의 진짜 언어를 만들어 냈어요." 실제로 다섯 가지 공격 동작이 고안되었고, 그 동작에 '크럭스'(몸통 지르기)와 '라트로스'(뒤에서 공격하기)라는 이름이 붙었다.

18쪽 위 왼쪽: 롭 블리스가 그린 시리우스 블랙의 러시아 스타일 문신.

18쪽 위 오른쪽: 〈해리 포터와 아즈카반의 죄수〉에서 시리우스의 아즈카반 죄수복과 그가 죄수복을 가리기 위해 주워 입은 코트의 아이디어들. 로랑 귄치 스케치.

18쪽 아래, 19쪽 위 오른쪽: 〈해리 포터와 불사조 기사단〉에서 보인 시리우스의 70년대 스타일 정장. 마우리시오 카네이로 스케치.

위 왼쪽: 시리우스가 〈해리 포터와 불사조 기사단〉에서 입은 옷들은 그의 젊은 시절 모습을 반영한다.

아래: 킹스크로스역에 함께 간 해리 포터와 그의 대부 시리우스.

애버포스 덤블도어

〈해리 포터와 죽음의 성물 2부〉에서 해리, 론, 헤르미온느는 볼드모트의 호크룩스를 찾기 위해 호그와트 성 안으로 들어갈 방법을 찾아야 한다. 그래서 이들은 호그스미드로 순간이동하지만, 이들이 도착하자마자 경고음이 울린다. 이들이 호그스 헤드 술집 근처를 지나갈 때 어떤 목소리가 그들을 지하에 있는 은신처로 안내한다. 알버스의 동생이자 불사조 기사단 원년 단원이었던 애버포스 덤블도어의 목소리다.

애버포스는 학생들이 덤블도어의 군대를 결성하기 위해 호그스 헤드에서 만나는 〈불사조 기사단〉 속 한 장면에서 잠깐 모습을 드러낸다. 짐 맥매너스가 단순한 타탄무늬 킬트로 이루어진 정식 스코틀랜드 전통 의상에 쥐 머리 모양 죔쇠가 달린 작은 주머니를 달고서 연기한 이 캐릭터는 출연 시간이 무척 짧았으며, 사실상 영화에서는 정체가 드러나지 않았다. 하지만 〈해리 포터〉 시리즈의 마지막 영화에서 애버포스는 해리를 보호하고 해리가 호크룩스를 찾도록 도우며, 그때까지 드러나지 않았던 알버스 덤블도어에 관한 정보를 제공하는 중요한 역할을 맡게 된다. 영화제작자들은 이런 확장된 역할을 맡을 사람으로 배우 키어런 하인즈를 선택했다. 하인즈는 설명한다. "애버포스는 사실 해리와 헤르미온느, 론에게 알버스 덤블도어의 어린 시절을 이야기해 줍니다. 알버스 덤블도어가 본인이 말한 그대로의 사람은 아니었다는 얘기죠. 그 사연이야말로 반드시 메워야만 하는 영화 속 구멍이었습니다."

이 시점에서 덤블도어 형제의 관계는 확실히 가족이라기보다 동업자 관계로 보인다. 하인즈가 말한다. "알버스가 내린 선택이 형제의 동생인 아리아나에게 해를 입히면서 둘 사이에 마찰이 일어납니다. 애버포스가 [알버스에 대해] 말하는 방식을 보면, 그때 일에 관한 미련을 떨치지 못했다는 걸 알 수 있죠." 이처럼 사이가 멀어졌음에도 애버포스는 여전히 불사조 기사단의 대의명분을 지지한다. 하인즈는 말을 잇는다. "그냥 그런 거예요. 선의를 품고 특별히 하는 행동이 아닙니다." 애버포스는 해리에게 비밀을 말해주지 않고 그를 위험에 빠뜨린 형을 비난한다. 대니얼 래드클리프는 말한다. "어떤 면에서 애버포스는 마지막 시험이라고 할 수 있어요. 애버포스는 사실상 제게 그냥 등을 돌리고 모든 일을 그만둘 기회를 주죠. 해리에게는 이 순간이 '이 일을 계속하지 않는다면 뭘 하지?'라는 질문에 답할 순간이에요." 애버포스가 드러내는 적개심에도 해리는 오랜 멘토와의 신의를 지킨다.

영화제작자들은 형제가 똑같이 보이기를 바라지 않았으나, 아이들이 자신들을 도와준 사람의 정체를 알아차릴 수 있을 만큼은 닮기를 원했다. 특수분장 효과 디자이너인 닉 더드먼은 말한다. "어떤 면에서는 마이클 갬번의 얼굴을 키어런 하인즈에게 옮겨놓은 셈입니다." 더드먼은 메이크업 디자이너 어맨다 나이트와 힘을 합쳐, 비슷한 생김새를 강조할 3개의 보조 장치를 만들었으며, 이마를 더 높게 만들어 붙였고, 눈 밑에는 처진 살을 만들었다. 하인즈에게는 더 크고 곧은 콧등을 만들었다. 하인즈는 말한다. "제 코는 약간 구부러져 있고 가느다랗습니다. 그래서 이 세 가지 특징으로 얼굴 전체가 바뀌었죠." 눈에 띄는 차이점은 형제의 복장에서 드러난다. 자니 트밈은 말한다. "[애버포스는] 알버스와 완전히 다른 옷을 입습니다. 애버포스는 술집을 운영하고 알버스는 교수니까요." 애버포스의 로브는 알버스의 옷에서 매우 자주 보이는 장식품이 전혀 없는, 거칠게 짠 천으로 만들어졌다.

하인즈는 애버포스 역할을 해달라는 요청을 받고 기뻤다. "왜 저를 끼워주었는지는 수수께끼입니다. 그냥 이 이야기에 참여해 달라는 말만 듣고도 짜릿했어요. 간신히 참여할 수 있었으니까요!" 그는 인정한다. "게다가 마이클 갬번의 동생 역할이라니 더욱 짜릿했죠."

영화 속 첫 등장:
〈해리 포터와 불사조 기사단〉
(정체가 밝혀지지 않음)

재등장: 〈해리 포터와 죽음의 성물 2부〉

기숙사: 알 수 없음

직업:
호그스미드 호그스 헤드 술집의
주인이자 바텐더

소속: 덤블도어의 군대

패트로누스: 염소

원 안과 21쪽: 〈해리 포터와 죽음의 성물 2부〉에서 알버스 덤블도어의 동생 애버포스 역할을 맡은 키어런 하인즈.
위: 〈해리 포터와 불사조 기사단〉에서 호그스 헤드 바텐더로 등장하는 애버포스의 의상 디자인. 자니 트밈 디자인, 마우리시오 카네이로 스케치.

먼덩거스 플레처

배우 앤디 린든은 자신의 캐릭터인 먼덩거스 플레처를 불사조 기사단에 "느슨하게" 속한 단원이라고 설명한다. "엄밀히 말하면 억지로 참여한 거죠." 린든은 말한다. "내키지 않지만 함께할 수밖에 없는 겁니다. 사실 먼덩거스는 이런 일을 전혀 하고 싶어 하지 않아요. 언제든지 나가서 수작을 부리고 싶어 하죠. 먼덩거스는 딱히 해리를 좋아하는 사람이라고도 할 수 없습니다. 그러니까 강요를 당해서 이 일을 하고 있는 거예요. 그 사실을 숨기지도 않고요!" 〈해리 포터와 죽음의 성물 1부〉에서 단 한 번 등장했을 때 먼덩거스는 자신을 "희귀하고 놀라운 물건들의 전달자"라고 칭한다. 집요정 도비와 크리처에게 붙잡혀 그리몰드가 12번지로 온 뒤 슬리데린의 로켓 호크룩스 진품을 훔쳤다는 사실이 밝혀지자 론 위즐리는 그에게 진실을 일깨워 준다. "아저씨는 도둑이에요, 덩. 다들 알고 있어요."

먼덩거스는 도둑인 만큼 그가 입는 옷도 원래 그의 것이 아니라는 생각도 해봄 직하다. 그의 옷은 그가 속했을 거라고 추정되는 계급의 남자가 입기에는 너무 멋 부린 것이며, 치수도 잘 맞지 않는다. 다행히 먼덩거스의 코트와 조끼에는 주머니가 아주 많이 달려 있어서 훔친 보물을 감추기 좋다. 린든은 자신의 생김새도 이 캐릭터의 외모를 보완하는 데 한몫했다고 덧붙인다. "전 약간 처량하게 생겼거든요. 그래서 먼덩거스도 약간 단정치 못한 모습으로 하기로 했죠." 먼덩거스는 8일 동안 턱수염을 깎지 않고 다닌다. "목욕은 한 1년 안 한 모습이에요!" 린든이 덧붙인다.

별로 영웅적이지 않은 캐릭터를 연기한다는 것이 린든에게는 이 역할의 매력으로 다가왔다. 그가 설명한다. "비도덕적인 등장인물들을 연기하는 게 더 재미있는 경우가 많거든요. 착하디착한 놈을 연기할 때보다는 약간 사악한 느낌이 들어간 인물을 연기할 때 좀 더 자유로운 부분이 있어요. 엄청나게 재미있죠. 어떤 거래가 있다면, 먼덩거스는 그 거래에 참여하고 싶어 합니다." 그는 말을 잇는다. "[데이비드 예이츠와] 저는 이 점에 대해 이야기를 나눴어요. 덩은 기회주의자입니다. 자기 어머니나 영혼을 내다 팔 정도는 아니지만, 언제나 최적의 기회를 찾고 있어요. 먼덩거스는 족제비 같은 놈입니다." 배우도 인정한다.

먼덩거스의 마법 지팡이

먼덩거스는 마법 지팡이를 사용할 기회가 별로 없다. 그리몰드가의 부엌에서 몸싸움을 벌이던 중 마법 지팡이를 꺼내자마자 헤르미온느가 '엑스펠리아르무스' 주문을 걸기 때문이다. 먼덩거스는 비천한 생활을 하지만, 그가 쓰는 33센티미터짜리 마법 지팡이는 고가품이다. 지팡이 몸체와 손잡이 사이에는 커다란 검은 보석이 박힌 황금 장식이 들어가 있다. 손잡이 끝부분에는 리본처럼 생긴 나선에 휘감긴, 정체를 알 수 없는 뿔 난 생명체의 금장식도 들어가 있다.

영화 속 첫 등장:
〈해리 포터와 죽음의 성물 1부〉
직업: 수상하게 얻은 마법 물건 '상인'
소속: 불사조 기사단
패트로누스: 알 수 없음

원 안과 22쪽: '덩'. 먼덩거스 플레처 역할의 앤디 린든.
위: 자니 트밈이 디자인하고 마우리시오 카네이로가 그린 의상.
아래: 〈해리 포터와 죽음의 성물 1부〉에서, 덜로리스 엄브리지의 사무실에서 발견된 먼덩거스의 마법 정부 등록부와 신분증.

몰리와 아서 위즐리

몰리 위즐리

영화 속 첫 등장: 〈해리 포터와 마법사의 돌〉

재등장:
〈해리 포터와 비밀의 방〉,
〈해리 포터와 아즈카반의 죄수〉,
〈해리 포터와 불사조 기사단〉,
〈해리 포터와 혼혈 왕자〉,
〈해리 포터와 죽음의 성물 1부〉,
〈해리 포터와 죽음의 성물 2부〉

기숙사: 그리핀도르

직업: 어머니

소속: 불사조 기사단

세트 디자이너가 세트를 만들 때 건축물의 형태를 고려하듯이, 의상 디자이너는 캐릭터의 실루엣을 생각한다. 몰리 위즐리의 실루엣은 부드럽고 모성적이다. 배우 줄리 월터스는 그것이 "보기 좋은 곡선"이라고 말하지만, "1편을 찍을 때 대니얼 래드클리프가 그게 제 본래 모습이라고 생각했을 때는 가슴이 무너져 내리더군요"라고 말한다. 처음에 그 실루엣을 만든 재료는 솜도 아니고 충전재도 아니고…… 새 모이였다. "킹스크로스역에서 촬영할 때는 걱정이 됐어요. 비둘기와 올빼미가 많으니까요." 그건 괜한 걱정이 아니었고, 제작진은 곧 전통적인 재료로 돌아갔다. 주디애나 매커브스키는 그런 몰리 위즐리의 실루엣을 몰리의 '솜씨를 보여주는' 옷으로 감쌌다. 위즐리 가족은 다른 마법사 가족만큼 잘살지 못해서 '손수 해결해야 하는' 일이 많았기 때문이다. 하지만 몰리 역시 〈해리 포터와 마법사의 돌〉에 처음 등장했을 때는 킹스크로스역 장면처럼 머글 복장을 했다.

〈해리 포터와 비밀의 방〉의 의상 디자이너 린디 헤밍은 위즐리 가족의 옷을 아주 좋아했다. 헤밍은 프로덕션 디자이너 스튜어트 크레이그와 버로의 모습을 상의하고, 그곳의 시골 같은 분위기에서 힌트를 얻었다. "책을 보면 몰리 위즐리는 뜨개질을 좋아하고, 이따금 난방을 하지 않으며, 다림질을 싫어하는 걸로 나오죠. 그래서 그 집 식구들 옷에는 모두 모직 느낌을 넣었습니다. 우리는 모직 트위드 직물로 온갖 실험을 다 했어요!" 의상 팀은 헌 털실 상점에서 산 털로 스웨터와 목도리를 뜨고 다른 옷의 단을 장식했다. 트위드와 코르덴으로 질감과 무늬를 더했고, 그 위에 싸구려 앞치마를 입었는데, 이 모든 것이 위즐리 가의 붉은 머리와 어울리는 녹색, 오렌지색, 갈색이었다. 몰리 위즐리의 의상을 만드는 데는 처음부터 마무리까지 12주 정도가 걸렸

원 안: 위즐리 가의 아버지 아서 역의 마크 윌리엄스.
위: 〈해리 포터와 비밀의 방〉에서 직접 만든 옷을 입고 있는 몰리 위즐리.
오른쪽: 〈해리 포터와 죽음의 성물 2부〉에서 몰리의 코트. 마우리시오 카네이로 스케치.
25쪽: 줄리 월터스와 마크 윌리엄스 두 배우의 따뜻한 관계가 잘 드러나 보인다. 〈해리 포터와 불사조 기사단〉의 홍보용 사진.

윗줄, 아래 왼쪽과 가운데: 〈해리 포터와 혼혈 왕자〉와 〈해리 포터와 불사조 기사단〉을 위한 몰리 위즐리의 의상 콘셉트와 실제로 만든 의상 참고 사진들.
아래 오른쪽: 〈해리 포터와 혼혈 왕자〉에서 아서 위즐리의 실내복 의상 참고 사진.
27쪽 왼쪽: 마우리시오 카네이로의 스케치.
27쪽 위: 〈해리 포터와 불의 잔〉에서 퀴디치 월드컵을 보러 가는 해리와 위즐리 가족.

아서 위즐리

영화 속 첫 등장: 〈해리 포터와 비밀의 방〉

재등장:

〈해리 포터와 아즈카반의 죄수〉,
〈해리 포터와 불의 잔〉,
〈해리 포터와 불사조 기사단〉,
〈해리 포터와 혼혈 왕자〉,
〈해리 포터와 죽음의 성물 1부〉,
〈해리 포터와 죽음의 성물 2부〉

기숙사: 그리핀도르

직업: 마법 정부 머글 제품 오용 관리과 근무

소속: 불사조 기사단

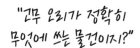

"고무 오리가 정확히
무엇에 쓰는 물건이지?"

아서 위즐리,
〈해리 포터와 비밀의 방〉

고, 줄리 월터스는 몸에 두른 풍보 패딩 위에 그것을 입었다.

월터스는 말한다. "시리즈 전편에 걸쳐서, 몰리 위즐리에게는 어머니의 역할이 첫째고, 마법사 역할이 둘째죠." 예외는 〈해리 포터와 죽음의 성물 2부〉의 마지막 전투 장면뿐이다. 트밈은 이렇게 말한다. "몰리는 대개 어머니의 역할에 충실해요. 하지만 여기서는 전사고, 또 그렇게 보여야 했죠. 저는 다시 미국 서부 영화들을 참고했어요."

아서 위즐리의 옷을 만드는 데는 그리 많은 시간이 걸리지 않았다. 헤밍이 설명한다. "우리는 의상 대여소에서 여러 가지 구식 양복을 빌려다가 어떻게 하면 흥미로운 실루엣을 만들어 낼 수 있을지 시험해 봤어요." 헤밍과 차석 의상 디자이너 마이클 오코너의 결정에 따라, 아서 위즐리는 1950년대 공무원 복장과 비슷한 양복을 입고, 그 시절 사업가들의 모자를 연상시키는 뾰족 모자를 썼다. 아서 위즐리의 가운은 녹색이고, 오코너는 그것이 "그가 일할 때 입는 작업복이나 제복 같은 느낌"이라고 말했다.

〈해리 포터와 아즈카반의 죄수〉에서 의상 팀장이 된 자니 트밈은 물려 입고 고쳐 입는 위즐리 가의 전통을 이어받았다. 트밈이 말한다. "몰리는 모든 것을 재활용해요. 돈이 별로 없기 때문에 그럴 수밖에 없죠. 그녀가 가진 많은 것이 중고품이에요. 하지만 몰리 위즐리는 상상력이 풍부해서 낡은 침대 커버로 코트를 만들고, 커튼으로 드레스도 만들죠." 위즐리 가족이 입을 많은 옷은 현대 상점에서 구입한 뒤 낡게 하고, 수선하고, 다른 단추와 낡은 레이스와 물결 띠 장식을 달고, 그런 다음에는 어쩔 수 없이 털실 뜨개로 마무리했다.

몰리와 아서 위즐리의 마법 지팡이

몰리 위즐리의 마법 지팡이는 단순한 모양이지만, 줄리 월터스는 "지팡이를 들면 전사 같은 느낌이 들었어요"라고 말한다. "처음 지팡이를 사용했을 때는 정말 기뻤죠." 월터스는 폴 해리스(〈해리 포터와 죽음의 성물 2부〉의 마법 지팡이 액션 연출가)와 이야기를 해보고, 지팡이를 휘두르는 것이 다른 무기를 사용하는 것과는 상당히 다르다는 걸 알게 되었다. "실제로 뭔가를 타격하는 게 아니다 보니 팔 동작이 커지곤 하는데, 그러면 팔이 아파오더라고요. 물론 보람은 있었어요. 저는 벨라트릭스와의 전투가 정말 좋았답니다."

아서 위즐리의 마법 지팡이는 소품 모델링 작업자 피에르 보해나의 말대로 "설탕 묻은 꽈배기 모양"이다. 지팡이 손잡이는 정교한 나선형이고 제임스 시대 느낌이 난다. 배우 마크 윌리엄스는 지팡이가 우아하다고 느꼈다. "저는 제 지팡이가 아주 좋았어요. 그걸로 이상한 자세를 만들어야 할 때를 제외하고는요." 윌리엄스는 오른손잡이인데 자꾸 왼손으로 지팡이를 집어 들었다. "그래서 동작이 약간 뒤틀렸죠. 어쨌든, 그건 저만의 스타일이 됐어요!"

새로운 불사조 기사단

해리 포터가 호그와트에 다니던 때에 제2차 마법 전쟁이 시작되고 새로운 불사조 기사단이 탄생한다. 〈해리 포터와 마법사의 돌〉에 나왔듯 볼드모트는 유니콘의 피를 마시고 어둠의 마법 방어법 교수인 퀴리누스 퀴럴의 몸을 숙주로 활용해 목숨을 부지할 수 있었지만 아직 마법의 힘은 없었다. 그러던 중 일부 죽음을 먹는 자들이 아즈카반에서 탈출하면서 마법사 공동체에 반 머글 정서가 부활하는 징후가 서서히 나타난다. 〈해리 포터와 불의 잔〉 초반에 죽음을 먹는 자들은 횃불을 들고 제422회 퀴디치 월드컵에 침입해, 하늘에 떠 있는 어둠의 징표 밑에서 저주를 마구 건다. 이 징표는 바티 크라우치 2세가 건 '모즈모드레' 주문으로 생겨난 것이다.

크라우치는 볼드모트의 지시를 받아, 트라이위저드 대회가 열리고 있던 호그와트에서 은밀한 작전을 수행한다. 폴리주스 마법약을 마시고 그해 어둠의 마법 방어법 교수인 전직 오러이자 불사조 기사단 단원 '매드아이' 앨러스터 무디로 변신한 것이다. 크라우치는 해리가 우승하도록 도우면서 승자에게 주어지는 트라이위저드 우승컵을 포트키로 바꿔치기한다. 이 포트키는 해리와 공동 우승자인 세드릭 디고리를 볼드모트를 위한 의식이 준비된 리틀 행글턴의 묘지로 데려간

다. 일단 이 의식을 치르고 나면 어둠의 왕은 마법 능력을 가진 육신을 되찾게 되는데, 하지만 그러려면 가장 증오하는 적의 피, 즉 해리 포터의 피가 필요하다. 세드릭은, 전직 불사조 기사단 단원으로서 볼드모트를 도와 묘지에서의 의식을 수행하던 피터 페티그루에게 살해당한다. 여기에서 가까스로 살아남은 해리는 호그와트로 돌아가 덤블도어에게 볼드모트가 돌아왔다고 알릴 수 있었다.

덤블도어는 서둘러 불사조 기사단을 다시 모집한다. 그는 새로운 단원들을 모으고 시리우스 블랙 가문의 저택을 본부로 삼는다. 킹슬리 샤클볼트는 마법 정부에서 오러로 일하면서 기사단에 마법 정부의 상황을 전해주고 있었다. 벨라트릭스 레스트레인지의 조카인 님파도라 통스도 오러로 일하면서 기사단에 합류했다. 새로운 불사조 기사단에 마지못해 참여했지만 의리 있는 단원도 두 명 있다. 수상한 평판을 얻고 있는 불사조 기사단의 원년 멤버인 먼덩거스 플레처와 알버스 덤블도어의 동생인 애버포스다. 루비우스 해그리드, 에멀린 밴스, 엘파이어스 도지, 진짜 앨러스터 무디, 리머스 루핀도 다시 참여했다. 루핀은 해리가 3학년일 때 호그와트에서 어둠의 마법 방어법을 가르치기도 했다. 또 다른 교수인 세베루스 스네이프는 비밀리에 기사단을 도

Nº 12 GRIMMAULD PLACE - REVEAL.

ANGLE ON
GRIMMAULD PLACE
AS MOODY
MOVES TOWARD
HOUSE.

C/U ON
MADEYE MOODY
HE PULLS OUT
HIS WAND AND
CAST SPELL.

SHOT CONTINUED.

CAMERA
TRACKS DOWN
TO HARRY AS
HE WALKS UP
TO BE BESIDE
MOODY.

SHOT CONT.

HARRY ...
MOODY'S
SHOULDER.

28쪽: 〈해리 포터와 불사조 기사단〉에서 불사조 기사단 선발대는 해리를 호위하면서 프리빗가에서 데리고 나간다. (왼쪽부터) 킹슬리 샤클볼트(조지 해리스), 해리 포터(대니얼 래드클리프), 앨러스터 무디(브렌던 글리슨), 통스(나탈리아 테나), 에멀린 밴스(브리짓 밀라), 엘파이어스 도지(피터 카트라이트).
29쪽: 그리몰드가 12번지에 도착한 기사단을 보여주는 스토리보드.

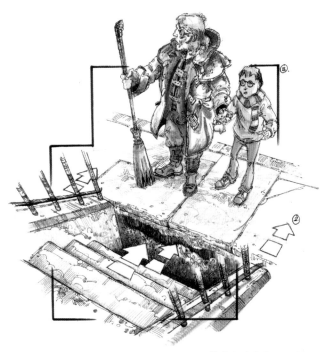

왔다. 기사단의 자녀도 일부 참여했다. 몰리와 아서의 아들인 프레드와 조지는 맏형 빌, 그의 아내이자 전 트라이위저드 대회 대표 선수인 플뢰르 들라쿠르와 함께 기사단에 자원했다. 해리, 헤르미온느 그레인저, 론 위즐리는 미성년자여서 비공식 단원이 되었다.

〈해리 포터와 불사조 기사단〉에서 해리는 사촌과 함께 디멘터들에게 공격당한 뒤 그를 본부로 안전하게 이동시키려는 선발대가 파견되면서, 영화 제목이기도 한 불사조 기사단의 존재를 알게 된다. 이후 불사조 기사단은 덤블도어가 살해당하고 죽음을 먹는 자들이 학교를 차지한 뒤 해리가 호그와트에 들어갈 수 있도록 도와주었다. 〈해리 포터와 죽음의 성물 2부〉에 나오는 호그와트 전투에서 마지막 대결을 펼치던 기사단은 용맹하게 싸우다가 리머스 루핀과 그의 아내가 된 님파도라 통스, 프레드 위즐리를 잃는다.

님파도라 통스

나탈리아 테나는 〈해리 포터와 불사조 기사단〉의 님파도라 통스 역할을 위해 참가했던 첫 번째 오디션을 완전히 망쳤다. "그때까지만 해도 〈해리 포터〉와 관련된 어떤 영화도 보지 않았어요. 책도 읽지 않았죠. 머글이 뭔지도 몰랐고요. 오디션을 하는 방에 들어가다가 의자에 걸렸는데, 왜 그랬는지 엄청 시끄러운 소리가 났어요." 그런데 그날, 소속사에서 전화를 걸어왔다. "오디션은 정말 끔찍했어. 그런데 어쩐 일인지 제작진이 다시 한번 보자고 하던데." 긴 오디션을 거치는 동안, 테나는 책을 읽고 영화를 보았으며 마침내 통스 역을 맡았다. "저는 마녀가 나오는 이야기를 정말 좋아해요. 여섯 살 때까지는 세 명의 마녀가 저를 집 앞에 버리고 갔다고 믿었죠. 어머니에게 열여덟 살 생일에 빗자루를 선물받았으니, 이 역을 맡은 건 어쩌면 당연한 일인지도 모르겠어요." 그리고 데이비드 예이츠 감독은 테나에게 중요한 지침을 하나 주었다. "반짝이는 것을 찾아라."

통스의 복장 역시 오랜 과정을 거쳐 만들어졌다. 첫 번째 스타일은 뾰족한 하이힐 구두, 줄무늬 스타킹, 분홍색 발레 치마였고, 테나는 이를 "특이한 80년대 펑크 파티 스타일"로 묘사했다. 자니 트밈은 통스가 다른 캐릭터들보다 반항적이고 명랑하지만, 그래도 강해 보이고 싶어 한다고 생각해 의상을 부츠와 긴 코트, 모자 달린 스웨터, 손가락 없는 장갑, 찢어진 스타킹으로 바꿨다. 테나는 마침내 자신의 캐릭터가 나왔다고 느꼈다. 테나는 말한다. "부츠는 통스를 강하게 만들어 줘요. 하지만 걸려 넘어지게도 하죠. 통스는 어른처럼 행동하려고 하지만, 계속 실수하고 넘어집니다." 군복 같은 재단의 붉은색 긴 코트는 죽음을 먹는 자들과 불사조 기사단이 마법 정부에서 전투를 벌이던 극적인 장면에 입었다. "통스는 전투 준비를 갖추고 있지만, 그러면서도 늘 멋진 모습이에요." 책에는 통스의 머리카락이 분홍색으로 묘사되어 있지만, 딜로리스 엄브리지의 분홍색과 겹치지 않도록 보라색으로 바꾸었다. 머리카락은 화가 나면 빨갛게 변했다가 전투가 끝났을 때 잠시 희어진다.

통스의 화려한 전투복은 장래의 남편 리머스 루핀의 우중충한 옷과 뚜렷하게 대조된다. 하지만 〈해리 포터와 혼혈 왕자〉에서 어둠의 세력이 커지면서 통스는 점점 더 진지해진다. 머리는 자줏빛 띠는 갈색이 되고 옷도 성숙해진다. 테나는 "어두운 시대에는 어두운 머리색"이 어울린다고 말한다. 〈해리 포터와 혼혈 왕자〉에서 테나는 보라색 가발이 아닌 본래 자신의 머리로 나오고, 복장도 색채는 똑같지만 좀 더 부드러운 재질과 차분한 색조를 사용한다. "통스는 사랑을 하면서 좀 더 여자다워지고, 당연히 더 어른스러워져요. 부츠를 신는 건 여전해요. 그런데 반짝임이 조금 덜하죠." 〈해리 포터와 죽음의 성물 1부〉와 〈해리 포터와 죽음의 성물 2부〉 때 자니 트밈은 통스가 위즐리 가의 결혼식에 입고 갈 하늘거리는 실크 임부복을 만들었다.

통스의 마법 지팡이

님파도라 통스의 지팡이는 가늘고, 두 가지 나무로 만든 몸통에는 줄무늬가 있다. 손잡이는 천남성 꽃을 닮았고 손에 잘 잡히는 깊은 곡선 형태지만, 배우 나탈리아 테나는 마지막 편인 〈해리 포터와 죽음의 성물 2부〉에서야 그 사실을 깨달았다. "저는 제가 지팡이를 제대로 쥐고 있다고 생각했어요. 〈불사조 기사단〉 때는 지팡이를 휘두르는 연습도 많이 했고요. 하지만 〈죽음의 성물 1부〉의 결혼식 장면을 찍을 때에야 비로소 지팡이 손잡이의 움푹 팬 곳을 활용할 수 있다는 걸 알게 됐죠!"

영화 속 첫 등장:
〈해리 포터와 불사조 기사단〉

재등장:
〈해리 포터와 혼혈 왕자〉,
〈해리 포터와 죽음의 성물 1부〉,
〈해리 포터와 죽음의 성물 2부〉

기숙사: 후플푸프

직업: 오러

소속: 불사조 기사단

특별 능력: 메타모르프마구스

30쪽 원 안: 님파도라 통스 역의 나탈리아 테나. 30쪽 오른쪽 아래: 〈해리 포터와 불사조 기사단〉의 마지막 복장을 입은 테나. 영화에 잠깐 나온 흰머리 가발을 착용하고 있다. **왼쪽 위와 아래:** 〈불사조 기사단〉에서 선보인 통스의 화려한 복장들. 자니 트밈 의상 콘셉트, 마우리시오 카네이로 스케치. **오른쪽:** 통스는 메타모르프마구스라서 자기 모습을 마음대로 변화시킬 수 있다. 〈혼혈 왕자〉를 위한 롭 블리스의 콘셉트 아트.

"님파도라라고
부르지 말라니까!"
통스,
〈해리 포터와 불사조 기사단〉

킹슬리 샤클볼트

불사조 기사단원 중 한 명인 킹슬리 샤클볼트는 알버스 덤블도어의 눈에 띄는 복장에 대해 언급하지만, 그 역시 화려함에서는 누구에게도 뒤지지 않는다. 그리고 그런 캐릭터를 만드는 데 배우 조지 해리스가 도움이 되었다. 해리스는 이렇게 회고한다. "가봉하러 갈 때 나이지리아의 예복 가운인 아그바다를 입고 갔어요. 안에는 인도 잠옷처럼 생긴 코타 바지를 입고 있었죠." 자니 트밈은 그 복장이 마음에 들었고, 마법 정부 사람들이 모두 정장을 입을 필요는 없다고 판단했다. 책에는 샤클볼트의 출신에 대해 특별한 말이 없지만, 트밈과 해리스는 그를 아프리카 혈통으로 만들기로 했다. 그가 입은 무거운 아그바다 망토는 아프리카식 구슬, 아플리케, 자수로 장식되고 가장자리에 띠를 둘렀다. 해리스는 말한다. "저는 구슬과 팔찌를 좋아합니다. 책에는 한쪽 귀고리를 했다는 묘사가 나오지만, 저는 구슬도 원했어요. 구슬을 착용하면 마음이 편안해지거든요."

샤클볼트의 모자 역시 나이지리아 스타일이다. 추운 지역에서 촬영했기 때문에 대머리인 해리스는 모자를 쓰는 것이 좋다고 생각했다. "모자가 샤클볼트의 힘을 지켜주는 느낌도 있었어요. 샤클볼트에게는 조용한 힘이 있고, 그 힘을 간직하고 싶어 하죠." 문자 그대로다. 모자는 보는 각도에 따라 다른 빛을 반사하는 특수 실크로 만들었고, 경우에 따라 청색, 보라색, 검은색이 섞여 보인다.

영화 속 첫 등장:
⟨해리 포터와 불사조 기사단⟩

재등장:
⟨해리 포터와 죽음의 성물 1부⟩,
⟨해리 포터와 죽음의 성물 2부⟩

직업: 오러, 머글 총리 경호원,
마법 정부 임시 총리

소속: 불사조 기사단

패트로누스: 스라소니

샤클볼트의 마법 지팡이

킹슬리 샤클볼트의 지팡이는 몇 가지 나무를 합해서 자연 친화적인 구조로 만들었다. 배우 조지 해리스는 "캐릭터의 의상이 화려하기에 화려한 지팡이 동작이 필요 없다고 느꼈어요"라고 말한다. "기사단에게는 간결함이 매우 중요합니다. 그는 매우 빠르고 매우 효과적인 특성을 보이죠."

"총리님은 덤블도어가 싫으실지 몰라도,
그의 멋진 옷차림까지
부인할 수는 없습니다."
킹슬리 샤클볼트,
⟨해리 포터와 혼혈 왕자⟩

32쪽 원 안: 킹슬리 샤클볼트 역의 조지 해리스. 32쪽 가운데: 자니 트밈이 〈해리 포터와 혼혈 왕자〉를 위해 디자인한 샤클볼트의 화려한 망토. 마우리시오 카네이로 스케치. 32쪽 오른쪽: 자수 장식을 한 천 견본. 위: 롭 블리스의 샤클볼트의 초기 콘셉트 그림. 아래: 샤 클볼트가 덤블도어의 방에서 오러 존 돌리시(리처드 리프), 덜로리스 엄브리지, 마법 정부 총리 코닐리어스 퍼지(로버트 하디)와 함께 있는 모습. 오른쪽: 덤블도어와 마찬가지로 샤 클볼트의 옷차림 역시 매우 멋지다.

기사단, 활동을 시작하다

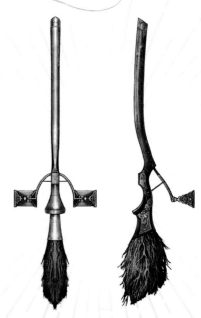

〈해리 포터와 죽음의 성물 1부〉에서 해리는 볼드모트와 그를 따르는 죽음을 먹는 자들에 대항해 싸우기 위해 프리빗가에 있는 머글 가족의 집을 떠나면서 다시 한번 기사단의 도움을 받는다. 해리는 아직 미성년자이기에 추적 마법이 걸려 있다. 추적 마법이란, 마법 정부에서 미성년 마법사들이 호그와트 밖에서 마법을 사용하는지 추적하기 위해 거는 주문이다. 그러므로, 언제 공격해 올지 모르는 볼드모트의 죽음을 먹는 자들을 혼란시키는 것은 물론 정부의 감시를 피할 방법을 생각해 내야 한다. 이런 속임수를 위해 앨러스터 무디가 계획을 세운다. 해리를 한 명이 아니라 일곱 명 만들어, 빗자루와 세스트럴, 해그리드의 오토바이 사이드카를 타고 둘씩 짝지어 비행하게 하는 것이다. 브렌던 글리슨('매드아이' 앨러스터 무디)은 말한다. "이 게임의 이름은 혼란입니다. 매드아이는 정신은 약간 이상할지 몰라도, 함께할 만한 사람입니다. 감정은 무디지만, 그의 거친 외모 이면에 진심만은 언제나 올바른 곳에 있었다는 점에서 어떤 날카로움이 느껴집니다."

무디는 지원자들을 모으고 폴리주스 마법약이 담긴 플라스크를 돌린다. 몇 초 안에 프레드, 조지, 론 위즐리와 헤르미온느 그레인저, 플뢰르 들라쿠르, 먼덩거스 플레처는 해리 포터로 변

한다. 이때 쓰인 CG 효과는 영화에서 쓰인 것 중 가장 복잡한 작업에 들어간다. 실제 연기와 CG 애니메이션을 여러 층 합성해, 결과적으로 여러 명의 해리를 만들어 냈기 때문이다. 먼저, 자외선 분장술을 활용한 표정 모션캡처 기술로 해리로 위장한 사람들이 폴리주스 마법약의 고약한 맛에 반응하는 장면을 촬영했다. 그런 다음 대니얼 래드클리프가 각 캐릭터가 입은 의상을 입고서 다른 배우들의 연기를 흉내 냈다. 대니얼은 말한다. "폴리주스 마법약은 그들의 외모를 해리로 바꿔놓습니다. 하지만 그 사람의 진짜 정체를 바꾸는 건 아니에요. 그래서 저도 다른 캐릭터들을 조금씩 흉내 내야 했습니다." 시각효과 감독 팀 버크는 말한다. "대니얼은 믿을 수 없을 만큼 세세한 부분까지 연기해 냈습니다. 다른 배우들을 아주 잘 알고 있다는 걸 증명한 셈이죠."

34쪽 위: 애덤 브록뱅크가 디자인한 다인승 빗자루 디자인. **34쪽 아래:** 새로운 불사조 기사단 단원들이 런던 하늘을 날아가고 있다. 애덤 브록뱅크 그림. 앨러스터 무디의 빗자루는 오토바이를 닮았다. **맨 위:** 진짜 해리 포터는 해그리드와 함께 타고, 킹슬리 샤클볼트와 폴리주스 마법약을 마신 헤르미온느는 세스트럴을 탄다. 〈해리 포터와 죽음의 성물 1부〉의 한 장면을 그린 앤드루 윌리엄슨 작품. **중간:** 윌리엄슨은 프리빗가를 떠나 버로로 가는 기사단과 여섯 명의 변장한 해리를 그렸다. **오른쪽:** 해리 포터가 드레이코 말포이를 구출하는 장면(애덤 브록뱅크)과 론 위즐리가 이름 모를 학생을 구하는 장면(앤드루 윌리엄슨)의 콘셉트 아트. 둘 다 〈해리 포터와 죽음의 성물 2부〉를 위해 그린 것이다.

데이비드 예이츠 감독은 대니얼 래드클리프가 관찰할 수 있도록 배우 모두에게 이 장면을 연기하라고 지시했다. 이 때문에 몇 가지 흥미로운 과장이 일어났다. 예이츠는 말한다. "예컨대 우리는 먼덩거스 역할의 앤디 린든이 스키를 신은 것처럼 걷는다는 걸 알게 됐습니다. 그래서 저는 댄에게 그 모습을 약간 과장하라고 했죠. 보통 저는 배우들이 현실적인 모습에 가깝게 연기하는 것을 좋아합니다. 자연스럽게 연기하면 카메라가 연기를 잘 담아내거든요. 하지만 이번에는 과장을 밀어붙이는 게 더 재미있겠다는 생각이 들었어요. 그래서 현실은 뒷자리로 물러났습니다. 댄이 이 점을 정말 즐거워했던 것 같아요."

모든 캐릭터는 통과될 때까지 적어도 열 차례는 다시 촬영해야 했다. 그러니 각 장면마다 최소 70번의 촬영이 필요했던 셈이다. 대니얼은 말한다. "한 장면을 여러 번 재촬영한 걸로는 제가 신기록을 세웠을 거예요. 그 모든 장면을 한 장면으로 치거든요. 제가 그 캐릭터 중 한 명으로 나오는 장면을 찍은 다음, 카메라는 정확히 같은 장소에 서 있고 제가 다른 캐릭터로 나오는 장면을 찍는 거예요. 마지막으로 그 장면들을 서로 겹치는 거죠. 그 장면에 나오는 사람이 플뢰르든 먼덩거스든 저는 그 모든 장면을 통과했어요. 그 장면만 아마 95번은 찍었을 걸요!" 대니얼은 플뢰르 들라쿠르의 의상을 입었을 때 본인이 아주 근사해 보여서 즐거웠다. 그는 웃으며 말한다. "글램록 비슷한 느낌이 나

던데요. 적어도 제 머릿속에서는 그랬어요. 세트장에 있던 모두가 제 비위를 맞춰주느라 그렇게 말했고요."

촬영기사 에두아르도 세라는 대니얼이 해리의 대역들을 한 명 한 명 연기한 여러 개의 장면을 담기 위해 모션콘트롤 장비를 활용했다. 세트장에서 꽤 정확한 위치들이 가려지도록 촬영한 것이다. 그런 다음 통과된 장면들을 컴퓨터로 합성했다. 이런 실제 연기를 담은 합성 장면 중 첫 번째 장면에서는 불사조 기사단 단원들이 해리로 변하는 모습이 나온다. 다만 캐릭터가 구분되지는 않고 팔다리가 뒤엉킬 뿐이다. 디지털 대역들이 이 실제 연기 동영상에 맞춰 애니메이션화하고, 이어서 시각효과 팀이 각 캐릭터가 해리로 변하는 장면을 다듬었다. 팀 버크는 설명한다. "실제로 변신하고 있긴 해도, 이 캐릭터들은 전부 CG로 만든 겁니다." 디지털 대역들은 배우들의 신체 모형을 떠내서 만들었다. 이 모형은 턱수염 깎은 자리나 눈썹처럼 세부적인 사항까지도 포착한다. 이 정도의 주의를 기울이는 건 무척 중요한 일이었다. 변신 과정에서 캐릭터들이 눈을 깜빡이는 시간도 통일해야 했다. 타이밍이 조금이라도 어긋나면 디지털 작업을 한 티가 날 것이기 때문이었다. 완성된 장면에서는 일곱 명의 해리 포터가 동시에 더즐리 집 거실에 서 있다.

36쪽: 〈해리 포터와 불사조 기사단〉에서 해리 포터(대니얼 래드클리프)가 그리몰드가 12번지의 주방에서 불사조 기사단에 대해 듣고 있다.

위 왼쪽: 〈해리 포터와 죽음의 성물 1부〉에서 앨러스터 무디(브렌던 글리슨)가 폴리주스 마법약을 활용해 해리를 버로로 이동시키는 계획을 설명하고 있다.

위 오른쪽: 폴리주스 마법약을 마시자 해리가 일곱 명이 됐다.

아래: 변신 전 무디가 프레드, 조지 위즐리 형제(제임스, 올리버 펠프스)부터 시작해 마법약이 담긴 약병을 돌리고 있다.

어둠의 세력

볼드모트 경

영화 속 첫 등장:
〈해리 포터와 마법사의 돌〉

재등장:
〈해리 포터와 비밀의 방〉,
〈해리 포터와 불의 잔〉,
〈해리 포터와 불사조 기사단〉,
〈해리 포터와 혼혈 왕자〉,
〈해리 포터와 죽음의 성물 1부〉,
〈해리 포터와 죽음의 성물 2부〉

기숙사: 슬리데린

직업: 어둠의 왕

특별 능력: 파셀마우스

볼드모트 경은 〈해리 포터〉 영화 처음 몇 편에서는 아주 짧게 지나가거나 회상 장면에서 잠깐씩 보이는 게 전부다. 그는 〈해리 포터와 마법사의 돌〉에서는 신체가 없는 상태로 어둠의 마법 방어법 교수 퀴럴의 몸에 붙어 산다. 이 어둠의 마법사는 배우 이언 하트의 얼굴과 목소리를 디지털로 수정해서 만들었다. 볼트모트의 신체 모습은 〈해리 포터와 불의 잔〉에 처음 나타난다. 이 영화에서 피터 페티그루가 수행하는 의식을 통해 '다시 태어나'기 때문이다. 이때 완전한 볼드모트의 모습을 어떻게 표현할 것인지를 두고 많은 토론이 이루어졌다. 그 배역에 캐스팅된 랠프 파인스는 캐릭터의 콘셉트 아트를 처음 보았을 때를 이렇게 회상했다. "사람들이 제 사진을 찍더니 무시무시한 파충류 인간으로 변형시키더군요. 그걸 보면서 생각했죠. '아주 멋지겠는걸!'"

초기 디자인에서 볼드모트는 〈해리 포터와 마법사의 돌〉의 회상 장면에 나오는 것과 비슷한 망토를 입었다. "처음에는 크고 두껍고 검고 무거운 옷을 입어봤는데 잘 맞지 않더라고요." 파인스가 말한다. 그런 뒤 자니 트밈은 어둠의 왕의 부활에서 힌트를 얻었다고 말한다. "그 사람은 다시 태어납니다. 이제 막 본래의 몸으로 돌아오죠. 그래서 그에게는 옷이 피막 같은 두 번째 피부가 되어야 한다고 생각했어요. 굉장히 촉각적이면서도 단순하고 가벼운 것이 필요했죠." 트밈은 옷이 배우에게 거추장스러워서도 안 된다고 생각했다. "그의 두 팔은 걸을 때 아주 풍부한 표현이 나왔어요. 그것을 드러내야 했죠." 제작자 데이비드 헤이먼도 같은 생각이었다. "그가 옷에 짓눌려서는 안 됐어요. 옷에 장식이 많아도 안 됐죠. 죽음을 먹는 자들은 보석이나 장신구를 좋아하지만 볼드모트는 그러지 않습니다. 그는 그 모든 것을 포기했어요." 하지만 볼드모

38쪽: 〈해리 포터와 불사조 기사단〉에서 미술가 롭 블리스가 상상한 죽음을 먹는 자의 모습. **원 안:** 볼드모트 역의 랠프 파인스. **아래 왼쪽:** 〈해리 포터와 불사조 기사단〉에서 자니 트밈이 디자인한 볼드모트의 망토. 마우리시오 카네이로 스케치. **아래 오른쪽:** 〈해리 포터와 불사조 기사단〉에서 논란이 된 장면으로. 해리는 볼드모트가 머글의 옷을 입고 킹스크로스역에 간 모습을 본다. **39쪽:** 〈해리 포터와 죽음의 성물 1부〉에서 볼드모트가 말포이 저택에서 죽음을 먹는 자들과 세베루스 스네이프와 함께 있다.

트가 신체를 갖추어 갈수록 옷도 여러 겹이 된다. 트림이 말한다. "그는 점점 더 존재하게 돼요. 우리는 그가 새로 힘을 얻을 때마다 실크를 한 겹 더 넣었죠." 볼드모트가 〈해리 포터와 불사조 기사단〉의 마법 정부 전투 장면에서 덤블도어와 싸울 때, 파인스가 입은 가운에는 실크가 50미터도 넘게 들어갔다.

가장 중요한 것은 볼드모트의 파충류 같은 생김새였다. 닉 더드먼은 말한다. "볼드모트를 디자인할 때 우리는 그를 대머리로 만들었으면 했어요. 다행히 랠프 파인스가 삭발에 동의해 주었습니다. 대머리 가발은 효과도 떨어지는 데다 분장에 두 시간도 더 걸리기 때문이었죠." 더드먼과 콘셉트 아티스트들은 볼트모트의 피부를 핏줄이 비쳐 보일 만큼 투명하게 만들기로 했다. "우리는 에어브러시로 핏줄을 그리기로 하고, 대머리인 스태프 한 명에게 그 기술을 시험해 보았습니다. 하지만 그렇게 하면 배우가 최대 여섯 시간 동안 에어브러시 분장을 받아야 하더군요." 더드먼은 보형물 분장사 마크 쿨리어가 멋진 아이디어로 모두를 구원해 주었다고 말한다. "마크는 에어브러시 도안을 부분별로 종이에 옮겨 그렸어요. 그러고는 이걸 전사 가능한 문신으로 만들면 똑같은 효과가 난다고 말해주더군요. 부분 도안들을 배우의 머리에 옮겨서 연결하는 거였죠. 우리는 도안에 작은 점들을 찍어서 랠프의 머리, 목, 어깨의 연결 지점들을 표시하는 방법으로 도안 모양이 달라지는 일을 막을 수 있었어요. 정말 영리한 방법이었죠." 문신은 가벼운 광택이 있는 투명한 재료 위에 옮겼고, 그것을 "끈끈하고 축축하고 병들어 보이는" 볼드모트의 피부에 붙였다.

제작진은 볼드모트의 피부만으로도 만족했지만, 제작자 데이비드 헤이먼은 볼드모트의 코를 뱀같이 만들어야 한다는 확고한 의견을 가지고 있었다. 그들은 이미 볼드모트의 눈을 콘택트렌즈로 빨갛게 만들지 않겠다고 물러선 상태였다. 헤이먼은 말한다. "우리는 랠프의 눈을 들여다보고 느낄 수 있도록 만들고 싶었습니다. 눈이 빨간색이면 볼드모트의 눈 속 깊은 곳을 들여다봤을 때, 그 안에 담긴 차가움보다는 그 색깔에 신경이 쓰일 테죠." 닉 더드먼은 실물 주형을 뜨고 거기서 코를 잘라내 얼굴을 납작하게 만든 다음, 그것을 사이버스캔해서 디지털로 파인스의 얼굴에 붙여보았다. 그 효과는 만족스러웠지만, 문제는 이것을 실제로 적용할 수 있느냐였다. 더드먼이 말한다. "보형물로 할 수는 없었습니다. 그러면 주둥이처럼 튀어나와 보이고 배우의 얼굴을 가릴 테니까요." 가장 효과적인 방법은 디지털로 한 프레임씩 만드는 것이었다. "결과적으로 파인스는 마스크를 쓰고 연기할 필요가 없어졌어요. 그건 다행이었죠." 파인스는 이 결정에 감사했다. "이 캐릭터는 배우를 가리고 싶은 유혹이 커지는 역할이죠. 보형물을 착용하면 표정이 가려져요. 저는 눈썹을 가리는 보형물은 장착했지만, 입과 목에는 아무것도 끼우지 않아서 얼굴 근육이 장치들의 제약을 받지 않았어요. 저는 겉모습보다는 에너지와 연기로 표현하는 편이 더 좋거든요. 어쨌건 결과적으로 모든 사람이 만족하게 된 것 같아요." 움직임에 제한이 없다는 건 그에게 큰 혜택이었다. 볼드모트가 새로운 신체에 처음 들어간 상태라서 더욱 그랬다. "우리는 그가 자기 머리와 얼굴을 만지고 느끼고, 근육을 움직이며 걸어보고 새로 얻은 신체를 시험하는 모습들을 봅니다." 볼드모트의 겉모습은 머리에서 발끝까지 완성되었다. 파인스는 말한다. "그가 신발을 신는 건 어울리지 않는다고 느꼈어요. 그는 솥에서 막 나왔으니까요. 그래서 제작진이 갈고리발톱이 달린 발을 만들어 주었죠." 더드먼은 의치를 만들어 파인스의 잇몸이 아래로 내려오게 하고, "치아 상태도 안 좋게" 만들었다. 더드먼이 말한다. "그렇게 해서 책에 나오는 캐릭터가 완성되었습니다. 하지만 그 사람은 여전히 랠프였죠. 그러니까 랠프 같은 배우를 쓰면서 그의 존재를 가릴 수는 없어요. 그래서 이 배우를 쓰는 거죠!"

〈해리 포터와 죽음의 성물 2부〉에 가면 호크룩스들이 하나둘 파괴되면서 볼드모트의 모습이 조금씩 변해간다. 더드먼이 말한다. "볼드모트의 영혼은 우리가 보는 앞에서 계속 줄어듭니다. 눈이 움푹해지고, 피부가 갈라지고 여기저기 작은 병변이 생겨요. 문자 그대로 해체되는 거죠."

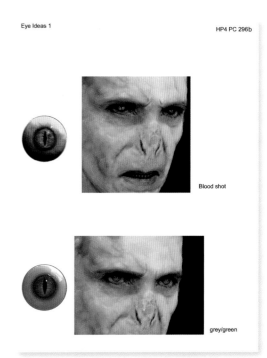

Blood shot

grey/green

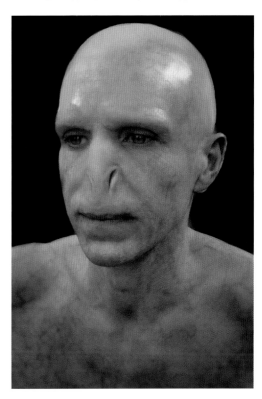

42쪽: 폴 캐틀링 비주얼 개발 작업. '일어서는 볼드모트'라는 제목이 달렸다. **위와 아래:** 〈해리 포터와 불의 잔〉에 나오는 볼드모트의 눈과 코. 폴 캐틀링 디지털 아이디어.

볼드모트의 마법 지팡이

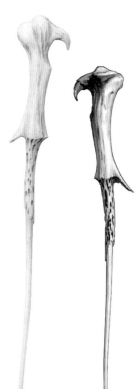

콘셉트 디자이너 애덤 브룩뱅크가 말한다. "저는 볼드모트라면 지팡이를 인간의 뼈로 만들었을 거라고 생각했어요. 그래서 단단하고 가느다란 몸체에 끝을 뾰족하게 디자인했죠. 볼드모트의 지팡이는 몸체 끝부분에 골강들이 보이고, 관절 부위가 이어져 있으며, 갈고리발톱 같은 모양으로 마무리됩니다. 한마디로 뼈로 된 사악한 손가락이에요." 배우 랠프 파인스는 지팡이를 아주 독특하게 잡았다. 피에르 보해나는 이렇게 말한다. "그는 다른 사람들과는 전혀 다르게 항상 손가락 끝으로 지팡이를 잡았어요. 그에게 지팡이는 아주 예민한 도구라서 항상 앞에, 그리고 머리 위에 있었지만, 언제나 손가락 끝으로 잡았죠."

위: 〈해리 포터와 불의 잔〉에서 죽음을 먹는 자들 틈에 있는 볼드모트. 폴 캐틀링 작업.
45쪽: 〈해리 포터와 마법사의 돌〉을 위한 볼드모트 경의 초기 비주얼 개발 작업.
오른쪽: 〈해리 포터와 불의 잔〉에서 완전한 신체를 얻은 볼드모트가 처음으로 해리 포터와 얼굴을 마주하는 장면. 특수효과로 파인스의 코를 없애고 피부를 변형시키기 전이다.
왼쪽: 볼드모트의 마법 지팡이. 애덤 브룩뱅크 콘셉트 아트.

"해리 포터, 살아남은 아이……
죽으러 오너라."
볼드모트,
〈해리 포터와 죽음의 성물 2부〉

톰 마볼로 리들

볼드모트의 어린 시절 모습인 톰 마볼로 리들은 서너 편에 걸쳐 나온다. 〈해리 포터와 비밀의 방〉에서는 크리스천 콜슨이 호그와트 교복 정장과 호그와트 망토를 입고 50년 전 톰의 10대 시절을 연기했다. 톰의 가장 어린 시절은 〈해리 포터와 혼혈 왕자〉에서 그가 덤블도어와 처음 만나는 장면에서 나온다. 리들은 고아원에 살았기 때문에, 자니 트밈은 배우 히어로 파인스티핀(랠프 파인스의 조카)에게 회색 반바지, 회색 양말, 회색 셔츠, 회색 재킷으로 대표되는 19세기 아동 보호 시설의 복장을 입혔다. 같은 영화에서 호러스 슬러그혼의 제자였던 10대 시절 톰의 역할은 프랭크 딜레인이 맡았다. 딜레인은 세 명의 배우 가운데 분장을 가장 많이 해야 했다. 파인스와 눈의 색을 맞추기 위해 콘택트렌즈를 끼고, 화장으로 피부색을 하얗게 만들었으며, 흑갈색 가발을 썼다.

46쪽: 〈해리 포터와 불의 잔〉에서 검은 코트를 입은 볼드모트. 폴 캐틀링 그림.
왼쪽: 〈해리 포터와 혼혈 왕자〉에서 호그와트에 들어오기 전 톰 리들의 어린 시절을 연기한 11세의 히어로 파인스티핀(위)과 호그와트 시절을 연기한 16세의 프랭크 딜레인(아래).
아래: 〈해리 포터와 혼혈 왕자〉를 위한 마우리시오 카네이로의 의상 스케치.

shorts

shirt back

shirt front

coat back

피터 페티그루

피터 페티그루의 인간 형태 역을 맡은 배우 티머시 스폴은 이렇게 말한다. "피터 페티그루는 영악하고 비겁하고 나약하고 음험하고 뻔뻔한 거짓말쟁이로, 위험을 모면하기 위해서라면 무슨 일이든 하는 캐릭터죠. 하지만 친절하고 약간 잘생기기도 했어요." 페티그루의 동물 형태는 도둑들에게는 '웜테일'로, 위즐리 가족에게는 '스캐버스'로 알려진 쥐다. 〈해리 포터와 아즈카반의 죄수〉의 감독 알폰소 쿠아론은 말한다. "이 사람은 13년 동안 쥐로 살았어요. 그래서 행동에도 겉모습에도 쥐와 같은 면이 남아 있죠. 그리고 스폴은 바로 그렇게 연기했습니다." 쿠아론은 말을 잇는다. "그는 귀가 뾰족하고 안에는 털이 숭숭 나 있었어요. 그걸 보고 제가 말했죠. 코털도 삐져나오게 하고, 앞니도 크게 만들고, 손마디에도 털을 붙이자고요." 쿠아론 감독은 이런 것들이 역겹지만 재미있다고 생각했다. 당연히, 스폴은 길쭉한 가짜 앞니를 받았다. 어맨다 나이트는 말한다. "티머시는 캐릭터를 표현할 때 종종 손을 쓰더라고요. 그래서 작은 갈고리발톱 같은 고약한 손톱을 붙여줬지요." 에트네 페넬을 비롯한 헤어 및 분장 팀은 스캐버스를 연기한 여러 쥐(진짜 쥐건 로봇 인형 쥐건)도 페티그루와 비슷하게 만들었다. 에트네 페넬은 이렇게 설명한다. "웜테일 가발의 질감과 색깔이 스캐버스 쥐들과 들어맞게 하려고 노력했어요. 군데군데 탈모된 부위도 만들고, 비늘 같은 피부도 만들었죠."

자니 트밈은 말한다. "그는 쥐로 태어난 게 아니라 쥐가 되어야 했어요. 그래서 그가 입는 옷들이 그에게 쥐가 된 느낌을 주어야 했죠." 트밈은 도둑들의 70년대풍 복장을 페티그루에게도 응용해서 친숙한 스타일을 만들었다. 페티그루의 정장은 깃이 높아서 그의 짧은 목 대부분을 가렸고, 앞코가 뾰족하고 굽이 높은 구두는 깨금발로 걷는 느낌과 다리 아래쪽이 짧아 보이는 느낌을 주었다. 줄무늬 재킷과 바지는 솜털이 돋고 인조 모피 같은 은색 광택이 나는 모직 천으로 만들었는데, 트밈은 여기에 신중하게 손상을 입히고 구멍을 내서 낡고 닳은 느낌을 주었다. 그리고 뒤쪽에 천 조각을 늘어뜨려서 꼬리처럼 만들었다. 티머시 스폴은 〈아즈카반의 죄수〉에 처음 등장할 때 '잘린 손가락' 부분을 그린스크린 재질로 감쌌다. 〈해리 포터와 불의 잔〉과 〈해리 포터와 혼혈 왕자〉에서 그가 오른손을 자른 뒤에 장착한 은색 의수는 디지털 기술과 실사 특수 효과를 결합해서 만들었다.

영화 속 첫 등장:
〈해리 포터와 아즈카반의 죄수〉

재등장:
〈해리 포터와 불의 잔〉,
〈해리 포터와 불사조 기사단〉,
〈해리 포터와 혼혈 왕자〉,
〈해리 포터와 죽음의 성물 1부〉

기숙사: 그리핀도르

직업: 쥐

소속: 불사조 기사단, 죽음을 먹는 자들

특별 능력: 애니마구스(쥐 '웜테일')

"론! 난 너에게 좋은 친구고
좋은 반려동물이었잖아?
설마 나를 디멘터에게 넘겨주지는 않겠지?
난 네 반려 쥐였어……."

피터 페티그루,
〈해리 포터와 아즈카반의 죄수〉

페티그루의 마법 지팡이

소품 모델링 작업자 피에르 보해나는 피터 페티그루의 마법 지팡
이를 "몸을 돌돌 만 뱀"이라고 설명한다. "손잡이에 있는 뱀머리
가 지팡이 끝 쪽 꼬리를 향하고 있죠." 본래의 지팡이는 흑단나무
를 깎아서 만들었다. 애덤 브록뱅크가 말한다. "지팡이는 캐릭터의
연장이에요. 처음 지팡이를 집어 든 순간, 배우들은 아주 흥미로웠
을 겁니다."

48쪽 원 안: 피터 페티그루 역의 티머시 스폴.
48쪽 오른쪽: 〈해리 포터와 혼혈 왕자〉의 페티그루. 잘린(블루스크린으로 감싼) 손가락을
특수효과로 지우기 전이다.
위 왼쪽과 48쪽 왼쪽: 〈해리 포터와 아즈카반의 죄수〉에서 스캐버스로 변신하는 여러 단
계의 페티그루. 롭 블리스 작품.
가운데: 〈해리 포터와 아즈카반의 죄수〉에서 정장을 입은 웜테일. 로랑 귄치 스케치.
오른쪽: 스폴이 〈해리 포터와 혼혈 왕자〉의 홍보용 사진에서 쥐 같은 자세를 취하고 있다.

벨라트릭스 레스트레인지

배우 헬레나 보넘 카터는 벨라트릭스 레스트레인지가 섹시해 보여야 한다고 생각했다. "저는 마녀 역을 여러 번 했고, 마귀할멈도 해보았지만, 이 마법사는 섹시해야 한다고 생각했어요." 보넘 카터는 벨라트릭스가 아즈카반 감옥에서 14년을 살았지만, "한때 엄청난 매력을 과시한 여자로, 지금은 그 매력이 약간 시든" 상태라고 보았다. 벨라트릭스는 처음으로 〈해리 포터와 불사조 기사단〉에 잠깐 나올 때는 자루 같은 아즈카반 죄수복 차림이었지만, 다음에 등장할 때는 곡선미를 드러내는 멋진 옷을 입었다. 벨라트릭스가 감옥에 가기 전에 입었던 드레스는 "한때 아름다웠겠지만 이제는 낡고 손상돼 있었죠. 물론 그건 오래된 옷이에요. 하지만 멋진 누더기여야 했어요"라고 자니 트밈은 말한다. 그래서 벨라트릭스의 옷은 치맛단에는 실이 늘어지고, 레이스는 뒤틀리고, 사이즈는 몸에 맞지 않는다. 은색 나선무늬가 자수된 드레스 허리는 대충 꿰맨 얇은 가죽 코르셋으로 조인다. 드레스는 너무 섬세해서 세탁할 수 없었기 때문에 헬레나 보넘 카터의 드레스는 그녀가 입는 것만도 여섯 벌을 만들어야 했다.

벨라트릭스의 헤어와 분장은 진실을 뒤트는 죽음을 먹는 자의 본질을 잘 보여준다. 분장사 어맨다 나이트는 보넘 카터와 함께 벨라트릭스의 겉모습에 대해 의논했다. "헬레나는 썩은 이와 길고 울퉁불퉁한 손발톱을 원했어요. 그녀는 눈 밑을 검게 칠하고 뺨을 꺼지게 만들어서 자신을 아주 사악하고 고약한 모습으로 만들었죠. 하지만 그런 다음에는, 이것과 대조되게 아이섀도와 어두운 립스틱과 마스카라와 아이라이너를 두껍게 발랐어요." 벨라트릭스의 머리카락은 레게머리와 곱슬머리가 뒤섞여서 보넘 카터의 말대로 "눈에 확 띈다". 벨라트릭스는 수척하고 사나운 분위기에 어울리는 은 장신구도 몇 점 착용했다. 새 두개골 모양의 반지를 끼고, 엄지손가락에는 새의 갈고리발톱 같은 장식을 꼈으며, 역시 새의 두개골 모양의 목걸이를 걸었다.

벨라트릭스는 〈해리 포터와 혼혈 왕자〉에서 동생 나르시사와 함께 폭풍을 뚫고 세베루스 스네이프의

원 안: 벨라트릭스 레스트레인지 역의 헬레나 보넘 카터.
51쪽과 오른쪽: 〈해리 포터와 불사조 기사단〉에 나온 벨라트릭스의 아즈카반 죄수 시절 사진과 공개 수배 포스터. 그래픽아트 팀 작업.
왼쪽과 가운데: 벨라트릭스가 〈해리 포터와 불사조 기사단〉에서 죄수복을 입은 모습과 〈해리 포터와 혼혈 왕자〉에서 모자 달린 코트를 입은 모습. 마우리시오 카네이로 의상 스케치.

영화 속 첫 등장:
〈해리 포터와 불사조 기사단〉
재등장:
〈해리 포터와 혼혈 왕자〉,
〈해리 포터와 죽음의 성물 1부〉,
〈해리 포터와 죽음의 성물 2부〉
기숙사: 슬리데린
소속: 죽음을 먹는 자들

집에 도착하는 모습으로 처음 영화에 등장한다. 두 자매는 모자 달린 코트를 자신들만의 방식으로 입었다. 자니 트밈이 말한다. "나르시사가 훨씬 더 품격 있어요. 모든 옷을 더 잘 입죠. 하지만 이 장면에서는 두 자매를 물에 빠진 생쥐처럼 보이게 하고 싶었어요." 벨라트릭스는 긴 가죽 코트 속에 벨벳 같은 플러시 드레스를 입었는데, 그 옷은 이전에 입었던 옷보다 훨씬 상태가 좋다. 얼굴도 움푹한 느낌이 줄고 화장도 적절하다. 보넘 카터가 말한다. "이가 훨씬 깨끗해졌어요. 개인적으로는 이가 흉한 편이 정말 좋았지만요." 입술과 손톱에는 빨간색을 칠했다. 트밈이 말한다. "그 렇게 치장한 다음, 벨라트릭스는 전쟁에 나가죠. 그녀는 전쟁에 나가기 전 전신 코르셋을 입는데 저에겐 그게 마치 갑옷 같았어요." 코르셋 은 이번에도 역시 새의 두개골을 닮은 단추로 여몄다. 벨라트릭스는 끈으로 전신 코르셋의 어깨에 긴 보호용 소매를 착용한다. 머리채 는 머리 위에 높은 더미를 이루고 있다. 보넘 카터는 웃으며 말한 다. "벨라트릭스에게는 성격장애가 있는 게 분명해요. 항상 자신 이 너무 멋지다고 생각하거든요."

벨라트릭스의 마법 지팡이

벨라트릭스 레스트레인지의 지팡이는 부드러운 곡선 형 손잡이에 룬문자들이 간략하게 새겨져 있다. 하지 만 맹금의 갈고리발톱 모양을 닮은 몸체는 재빠르게 곤 두박질친다. 헬레나 보넘 카터는 말한다. "전 최고의 지 팡이를 가졌어요. 팔을 길게 만들어 줘서 머리를 만질 때도 편하답니다." 보넘 카터는 〈해리 포터와 불사조 기 사단〉에서 매슈 루이스(네빌 롱보텀)와 마법 정부 전투 장 면을 촬영하던 중 가벼운 사고를 일으켰다. "저는 지팡이 를 면봉처럼 휘둘러서 그의 귀를 파줄 수 있다고 생각했어 요. 일종의 고문이었죠. 그런데 불행히도 네빌이 지팡이 쪽 으로 움직였고, 지팡이가 귓속으로 쏙 들어가 버렸어요." 다 행히 매슈는 며칠 만에 나았고, "헬레나의 연기가 캐릭터를 정 말 잘 살렸다"고 인정했다.

벨라트릭스가 된
헤르미온느

〈해리 포터와 죽음의 성물 2부〉에서 자니 트밈은 헬레나 보넘 카터와 에마 왓슨이 입을 옷을 만들어야 했다. 헤르미온느가 그린고츠 은행에 있는 레스트레인지 가문의 금고에 들어가기 위해 폴리주스 마법약을 마시고 벨라트릭스로 변신하기 때문이다. 트밈은 짧은 망토가 달린 코트로 두 배우의 몸매 차이를 가리는 것이 가장 좋겠다고 판단했다. 보넘 카터는 에마 왓슨이 헤르미온느를 연기할 때의 신체 습관을 연구했고, 에마는 그 역을 연기하는 방법에 대한 메모를 주었다. 연구는 효과적이었다. 자니 트밈은 '벨라트릭스로 변신한 헤르미온느'를 연기하는 보넘 카터가 촬영장을 돌아다닐 때 그 모습이 정말로 에마처럼 느껴졌다고 말한다.

"주인님,
이 일에 자원하고 싶습니다.
그 아이를 죽이고 싶습니다."

벨라트릭스 레스트레인지,
〈해리 포터와 죽음의 성물 1부〉

52쪽 위: 〈해리 포터와 불사조 기사단〉에서 헬레나 보넘 카터가 블루스크린 앞에서 매슈 루이스를 인질로 잡고 있다.
52쪽 오른쪽: 〈해리 포터와 혼혈 왕자〉의 홍보용 사진.
위: 〈해리 포터와 혼혈 왕자〉에서 입은 벨라트릭스 코트의 의상 참고 사진.

위: 에마 왓슨이 호수에서 나온 뒤의 장면을 찍기 위해 그린스크린 앞에서 몸을 물에 적시고 있다.
아래: 론, 해리, 폴리주스 마법약을 마신 헤르미온느가 그린고츠 은행으로 순간이동할 준비를 하고 있다. 둘 다 〈해리 포터와 죽음의 성물 2부〉의 장면.

루시우스 & 나르시사 말포이

제이슨 아이작스는 〈비밀의 방〉에서 맡은 루시우스 말포이 역할의 의상과 분장에 관해 논의하기 위해 리브스덴 스튜디오를 찾았을 때 이 캐릭터의 최초 스케치 속 검은색 짧은 머리카락에 가는 세로줄무늬 정장을 입고 있는 남자를 보고 놀랐다. 아이작스는 회상한다. "좀 당황했습니다. 저랑 똑같이 생겼으니까요!" 그는 톰 펠턴(드레이코 말포이)의 캐릭터와 신체적으로 닮은 점을 찾지 못했고, 이미 스케치를 승인했던 크리스 콜럼버스 감독과 이야기를 나누었다. "저는 루시우스가 머글들을 경멸하는 만큼 그들과 비슷한 옷을 입지는 않을 거라고 생각했습니다. 벨벳과 모피로 만들어진 옷을 입고, 수백 년 동안 가문에 물려 내려오는 장신구를 착용할 거라고 생각했죠." 아이작스는 의상 팀에, 콜럼버스 감독에게 그의 아이디어를 보여줄 수 있도록 도와달라고 요청했다. 아이작스의 아이디어에는 잠정적으로 옅은 금발 가발이 포함되어 있었다. 감독은 이런 변화에 천천히 설득됐다. "'또 있나요?' 감독님은 그렇게 물어봤습니다. 저는 그렇다고, 걸어 다닐 때 짚을 지팡이가 있었으면 좋겠다고 했죠. 감독님은 '왜요, 다리에 무슨 문제라도 있습니까?'라더군요." 아이작스는 그런 지팡이가 흥미로운 속임수가 될 거라 생각한다고 설명했다. 마법 지팡이를 주머니에 보관하는 다른 마법사들과 달리, 루시우스의 마법 지팡이는 그가 짚고 다니는 지팡이에서 꺼낼 수 있을 거라고. "다행히 그 자리에 대니얼 래드클리프가 있었는데, 멋진 생각이라고 했습니다. 더 다행인 건 크리스 콜럼버스가 무척 개방적이고 협조적인 사람이라는 점이죠. 감독님은 최초의 콘셉트를 포기했습니다."

보조 의상 디자이너 마이클 오코너는 루시우스가 기득권층의 모습을 보여주어야 한다고 생각했다. "은행가들이나 부자들, 아주아주 긴 족보나 혈통을 가진 사람들처럼 말이죠. 루시우스는 구세대 마법사이고, 순수 혈통이 아닌 마법사들을 좋아하지 않습니다. 그 점에서부터 시작했죠." 루시우스 말포이의 매끄러운 맞춤옷은 살짝 에드워드 시대풍으로, 족제비털 옷깃이 달린 망토 아래 목깃이 높은 프록코트를 받쳐 입는다. 망토는 뱀 모양의 은 장신구 중 하나로 조인다. 〈불사조 기사단〉에서 자니 트림은 루시우스를 비롯한 죽음을 먹는 자들이 후드 달린 로브에 받쳐 입는, 킬트로 된 가죽 갑옷을 디자인했다. 아이작스는 이 갑옷 덕분에 "마법사 닌자"가 된 기분이 들었다. 루시우스는 여전히 걸어 다닐 때 짚는 지팡이를 자랑하지만, 전투 장면을 위해 디자인에 뱀 머리가 들어간 마법 지팡이 집도 받았다. 〈죽음의 성물〉 1부와 2부에서 아즈카반에 잠시 수감됐다가 돌아온 이후에는 그곳의 경험이 그를 기진맥진하게 만드는 만큼 의상도 낡고 헤어스타일도 초라해진다.

아이작스는 연기하기가 쉬웠다며 의상 팀과 분장 팀에 공을 돌린다. "길고 너풀거리는 로브에 손을 넣을 주머니가 없어서 구부정하게 서 있을 수가 없었어요. 짚고 다니는 지팡이도 제가 특정한 방식으로 서도록 유도했고요. 또 길고 멋진 금발을 곧게 유지하려면 고개를 뒤로 젖혀야 했습니다. 그 말은, 제가 사람을 볼 때 늘 코밑으로 내려다보게 됐다는 뜻이죠." 그는 목소리를 만들어 낼 때 받은 영감에 대해서도 다른 사람에게 공을 돌린다. "루시우스의 목소리에는 권위와 우월감이 넘쳐흐릅니다. 거만한 미술평론가 같은 목소리죠. 아주 음이 높고 목이 졸린 것 같은 소리가 나는 번지르르한 목소리예요." 어디에서 영감을 얻었느냐고? "글쎄요, '불길한' 연기의 진입 장벽을 한껏 높여놓은 앨런 릭먼과 같은 영화에

루시우스 말포이

영화 속 첫 등장:
〈해리 포터와 비밀의 방〉

재등장:
〈해리 포터와 불의 잔〉,
〈해리 포터와 불사조 기사단〉,
〈해리 포터와 죽음의 성물 1부〉,
〈해리 포터와 죽음의 성물 2부〉

기숙사: 슬리데린

소속: 죽음을 먹는 자

원 안: 루시우스 말포이 역의 제이슨 아이작스. **54쪽:** 아이작스가 〈해리 포터와 불사조 기사단〉 홍보용 사진에서 루시우스 말포이의 완벽한 비웃음을 보여주고 있다.
오른쪽: 〈해리 포터와 죽음의 성물 2부〉에 나오는 루시우스의 죽음을 먹는 자 로브 스케치. 마우리시오 카네이로 그림.

나르시사 말포이

영화 속 첫 등장:
〈해리 포터와 혼혈 왕자〉

재등장:
〈해리 포터와 죽음의 성물 1부〉,
〈해리 포터와 죽음의 성물 2부〉

기숙사: 슬리데린

직업: 어머니

나오면 뭔가 극단적인 걸 해야 하지 않을까요!"

배우 헬렌 매크로리는 캐릭터의 이름을 통해 겉모습을 통찰할 수 있었다고 고백한다. "이름이 나르시사인데 엉망진창인 꼴로 나타날 수는 없잖아요!" 매크로리와 자니 트밈은 꽤 유럽적인 '귀족' 옷의 매무새와 선들을 살펴본 다음, 1950년대 맞춤 여성복을 반영한 스타일을 선택했다. 트밈은 설명한다. "나르시사는 인생의 힘든 시기를 보내고 있지만, 대단히 우아하고 시크해요." 나르시사의 의상은 순수 혈통 마법사 지위와 슬리데린 출신이라는 자부심, 가족에 대한 헌신을 반영한다. 매크로리는 말한다. "옷은 딱 맞게 만들어졌어요. 이런 의상이 나르시사의 가문에 꽤 오랫동안 전해 내려왔다는 느낌을 주죠." 나르시사가 〈혼혈 왕자〉의 시작 부분에서 입는 후드 달린 코트는 올리브색으로, 비늘처럼 보이는 물결 모양의 은색 선이 들어가 있다. 트밈은 이 의상이 매우 구조적인, '쌓아 올린 것 같은' 모습을 띠기를 바랐기에 어깨 부분에 나무틀을 집어넣기까지 했다. 나르시사는 드레이코와 함께 보긴 앤 버크를 방문할 때 A라인 치마로 이루어진 회색 정장과 허리 아래가 나팔처럼 벌어지고 소매와 등판이 망토 같은 짧은 코트를 입는다. 트밈은 말한다. "나르시사의 의상은 어느 정도 신비로워야 했고, 좀 이상하기도 해야 했어요. 하지만 현실에 기반을 두고 있어야 했죠. 적어도 나르시사의 현실에는요."

〈죽음의 성물〉 1부와 2부에서 나르시사는 그녀의 집에 머무는 볼드모트와 그의 추종자들을 접대한다. 트밈은 말한다. "저택의 귀부인과 비슷하죠." 나르시사는 트밈의 표현을 빌리면 '접객용'으로 검은색 벨루어 로브와 그 밑에 받쳐 입을 베이지색 시스 드레스를 입었다. 로브에는 커프스와 주머니가 달려 있었고, 앞부분은 힘줄 같은 디자인에 박혀 있는 빛나는 구슬들로 장식되었다. 죽음을 먹는 자들이 모였을 때, 나르시사는 앞부분이 납작하고 허리가 꽉 죄는 또 다른 짧은 정장을 입는다. 이 옷은 확실히 비늘 같은 질감으로 만들어져 있다. 긴 검은색 로브는 목에 밍크 가죽을 대고 은색 죔쇠와 가죽 보강재가 달린, 더 두꺼운 천으로 만든 외출용이 하나 더 제작되었다. 이때의 가죽 보강재 역시 소매와 목선을 휘감는다.

매크로리는 나르시사의 머리를 "딴 세상 스타일 같다"고 표현한다. "헬레나[보넘 카터]가 검은색 머리로 벨라트릭스 역할을 했는데, 나르시사와 벨라트릭스는 자매니까……." 매크로리는 원래 갈색 머리지만, 헤어 디자이너인 리사 톰블린은 나르시사가 두 마법사 가문의 특징을 모두 반영하게 되었다는 아이디어를 내놓았다. "우리는 다양한 금발과 다양한 조합을 시도해 보고 마침내 이 스타일로 결정했어요." 톰블린은 금발에 갈색 머리가 얹혀 있는 조합에 대해 이렇게 말한다. 하지만 매크로리는 이 헤어스타일이 나르시사의 우아한 스타일과도 어울린다고 느낀다. "마법사들로 이루어진 이 세계에서는 눈에 띄게 시크하다"는 것이다.

루시우스와 나르시사의 지팡이

루시우스 말포이의 마법 지팡이는 매끄러운 검은색 몸체 위에 입을 벌리고 에메랄드 눈이 박혀 있는 은색 뱀 머리가 장식된 형태로 슬리데린 출신이라는 그의 뿌리를 자랑스럽게 선언한다. 루시우스는 이 마법 지팡이를 짚고 다니는 지팡이에 보관한다. 뱀 머리에는 갈아 끼울 수 있는 이빨이 달려 있다. 아이작스가 지팡이를 너무 힘주어 짚고 다니는 바람에 이빨 부분이 자주 부러졌기 때문이다. 〈불사조 기사단〉에서 배우 제이슨 아이작스는 "공립학교 펜싱 스타일"을 사용했다고 말한다. "저는 이런 공식적인 스타일과 시리우스 블랙의 아즈카반식 비공식 스타일을 대조해 보는 것이 마법 지팡이 전투에서 가장 재미있는 부분이라고 생각합니다. 전문가들이 서로 결투하는 모습이 아니라 오랜 원수가 싸우는 모습을 보게 되는 거죠."

나르시사의 마법 지팡이도 남편의 지팡이를 연상시킨다. 애덤 브록뱅크는 말한다. "루시우스의 마법 지팡이를 여성 버전으로 만들어 보려고 했습니다. 그런 다음, 나르시사의 지팡이를 이루고 있는 검은 나무에 은색 못을 박아 넣었죠." 피에르 보해나는 이 지팡이들이 주인을 효과적으로 표현했다고 느낀다. "제 생각에 말포이 가족에게 중요한 건 보여지는 모습입니다. 지팡이의 목적보다는 어떻게 보이는지가 중요하죠." 나르시사와 루시우스 둘 다 〈죽음의 성물 2부〉에서는 이와 다른 단순한 지팡이를 사용한다. 루시우스는 볼드모트에게 지팡이를 빼앗기고 나르시사는 아들 드레이코에게 자기 지팡이를 주기 때문이다.

56쪽 위: 나르시사 말포이(헬렌 맥크로리)가 〈해리 포터와 혼혈 왕자〉에서 나무 틀이 들어간 옷을 입고 있다.
56쪽 아래: 나르시사의 의상 일러스트. 마우리시오 카네이로 그림.
위: 마법 지팡이를 뽑아 든 나르시사.
아래 왼쪽: 루시우스 말포이와 뱀 머리가 달린 지팡이. 〈해리 포터와 불의 잔〉의 한 장면.
아래 오른쪽: 나르시사와 루시우스의 지팡이 콘셉트 아트. 애덤 브록뱅크 작업.

죽음을 먹는 자들

영화 속 첫 등장:
〈해리 포터와 불의 잔〉
재등장:
〈해리 포터와 불사조 기사단〉,
〈해리 포터와 혼혈 왕자〉,
〈해리 포터와 죽음의 성물 1부〉,
〈해리 포터와 죽음의 성물 2부〉

죽음을 먹는 자들은 〈해리 포터와 불의 잔〉에서 퀴디치 월드컵을 휩쓸고 다니며, 볼드모트의 어둠의 세력이 돌아왔음을 알린다. 자니 트밈은 말한다. "월드컵 습격 때도 묘지의 안개 속에서도 그들은 실루엣만 보이죠. 그래서 저는 강력하고 특징적인 실루엣을 만들고 싶었습니다." 트밈은 단순한 망토와 뾰족한 가죽 모자로 이들의 형태를 만들고, 얼굴은 단순한 해골 가면으로 가렸다. 루시우스 말포이를 포함한 볼드모트의 지지자들이 소환을 받고 리들가의 묘지에 나타날 때, 죽음을 먹는 자들이 쓰고 있던 반쪽 가면은 디지털로 지웠다.

트밈은 처음에는 죽음을 먹는 자들을 "진화하는 비밀 결사"로 보았다. "집단이 점점 공식화되면서 전투복 같은 것을 갖추게 됩니다. 사람들이 몰래 모여서 전투복으로 갈아입는 모습을 상상해 보세요. 이들의 첫인상은 정말이지 섬뜩하죠. 옷을 갈아입은 다음에는 공격에 나섭니다." 40명의 죽음을 먹는 자가 나오는 〈해리 포터와 불사조 기사단〉에서부터는 망토가 훨씬 더 두꺼운 재질이 되었다. 망토 안에는 수놓은 가죽 옷을 입고 마법 지팡이 집과 보호용 소맷부리와 다리 보호대를 착용한다. 〈해리 포터와 죽음의 성물 2부〉에서는 전투용 가죽 깃이 추가되었다. 모자 꼭대기는 이제 전체 가면 위에서 내려와 등 뒤로 뱀처럼 늘어졌다. 의상 제작자 스티브 킬은 〈해리 포터와 죽음의 성물 2부〉 때 죽음을 먹는 자들의 의상을 600벌도 넘게 만들어야 했다. 그중 200벌은 배우들이, 나머지 400벌은 대역과 스턴트 대역들이 입었다. 킬이 말한다. "자니 트밈은 죽음을 먹는 자들 대부분은 지위가 낮아서 단순하게 입어야 한다고 했어요. 그리

원 안: 〈해리 포터와 불의 잔〉에서 죽음을 먹는 자를 둘러싼 특수효과를 보여주는 디지털 아트워크.
58쪽: 〈해리 포터와 불의 잔〉에 나오는 죽음을 먹는 자의 의상 참고 사진.
위: 퀴디치 월드컵에 나타난 죽음을 먹는 자들.
오른쪽: 〈해리 포터와 불사조 기사단〉에 나오는 죽음을 먹는 자의 의상. 자니 트밈 디자인, 마우리시오 카네이로 그림.

위: 마이크 뉴얼 감독이 〈해리 포터와 불의 잔〉에서 죽음을 먹는 자들이 모인 리틀 행글턴 묘지 촬영장을 살펴보고 있다.
아래와 61쪽 위 오른쪽: 자니 트밈이 디자인한 죽음을 먹는 자들의 단순한 실루엣. 마우리시오 카네이로 의상 그림.
61쪽 왼쪽: 죽음을 먹는 자의 마법 지팡이. 벤 데넷 비주얼 개발 작업.
61쪽 가운데: 죽음을 먹는 자의 정교한 의상. 폴 캐틀링 그림.

고 볼드모트를 둘러싼 귀족층에게는 조금 더 장식적인 문양을 달아달라고 했죠." 가장 장식적인 작업 대상은 암흑의 왕과 가장 가까운 열 명의 '부관'이었다. 이들은 각자 지위보다는 부를 더 강조하는 독특한 디자인을 입었다. 여자 죽음을 먹는 자들은 의상도 더 작고 장식과 디자인도 덜 정교했다. 그 이상은 과하다고 여겼기 때문이다. 재료는 진짜 가죽을 썼는데, 합성 가죽보다 값이 더 저렴할 뿐 아니라, "진짜라서 진짜처럼 보이기" 때문이었다. 금속 공예가들은 장식품과 잠금쇠 등을 만든 다음, 망치와 사포로 망가뜨려서 전투의 흔적을 만들었다. 죽음을 먹는 자들의 얼굴은 처음에 반만 가면으로 가려졌지만, 콘셉트 미술가인 롭 블리스는 오래전부터 그들의 가면이 얼굴 전체를 덮는다고 상상해 왔다. 블리스는 설명한다. "〈불의 잔〉에서 처음 죽음을 먹는 자들이 등장했을 때는 가면이 얼굴을 부분적으로만 가리고 있습니다. 하지만 〈불사조 기사단〉에서는 얼굴 전체를 덮는 게 더 소름 끼칠 것 같았어요."

죽음을 먹는 자들의 마법 지팡이

도안가 해티 스토리는 말한다. "우리는 죽음을 먹는 자들이 서로 바꿔 쓸 수 있도록 일반적인 지팡이를 만들었어요. 세 가지 기본 유형의 손잡이와 세 가지 유형의 몸체가 있었고, 피에르 보해나는 이것들을 토대로 여러 가지 색깔과 재료를 이용해 지팡이를 만들었죠." 죽음을 먹는 자들이 사용한 수백 개의 지팡이에는 해골 장식과 뱀 같은 어둠의 상징이 많았다. 물론, 죽음을 먹는 자가 화려할수록 지팡이도 화려해졌다. 지팡이를 넣는 집은 17세기의 칼집에 토대해서 만들었고, 가면과 비슷한 금속 장식과 디자인을 담았다.

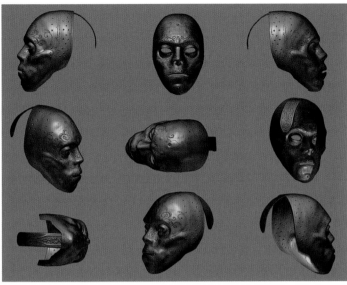

블리스는 일반적인 실루엣에는 통일성이 있어야 하지만, 가면의 디자인을 통해 개성이 드러나야 한다고 느꼈다. 이들을 한 명 한 명 식별하기 위해서도 그렇고 그들 각자의 명성을 위해서도 그랬다. 소품 모델링 제작자 피에르 보해나는 말한다. "저는 죽음을 먹는 자들의 미의식이 상당히 과시적이라고 생각합니다. 이들의 의상은 복잡해요. 그러니 가면을 사용해 과시하려 든다 해도 놀랍지 않죠." 이 가면들은 거의 중세 시대의 고문 도구들을 연상시키며, 초기 켈트 문자와 룬문자, 이슬람이 지배했던 16~17세기 인도의 모굴 왕조 아라베스크 무늬와 유사한 줄 세공으로 장식되어 있다. 가면은 색을 칠한 것이 아니라, 은으로 전기 도금한 것이다. 보해나는 설명한다. "이 방법은 영화에 아주 잘 통합니다. 빛에 잘 반응하고, 페인트로는 절대 흉내 낼 수 없는 고급스러운 느낌을 주거든요."

62쪽과 위 오른쪽: 롭 블리스가 〈해리 포터와 불사조 기사단〉을 위해 그린. 가면을 쓰고 몸 전체를 감싸는 로브를 입은 죽음을 먹는 자의 콘셉트 아트.
왼쪽 위: 디지털로 구현된. 장식이 새겨진 죽음을 먹는 자 가면.
왼쪽 아래: 롭 블리스의 가면 콘셉트 아트 두 점.

해리 포터 필름 볼트 Vol. 8
: 불사조 기사단, 어둠의 세력

초판 1쇄 인쇄 2021년 10월 20일
초판 1쇄 발행 2021년 12월 29일

지은이 | 조디 리벤슨
옮긴이 | 고정아, 강동혁
발행인 | 강봉자, 김은경

펴낸곳 | (주)문학수첩
주소 | 경기도 파주시 회동길 503-1(문발동 633-4) 출판문화단지
전화 | 031-955-9088(마케팅부), 9532(편집부)
팩스 | 031-955-9066
등록 | 1991년 11월 27일 제16-482호

홈페이지 | www.moonhak.co.kr
블로그 | blog.naver.com/moonhak91
이메일 | moonhak@moonhak.co.kr

ISBN 978-89-8392-877-1 04840
     978-89-8392-869-6(세트)

* 고유명사 등의 용어는《해리 포터》20주년 새 번역본을 따랐습니다.
* 파본은 구매처에서 바꾸어 드립니다.

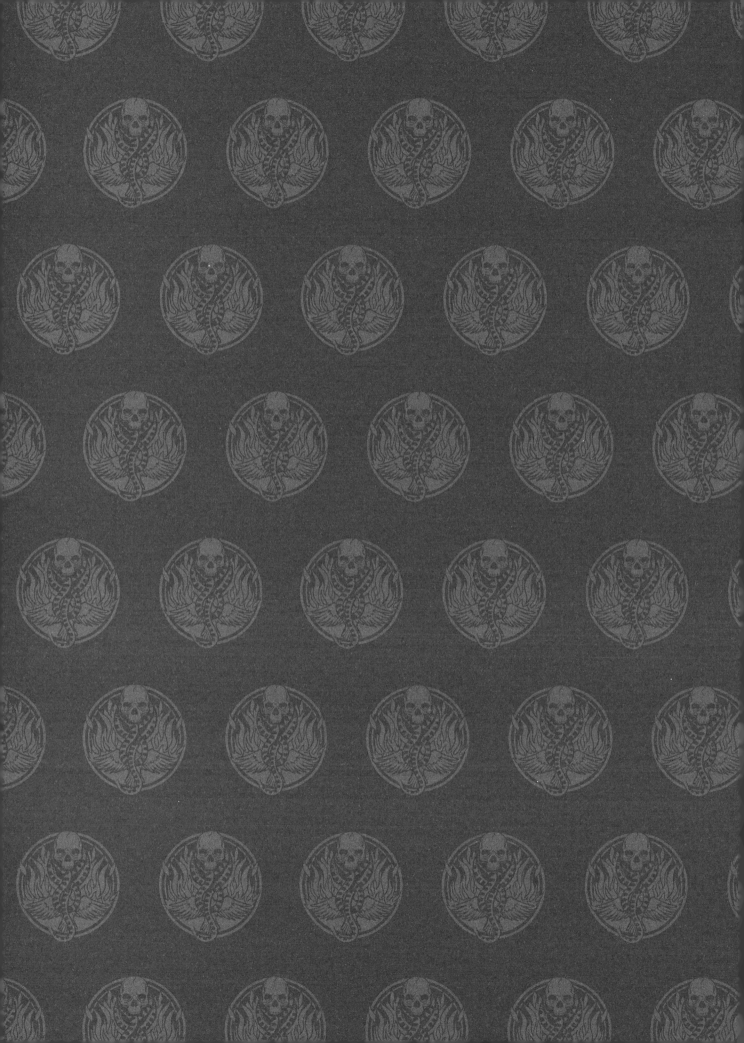